LES AMOURS PASTORALES

DE

DAPHNIS ET DE CHLOÉ

TRADUITES

PAR JACQUES AMYOT

texte de 1559

SUIVIES DE LA TRADUCTION REVUE

PAR PAUL-LOUIS COURIER

Précédées d'une Notice

PAR ÉTIENNE CHARAVAY

FAC ET SPERA

PARIS

ALPHONSE LEMERRE, ÉDITEUR

27, PASSAGE CHOISEUL, 29

—

M. D. CCC. LXXII

LES AMOURS PASTORALES

DE

DAPHNIS ET DE CHLOÉ

Il a été tiré de cet ouvrage :

120 exemplaires sur papier Whatman.
35 — sur papier de Chine.

Tous ces exemplaires sont numérotés et paraphés
par l'éditeur.

J. AMYOT.

DAPHNIS & CHLOÉ

— PARIS —
ALPH. LEMERRE
1872

Boilvin del et sc.

Imp. A. Salmon.

INTRODUCTION

INTRODUCTION

ᴇꜱ amours pastorales de Daphnis et de Chloé, *sont, sans contredit, un des meilleurs romans que nous aient laissés les écrivains grecs du Bas-Empire. Longus, à qui on l'a attribué, est totalement inconnu, et son nom et son existence ont même été contestés. Fabricius, dans sa* Bibliotheca græca *(édit. de Harless, t. VIII, p. 133) suppose que cette attribution de Daphnis et Chloé à Longus vient d'une erreur de lecture sur le manuscrit du mont Çassin qui porte :* Λεσβιαχῶν λόγοι δ. *On a sans doute lu* λόγγου *au lieu de* λόγοι, *et de là on a fait Longus. Quoi qu'il en soit de cette hypothèse, l'époque de la composition du roman n'est pas moins problématique que le nom de son auteur. On la fixe généralement au* ɪᴠᵉ *siècle de l'ère chrétienne, c'est-à-dire à l'époque où fleurirent Héliodore, l'auteur du célèbre roman de Théagène et Chariclée, Achille Tatius et Xénophon d'Éphèse qui*

b

paraissent avoir été les maîtres ou les émules
de l'auteur de Daphnis et Chloé.

Bien que cité avec. éloge par le grand écrivain Ange Politien, dans le chapitre II de ses
Miscellanea, ce roman ne fut traduit qu'en
1559 par Jacques Amyot. Il obtint assez de
faveur auprès du public lettré pour que Lau-
rent Gambara le paraphrasât en vers latins
(1569) et que Louise Labé le traduisît de
nouveau (1578). La traduction d'Amyot elle-
même fut réimprimée en 1596, mais ce ne fut
que deux ans après que le texte grec parut
pour la première fois à Florence, par les soins
de Raphaël Columban; chez le grand typo-
graphe Philippe Junte. Jungermann, en 1605,
donna une autre édition grecque-latine, et,
en 1609, Antoine du Breüil mit au jour une
seconde reproduction de l'œuvre de Jacques
Amyot. En 1626, Pierre de Marcassus publia
une nouvelle traduction de Daphnis et Chloé.
Il semble que la vogue de ce roman ait diminué
notablement au XVIIᵉ siècle; cependant le savant Hüet, dans sa jeunesse, en fut assez
enthousiaste pour en commencer la traduction.
Lui-même nous l'apprend dans son Traité de
l'Origine des romans (édit. de 1711, p. 123 et
suiv.), où il parle de Longus en ces termes flat-
teurs :

« Son style d'ailleurs est simple, aisé, naturel et concis, sans obscurité ; ses expressions
sont pleines de vivacité et de feu; il produit
avec esprit, il peint avec agrément, il dispose

ses images avec adresse, les characières sont gardés exactement... »

Mais Huet a soin de déclarer plus loin qu'il faut être un peu cynique pour le lire sans rougir. Telle ne fut pas l'opinion des lettrés du XVIIIᵉ siècle. Daphnis et Chloé reprit faveur : en *1718*, ce roman reparut chez Lancelot orné de figures dessinées par le Régent et gravées par Benoît Audran. Dès lors les éditions se succédèrent rapidement : celle de *1731*, avec des notes de Lancelot, est encore estimée. La traduction d'Amyot fut le type généralement adopté, malgré les essais de Le Camus (*1757*), de l'abbé Mulot (*1782*), et de Debure de Saint-Fauxbin (*1787*). Enfin, en *1810*, Courier, ayant découvert dans la bibliothèque de Florence un manuscrit jusqu'alors inconnu des Pastorales, compléta et corrigea l'œuvre de notre vieil écrivain du XVIᵉ siècle, et donna une édition définitive de Daphnis et Chloé.

Par l'union d'Amyot et de Courier ce roman est devenu un véritable classique français et il a été publié maintes fois dans le courant de ce siècle. Nos plus grands écrivains, Jean-Jacques Rousseau et Bernardin de Saint-Pierre, des premiers, l'ont aimé et admiré, et Gœthe, dans un des entretiens que nous a conservés Eckermann (trad. Charles, p. *296*); le juge en ces termes :

« *Le poëme de Daphnis et Chloé est si beau, que l'étonnement s'empare toujours de nous à mesure que nous le relisons. Là règne le jour* le plus brillant; on croit voir partout les figures d'Herculanum. Le souvenir de ces peintures réagit sur l'intelligence du livre, et vient en aide à notre imagination pendant la lecture.

« Une sobriété délicieuse préside à l'ensemble. A peine çà et là une allusion étrangère vient-elle nous attirer hors de ce cercle fortuné. Pan et les Nymphes y sont les seules divinités agissantes ; à peine si l'on en cite une autre. En effet, ces dieux suffisent aux bergers.

« Et néanmoins, malgré cette simplicité, un monde complet se déploie dans ce livre : il nous offre des bergers de toute classe, des agriculteurs, des jardiniers, des vignerons, des marins, des brigands, des guerriers, des citadins importants, des grands seigneurs et des esclaves. Il nous montre également l'homme aux différents degrés de son existence, depuis la première enfance, jusqu'à la vieillesse, et dans la vie domestique avec les périodes variées que les saisons y amènent successivement.

. . . .

« ... Il faut relire une fois par an Daphnis et Chloé : on y découvre toujours quelque chose de nouveau, d'émouvant et de supérieur. »

Après avoir cité ce jugement de Gœthe nous devons exposer les raisons qui nous ont induit à donner cette nouvelle édition. Les voici en peu de mots.

L'édition donnée par Jacques Amyot, en 1559, est la seule qui ait été publiée de son vivant. Il ne semble pas qu'Amyot ait pris le soin d'en

corriger les épreuves, car elle est semée de
fautes typographiques et de contre-sens.
Lorsque Antoine Du Breuil, en 1596, trois ans
après la mort de notre auteur, réimprima ce
volume, il améliora le texte, et les éditeurs
postérieurs ont suivi cet exemple. Depuis que
Courier a retrouvé le fragment perdu et a
complété et rectifié la traduction d'Amyot,
sans en altérer le charme, toute hésitation
cesse, et quiconque veut lire Daphnis et Chloé
prend l'œuvre de Paul-Louis. Mais la vieille
traduction d'Amyot n'en offre pas moins un
vif intérêt, car elle nous donne dans toute sa
pureté primitive cette langue si naïvement
belle du xvie siècle. Ce n'est point Daphnis et
Chloé que nous y allons chercher, mais bien
la prose pleine de charme de notre vieil Amyot.
Or nous ne trouvons que dans l'édition unique
de 1559 ce texte primitif si remanié depuis,
et que nous reproduisons ici pour la première
fois. Là seulement l'œuvre d'Amyot nous appa-
raît telle que l'ont connue et appréciée les
lettrés du xvie siècle, et nous croyons qu'elle
offrira aux érudits et aux linguistes un double
intérêt littéraire et philologique. Telle a été
du moins notre pensée : aussi à peine nous
sommes-nous permis de corriger quelques
fautes typographiques et de mettre quelques
points et virgules nécessaires pour l'intelligence
du texte.

Nous faisons suivre l'œuvre véritable d'A-
myot de la traduction revue par Courier, en

nous servant de l'édition donnée par Merlin,
en 1825, dans sa collection des romans grecs,
la dernière que l'auteur ait pu corriger lui-
même.

Enfin nous réimprimons également la lettre
de Courier sur la découverte du manuscrit de
Florence et l'histoire de la fameuse tache
d'encre, lettre qui parut en 1810 et qui est
restée un chef-d'œuvre de finesse et d'ironie.

ÉTIENNE CHARAVAY.

LES
AMOVRS
PASTORALES
DE DAPHNIS ET DE

Chloé, escriptes premierement
en Grec par Longus, & puis
traduictes en François.

A PARIS

Pour Vincent Sertenas, demeurant en la rue neuue nostre
Dame, à l'enseigne sainct Iehan l'Euangeliste :
Et en sa boutique au Palais, en la gallerie
par ou on va à la Chancellerie.

1 5 5 9.
Auec priuilege.

EXTRAICT

du priuilege.

Il est permis à Vincent Sertenas Libraire, demeurant à Paris, faire imprimer vn petit traicté, intitulé Les amours de Daphnis & Chloé. Et sont faictes defenses de par le Roy à tous autres quelzconques d'imprimer ledict liure, ne vendre autres que ceulx que ledict Sertenas aura faict imprimer : & ce iusques au temps & terme de six ans, sur peine de confiscation de ce qui auroit esté par autres imprimé, & d'amende arbitraire : comme plus amplement est contenu en ses lettres de priuilege, Données à Paris le premier iour de Iuillet, M. D. LIX. Signées par le Conseil,

De Courlay.

LA PREFACE.

ESTANT *vn iour à la chaſſe en l'iſle de Metelin, dedans le Parc qui eſt ſacré aux Nymfes, i'y vis vne des plus belles choſes que ie ſache iamais auoir veües : C'eſtoit vne painĉture d'vne hiſtoire d'amour. Le parc de ſoy meſme eſtoit bien beau, auſſi planté de force arbres, ſemé de fleurs, & arroſé d'vne freſche Fontaine qui nourriſſoit & les arbres & les fleurs : Mais la peinture eſtoit encore plus plaiſante que tout le reſte, tant pour la nouueauté du ſubieĉt, dont l'aduenture eſtoit merueilleuſe, que pour l'artifice & l'exellence de la peinture amoureuſe : tellement que pluſieurs paſſans qui en auoyent ouy parler alloient viſiter le Parc, non moins pour voir celle peinture, que pour faire prieres aux Nymfes. Il y auoit des femmes groſſes qui acouchoient, & d'autres qui enueloppoient de langes leurs enfans, de petis poupards en maillot, expoſez à la mercy de for-*

tune des beſtes qui les nourriſſoient, des paſteurs
qui les enleuoient, vne compagnie de ieunes gens
qui s'alloient esbatre aux champs, des courſaires
qui eſcumoient les coſtes de la Mer, des ennemis
qui couroient le pais : auec pluſieurs autres choſes,
& toutes amoureuſes : leſquelles ie regarday en ſi
grand plaiſir & les trouuay ſi belles qu'il me
prit enuye de les coucher par eſcript. Si cherchay
quelcun qui me les donnaſt à entendre par le
menu : & ayant le tout particulierement entendu,
en compoſay quatre liures, que maintenant ie
dedie (comme vne offrande) à amour, aux
Nymfes, & Pan, eſperant que le compte en ſera
plaiſant & agreable à pluſieurs manieres de gens :
pource qu'il pourra ſeruir à guerir le malade,
conſoler le dolent, remettra en memoire de ſes
amours celuy qui aura autrefois eſté amoureux,
& inſtruira celuy qui ne l'aura encores point
eſté : car il ne fut ny ne ſera iamais homme qui
du tout ſe puiſſe tenir d'aymer, tant qu'il y aura
beauté au monde, & que les yeux auront puis-
ſance de regarder : mais Dieu vueille qu'en de-
ſcripuant les amours des autres ie n'en ſois moy
meſme trauallé.

LES AMOVRS

PASTORALES

DE DAPHNIS ET DE CHLOÉ

ESCRIPTES PREMIEREMENT EN GREC

PAR LONGVS

ET PVIS TRADVICTES EN FRANÇOIS

LE PREMIER LIVRE.

YTILENE eſt vne forte ville en l'iſle de
Metelin, belle & grande, enuironnée
d'vn canal d'eau de mer qui fluë tout à
l'entour, ſur lequel y a pluſieurs ponts
de pierre blanche & polie, tellement
qu'on diroit à la veoir que c'eſt vne iſle, & non
pas vne ville. Loing d'icelle enuiron cinq quartz
de lieuë l'vn des plus riches habitans auoit vn fort
bel heritage, car il y auoit des montaignes ou ſe
nourriſſoit grand nombre de beſtes ſauuages, des
couſtaux reueſtus de vignes, des plaines de terres
labourables à porter froment, & paſturages pour

le beſtail, le tout eſtendu au long de la marine
qui rendoit le lieu plus delicieux. En ceſte terre
vn cheurier nommé Lamon, gardant ſon troupeau trouua vn petit enfant, que l'vne de ſes
Cheures allaitoit & voicy la maniere comment. Il
y auoit vn hallier fort eſpes de Ronces & deſpines
couuert tout alentour de Lierre & au deſſoubz la
terre feutrée d'herbe deliée & menue, ſur laquelle eſtoit le petit enfant giſant. Là s'en couroit
la Cheure ordinairement, de ſorte que bien
ſouuent lon ne ſçauoit qu'elle deuenoit, & aban-
donnant ſon petit Cheureau, ſe tenoit aupres du
petit enfant. Lamon ayant pitié du pauure Cheureau que la mere abandonnoit en ce point, priſt
garde en quelle part elle ſen alloit : & vn iour
au chault du mydi la ſuiuit à la trace & vit
comme elle entroit deſſoubz le hallier tout douce-
men comme ſi elle euſt eu peur de blecer auec
ſes ongles le petit enfant en entrant, l'enfant
ſucçoit le pis de la Cheure ne plus ne moins que
s'il euſt tetté la mamelle de ſa mere nourrice,
dequoy Lamon s'esbahyſſant ainſi que lon peult
penſer, s'approcha de plus pres & trouua que
c'eſtoit vn enfant maſle, grand pour ſon aage,
& beau à merueilles, plus richement emmailloté
que ne portoit ſa fortune, eſtant ainſi miſerable-
ment expoſé & abandonné à l'aduenture : car il
eſtoit enueloppé d'vn riche manteau, de pourpre,
qui ſe fermoit au collet auec vne boucle d'or,
& aupres y auoit vne petite eſpée dorée ayant le
manche d'yuoire. Si fut de prime face entre deux
d'emporter ſeulement ces enſeignes de recognois-

fance, fans autrement fe foucier de l'enfant,
mais y ayant vn peu penfé il eut honte de ne fe
monftrer pour le moins auffy charitable & humain que fa Cheure : de forte que quand la nuict
fut venue, il enleua le tout, & porta à fa femme,
qui auoit nom Myrtale les ioyaux, l'enfant & la
Cheure. Sa femme toute eftonnée luy demanda s'il
eftoit poffible que les Cheures portaffent de telz
enfans : & fon mary luy compta tout comment il
auoit trouué l'enfant abandonné, comment la
Cheure luy donnoit fon pis à tetter, & comment il
auoit eu honte de le laiffer perir. Myrtale fut
bien d'aduis qu'il ne l'auoit pas deu faire : ainfi
eftans tous deux d'accord de l'efleuer, ilz ferre-
rent les ioyaux & enfeignes de recognoiffance
que lon auoit expofées auec l'enfant, dirent par
tout qu'il eft à eux, & le feirent allaicter à la
Cheure : & afin que le nom mefme fentift mieux
fon pafteur, l'appellerent Daphnis. De la à deux
ans vn berger demourant non gueres loing de là,
qui auoit nom Dryas, en gardant fes moutons,
vit auffi vne toute pareille chofe, & trouua vne
femblable aduenture. Il y auoit en ce quartier là
vne cauerne que lon nommoit la cauerne des
Nymphes, qui eftoit vne grande & groffe roche
creufe par le dedans, & toute ronde par dehors,
au dedans de la quelle y auoit des ymages & ftatues
des Nymphes, taillées de pierre, les pieds fans
chauffure, les bras tous nudz & rebourfez iufques
aux efpaules, les cheueux efpars, au deffoubz du col
fans treffes, ceinctes fur les reins, toutes aiant le
vifage riant, & la contenance telle, comme fi elles

euſſent ballé enſemble : le deſſus pour mieux dire
la voulte de ceſte cauerne eſtoit le meilieu de la
roche, au fond de la quelle ſourdoit vne fontaine,
qui faiſoit vn ruyſſeau, dont eſtoit arrouzé le beau
pré verdoyant, au deuant de la cauerne ou l'humeur de la fontaine nourriſſoit la belle herbe menue
& delicate, là eſtoient attachez & penduz force potz
à traire les beſtes, force fleuſtes, flageoletz & chalumeaux que les anciens bergers y auoient donnez
pour offrandes. En ceſte cauerne des Nymphes vne
brebis ayant nagueres aignelé, alloit & venoit ſi
ſouuent, que le berger meſme cuida pluſieurs fois
qu'elle ſe fuſt perdue, & à ceſte cauſe la voulant
chaſtier afin qu'elle demouraſt par apres au trouppeau paiſſant auec les autres, ſans plus s'eſcarter
ny eſgarer comme elle faiſoit ordinairement. Il
feiſt vn collet d'vne verge de franc ozier, en
maniere de lacs courant, & s'approcha de la
cauerne, pour y ſurprendre ſa brebis : mais quand
il fut aupres, il y trouua bien autre choſe qu'il
n'auoit eſperé, car il vit la brebis qui donnoit à
tetter ſon pis à vn petit enfant auſſi gentillement
& auſſi doulcement que ſçauroit faire vne nourrice.
Le petit enfant ſans crier prenoit de grand appetit,
puis l'vn puis l'autre bout du pis de la brebis,
auec ſa petite bouche, qui eſtoit belle & nette,
pource que la brebis luy lechoit le viſage auec ſa
langue, apres qu'eſtoit ſaoul de tetter. L'enfant
eſtoit vne fille, auec laquelle auoient eſté expoſées
quelques bagues & enſeignes pour la pouuoir
recongnoiſtre à l'aduenir, c'eſt à ſçauoir vne coiffe
d'or, des patins dorez, & des chauſſes brodées

d'or, auſſi le berger eſtimant ceſte rencontre eſtre
choſe aduenue par expreſſe diſpoſition des Dieux,
& quant & quant, ayant apris de ſa brebis qu'il
en deuoit auoir pitié, enleüa l'enfant entre ſes bras,
ferra les bagues dedans vn biſſac, & feit prieres
aux Nymphes qu'à bonne heure peuſt il eſleuer
& nourrir le pauure enfant, qui comme implorant
leur ayde & mercy, auoit eſté gettée à leurs piedz,
puis quand l'heure fut venue de remener ſon
trouppeau au teɛ̃t, retournant. au lieu de ſa de-
mourance champeſtre, compta à ſa femme ce qu'il
auoit veu, & luy monſtra ce qu'il auoit trouué, en
luy commandant qu'elle teint de là en auant
l'enfant pour ſa fille naturelle, & que ſecrettement
elle la nourriſt comme ſienne, parquoy la bergere
qui auoit nom Napé, deuint incontinent mere.
d'affeɛ̃tion, & commença à aymer & traitter l'enfant, auec telle diligence & telle ſollicitude, qu'il
ſembloit proprement qu'elle euſt peur que la brebis
n'emportaſt le pris de doulceur & de benignité
deuant elle, & afin que plus facilement on creuſt
que l'enfant fuſt ſienne, elle luy donna auſſi vn
nom paſtoral, & la nomma Chloé. Ces deux enfans
en peu de temps deuindrent grands, & monſtroyent
bien à leur gentilleſſe & beauté qu'ils n'eſtoient
point yſſus de gens de village ne de payſans, & ſur
le ʻpoint que l'vn fut paruenu à leage de quinze
ans, & l'autre de deux moins, Lamon & Dryas
en vne meſme nuiɛ̃t ſongerent tous deux vn tel
ſonge. Il leur fut aduis que les Nymphes (dont
les ſtatues eſtoient en la cauerne ou il y auoit vne
fontaine, & ou Dryas auoit trouué la fille) liuroient

Daphnis & Chloé entre les mains d'vn ieune garçonnet, fort gentil & beau à merueilles, lequel auoit des æles aux efpaules, & portoit de petites fleches, auecques vn petit arc, & que ce ieune garfonnet, les touchant tous deux d'vne mefme flefche, commanda à l'vn paiftre de là en auant les cheures & à l'autre les brebis. Les pafteurs ayans tous deux eu cefte vifion en dormant, furent bien marris, de ce que leurs nourriffons eftoyent auffi bien comme eux deftinez à garder les beftes, & mefmement pour ce que les marques de recongnoiffance qu'ils auoyent trouuées expofées quant & eulx, leur auoyent promis quelque bien plus grand eftat & fortune bien plus eminente : à l'occafion de quoy ils les auoient iufques là nourris plus delicatement que lon ne fait les enfans des bergers, & leur auoyent faiçt apprendre les lettres & tout le bien & l'honneur qu'ilz auoient peu en vn lieu champeftre : mais toutesfois ilz delibererent d'obeir aux dieux touchant l'eftat de ceux qui par leur prouidence auoient efté fauluez. Et apres auoir communiqué leurs fonges enfemble, & facrifié en la cauerne des Nymphes à ce ieune garfonnet qui auoit des æles aux efpaules (car ilz n'en euffent fceu dire le nom) les enuoyerent tous deux aux champs garder les beftes, leur enfeignans particulierement toutes chofes neceffaires à l'eftat de pafteur, comment il fault faire paiftre les beftes auant mydi, & comment apres que le chauld eft paffé à quelle heure il les fault remener au teçt : à quoy faire il eft befoing vfer de la houlette, & à quoy de la voix feulement. Ces deux ieunes enfans

receurent ceſte charge, auſſi voluntiers & auec
autant de plaiſir comme ſi c'euſt eſté quelque grande
ſeigneurie, & aimoyent leurs Cheures & brebis trop
plus affeĉtueuſement que n'eſt la couſtume des
bergers. Elle, pource qu'elle ſe ſentoit tenue de ſa
vie à la brebis qui l'auoit alaiĉtée, & luy pource
qu'il ſe ſouuenoit qu'vne Cheure l'auoit nourry.
Or eſtoit il lors enuiron le commencement du
printemps que toutes fleurs ſont en vigueur, celles
des bois, celles des prez, & celles des montaignes :
auſſi ia commençoient les abeilles à bourdonner,
les oyſeaux à roſſignoler & les agneaux à ſauteler,
les petits Moutons bondiſſoient par les montaignes,
les Mouches à Miel murmuroient par les prairies, & les oyſeaux faiſoient reſonner les buiſſons
de leurs chantz. Ainſi ces deux ieunes & delicates
perſonnes voyans que toutes choſes faiſoyent bien
leur deuoir de s'eſgayer à la ſaiſon nouuelle, ſe
mirent pareillement à imiter ce qu'ilz voyoyent
& qu'ils oyoient auſſi : car oyans chanter les oyſeaux, ilz chantoyent : voyans ſaulter les aigneaux,
ilz ſaultoient : & comme les abeilles, alloyent
cueillans des fleurs, dont ilz gettoient vne partie
en leurs ſeins, & de l'autre faiſoient de petitz
chappelletz, qu'ilz portoient aux Nymphes & faiſoient toutes choſes enſemble, paiſſans leurs
troupeaux l'vn aupres de l'autre. Souuentefois
Daphnis alloit faire reuenir les brebis qui s'eſtoient
vn peu trop loing eſcartées du troupeau & ſouuentefois Chloé faiſoit deſcendre les Cheures trop
hardies, eſtans montées au plus haut de quelques
rochers droitz & couppuz, quelquefois l'vn tout

feul gardoit les deux troupeaux enfemble, pendant
que l'autre vacquoit à quelque ieu. Leurs ieux
eftoyent ieux de Bergers & d'enfans : car elle
alloit quelque part cueillir des ioncs, dont elle
faifoit vn cofin à mettre des Cigales, & ce pendant
ne fe foucyoit aucunement de fon trouppeau : luy
d'autre cofté alloit coupper des roufeaux, & en
pertuifoit les ioinctures puis les recolloit enfemble
auec de la cyre molle & aprenoit à en iouer bien
fouuent iufques à la nuict : quelquefois ilz s'entre-
donnoient du laict ou du vin & s'entrecommuni-
quoient les autres viures qu'ilz auoient apportez de
la maifon. Brief on euft plus toft veu les brebis ou les
Cheures toutes efcartées les vnes des autres que
Daphnis eloigné de Chloé. Ainfi comme ilz eftoient
occupez à telz ieux, amour leur dreffa à bon
efcient vne telle embufche. Il y auoit affez pres
de là vne louue, laquelle ayant n'agueres louueté,
rauiffoit fouuent des autres trouppeaux de la proye
à foifon, dont elle nourriffoit fes petitz Louue-
teaux : parquoy les païfans du prochain village
faifoient la nuict des foffes & pieges de quatre
braffés de largeur & autant de profondeur & es-
pandoient au loing la plus grande partie de la
terre qu'ilz en auoyent tirée puis les couuroient
auec des verges longues & grefles & femoient par
deffus le demourant de la terre à celle fin que la
place femblaft toute plaine & vnie comme deuant :
en maniere que s'il n'euft paffé par deffus qu'vn
lieure feulement, en courant il euft rompu les
verges qui eftoient par maniere de dire plus foibles
que brins de paille & lors euft on bien veu que ce

n'eſtoit point terre ferme mais vne fainte ſeulement :
aians faiᵆ pluſieurs telles foſſes & en la montaigne
& en la plaine, ilz ne peurent neantmoins prendre
la louue, car elle s'apperceut bien de leur ruze :
mais tuerent pluſieurs cheures & pluſieurs brebis,
& preſque Daphnis luy meſme par tel inconuenient :
deux Boucz de ſon trouppeau s'eſchaufferent tellement à combattre l'vn contre l'autre, & ſe heurte-
rent ſi rudement que la corne de l'vn fut rompue,
dequoy ſentant grande douleur celuy qui eſtoit
eſcorné, ſe miſt en bramant à fouir & le viᵆorieux
à le pourſuyure, ſans luy donner loiſir de reprendre
ſon halaine. Daphnis fut fort marry de veoir l'vn
de ſes boucz ainſi mutilé de ſa corne, & bien
courroucé contre la fierté de l'autre qui encore
eſtoit ſi aſpre à le pourſuiure apres l'àuoir battu,
ſi prent vn baſton en ſon poing, & ſa houlette à
lautre, & s'en court apres ce pourſuyuant. Ainſi
le Bouc fuyant les coupz, & Daphnis le pourſuyuant en courroux, ne regarderent pas bien ne
l'vn ne l'autre deuant eux : car ilz tomberent tous
deux dedans l'vn de ces pieges, le bouc le premier,
& Daphnis apres : ce qui luy ſaulua la vie, pource
que le bouc ſoutint ſa cheute : mais ſe voyant
tombé en ceſte foſſe, il ne peut faire autre choſe
que ſe prendre à plorer, en attendant ſi quelcun
viendroit point pour l'en retirer. Chloé aiant de
loing veu ſon inconuenient, y accourut ſoudainement : & voyant que Daphnis eſtoit en vie s'en alla
viſtement appeller vn bouuier de là aupres, pour
luy ayder à le mettre hors de ceſte foſſe : le
bouuier chercha par tout vne corde qui fuſt aſſez

longue pour luy tendre : mais il n'en peut finer :
parquoy Chloé delia le cordon dont les treffes de
fes cheueux eftoient liées, pour en tendre vn des
bouts à Daphnis. Ainfi firent ilz tant eux deux
enfemble en tirant de deffus le bord de la foffe,
& luy en s'aidant de fon cofté le mieux qu'il
pouuoit, que finablement ilz le mirent hors du
piege.

En ceft endroit y a
vne grande obmiffion en l'original.

Daphnis alloit ainfi deuifant & parlant puerile-
ment en luy mefme : Dea que me fera le baifer de
Chloé ? ses leures font plus tendres que rofes, fa
bouche & fon haleine plus douce qu'vne gaufre à
miel, & toutefois fon baifer eft plus piquant que
l'aiguillon d'vne abeille : i'ay fouuent baifé de
petits Cheureaux qui ne faifoient encore que
naiftre, & le petit veau que Dorcon m'a donné :
mais ce baifer icy eft toute autre chofe : le poux
m'en bat, le cœur m'en treffaut, mon ame en
languit, & neantmoins ie defire la baifer de rechef.
O mauuaife victoire ! ô eftrange mal dont ie ne
fçaurois dire le nom. Chloé n'auoit elle point
goufté de quelques poifons auant que me baifer ?
Il fault dire que non : car i'en fuffe mort : ô comment les Harondelles chantent, & ma fleufte ne
dict mot : comment les cheureaux fautent, & ie
fuis affis : comment toutes fleurs font en vigueur,
& ie n'en fais point de bouquets, ny de chapelets :
la violette & le muguet floriffent, Daphnis fe
fene : Dorcon à la fin deuiendra plus beau que

moy. Voyla comment le pauure Daphnis ſe paſ-
ſionnoit, & les paroles qu'il diſoit, comme celuy qui
lors premier experimentoit les eſtincelles d'amour :
mais le bouuier Dorcon amoureux de Chloé,
ayant trouué l'occaſion que Dryas plantoit vn
arbre aſſez pres de luy, & eſtant ſon amy de
long temps, des l'aage que luy meſme gardoit
les beſtes aux champs, luy feit preſent de beaux
fromages gras, & commençant à entrer en propos
par leur ancienne congnoiſſance, feit tant .qu'il
tomba ſur les termes du mariage de Chloé, luy
offrant par promeſſe pluſieurs beaux & riches dons
pour vn bouuier, s'il la luy vouloit donner à
femme. Ses offres eſtoyent vne paire de bœufs à
labourer la terre, quatre ruches d'abeilles, cinquante pieds de pommiers, vn cuir de bœuf à
femeler ſouliers, & par chaſcun an vn veau qui
feroit preſt à ſeurer, tellement que Dryas alleché
par la friandiſe de tant de beaux preſens, luy
cuida preſque accorder le mariage : mais quand
il vint puis apres à penſer en luy meſme que la
fille eſtoit digne de bien plus grand & riche party,
craignant que ſi à l'aduenir elle venoit eſtre re-
congneuë, & que ſes parens ſceuſſent que pour la
friandiſe de ſes dons il l'euſt mariée en ſi bas lieu,
on ne luy en vouluſt mal de mort il refuſa toutes
ſes offres & ſes dons, & l'eſconduiſit tout à plat,
en le priant de luy pardonner. Par ainſi Dorcon
ſe voyant pour la deuxieſme fois fruſtré de ſon
eſperance & encores qu'il auoit pour neant perdu
ſes bons frommages gras, delibera puis qu'autrement ne pouuoit attenter de iouyr par force de

Chloé, la premiere fois qu'il la trouueroit feulle à
feul, pour à quoy paruenir, il s'aduifa qu'ils
menoient l'vn apres l'autre boire leurs beftes,
Chloé vn iour & Daphnis vn autre : à l'occafion
de quoy il imagina vne finelle qui eftoit merueilleufement fortable & conuenable à vn gros bouuier
comme luy. Il print la peau d'vn grand loup
qu'vn fien thoreau en combattant pour la garde
& defenfe des vaches auoit tué auec fes cornes,
& l'eftendit fur fon dos, fi bien que les piedz de
deuant luy tomboyent iufques fur les mains, & ceux
de derriere luy pendoyent fur les cuylles iufques
aux tallons, & la hure luy couuroit la tefte, ne
plus ne moins que faict le cabaffet à vn homme
de guerre. S'eftant ainfi defguifé en loup le mieux
qu'il auoit peu, il s'en vint droict à la fonteine,
en laquelle beuuoient les cheures & les brebis
apres qu'elles auoyent affez pafturé. Or eftoit cefte
fonteine en vne vallée affez creuze, & toute la
place à l'enuiron pleine de ronces, d'efpines poi-
gnantes, de chardons & de bas geneuriers, tellement qu'vn vray loup s'y fuft bien ayfément caché.
Dorcon fe fourra leans entre ces efpines, attendant
l'heure que les beftes vinfent boyre, & auoit bonne
efperance qu'il efpouuenteroit Chloé auecques cefte
peau de Loup, & qu'il la faifiroit au corps entre
fes deux bras pour en faire à fon plaifir : tantoft
apres arriua Chloé, qui amenoit fes beftes boyre,
ayant laiffé Daphnis, qui couppoit de la plus
tendre ramée verte, pour donner à broutter aux
cheureaux apres qu'ilz feroyent retournez de pas-
ture, les chiens qui leur aidoyent à garder leurs

brebis, & leurs cheures fuyuoyent le troupeau :
& comme naturellement ils chaſſent mettans le nez
par tout, ils le ·fentirent remuer & fe prindrent à
abbayer, fe ruerent fur luy comme fur vn loup,
& l'enuironnans de tous coſtez, fans qu'il s'ofaſt
dreſſer fur fes piedz tant il auoit de peur, commencerent à le mordre de toute leur puiſſance : or
iufques là craignant & ayant honte d'eſtre defcouuert, & dauantage eſtant defendu de la peau du
loup qui le couuroit, il fe tenoit tapy contre terre
dedans le hallier fans dire mot : mais quand
Chloé effroyée de prime face de le veoir, fe print
à appeller Daphnis à fon ayde, & que les chiens
luy ayants arraché la peau de loup de deſſus les
efpaules, commencerent à le mordre luy mefme
à bon efcient, il fe print adonc à crier à haute
voix, & à prier Chloé & Daphnis, qui ia' eſtoit
furuenu, de luy vouloir eſtre en ayde, ce qu'ils
firent & auec leur fiflement accouſtumé, eurent
incontinent appaifé les chiens, puis amenerent le
malheureux Dorcon, qui auoit eſté mors, & aux
cuiſſes, & aux efpaules, à la fonteine, & luy laue-
rent fes bleſſeures, ou les dents des chiens l'auoyent
attaint, puis luy mirent deſſus' de l'efcorce verte
d'orme, mafchée, eſtans tous deux ſi peu rufez,
& ſi peu experimentez aux hardies entreprinfes
d'amour, qu'ilz eſtimerent que ceſte embufche de
Dorcon, auec fa peau de loup, ne fuſt que ieu
feulement, au moyen de quoy ils ne fe courrouce-
rent point à luy, ains le reconforterent & le
reconuoyerent quelque efpace de chemin, en le
menant par la main, & luy qui auoit eſté en ſi

grand danger de sa perfonne, & que lon auoit
recoux de la gueule, non du loup, comme lon dict
communément, mais des chiens, s'en alla faire
penfer les morfures qu'il auoit par tout le corps.
D'autre cofté Daphnis & Chloé eurent bien de la
peine iufques à la nuict, à raffembler leurs cheures
& brebis, lefquelles effroyées pour la peau du
loup, & quant & quant efperdues & effarouchées
d'ouyr fi fort abbayer les chiens, eftoyent les vnes
montées iufques à la cyme des plus haults rochers,
les autres courues iufques à la mer, combien
qu'elles fuffent au demourant bien apprinfes d'obeir
à l'appeau de leurs pafteurs, de fe renger au fon
du flageolet, & de s'amaffer enfemble, en oyant
feullement battre des mains, mais la peur leur
auoit adonc faict tout oublier, & apres les auoir
fuyuies & retrouuées à la trace, comme on faict
les lieures, les ramenerent à bien grande peine
toutes au tect, puis s'en allerent eux mefmes
repofer, ou ils dormirent cefte feulle nuict de bon
fommeil : car le trauail qu'ils auoyent prins le
foir precedent leur feruit de medecine contre leur
mefaife d'amour : mais quand le iour fut reuenu
ils commencerent de rechef à eftre paffionnez
comme deuant, ilz treffailloyent de ioye quand ils
s'entreuoyoient & eftoyent bien ennuyez & marris
quand il failloit qu'ils s'entrelaiffaffent, ils fe
douloient pource qu'ils le vouloyent, quant tout
eft dict ils ne fcauoyent qu'ils vouloyent, cela
feulement fçauoyent ilz bien, l'vn que fon mal
eftoit venu d'vn baifer, & l'autre d'vn baigner,
outre ce que la faifon de l'année les enflammoit

encore dauantage : car il eſtoit ia enuiron la fin
du printemps , & le commencement de l'eſté ,
& eſtoyent toutes choſes en vigueur, les arbres
chargez de fruiĉts, les champs couuerts de bleds,
les cigales chantoyent, & rendoyent les fruiĉts vne
tres delicate & ſœfue odeur, lon euſt diĉt que les
fonteines, ruiſſeaux, & riuieres conuioient les gens
à ſe baigner, que les vens eſtoyent orgues ou
fluſtes, tant ils ſoufpiroyent doucement à trauers
les branches des pins, que les pommes amoureuſes
ſe laiſſoyent d'elles meſmes tomber par terre,
& que le ſoleil prenant plaiſir à voir de belles
perſonnes nues, faiſoit chaſcun deſpouiller : au
moyen de quoy Daphnis eſtant de toutes pars
eſchauffé, ſe iettoit dedans les riuieres & tantoſt
ſe lauoit, tantoſt s'esbattoit à chaſſer, à prendre
les poiſſons qui s'enfuyoient au fond de l'eau ,
& ſouuentefois beuuoit pour veoir ſi auec l'eau il
pourroit eſtaindre l'ardeur qu'il ſentoit en ſon
cueur : mais Chloé apres auoir tiré les brebis
& la plus part des cheures, demoura encores long-
temps à faire prendre le laiĉt, car il falloit qu'elle
euſt le ſoing de chaſſer les mouches qui fort la
moleſtoyent, & la picquoyent quand elle les chaſſoit :
cela faiĉt, elle ſe laua le viſage, & met deſſus ſa
teſte vn chapelet des plus tendres branchettes de
pin, ſe veſtit d'vne peau de Cerf qu'elle ceignit
deſſus ſes reins, & emplit vn pot de vin & vn
autre de laiĉt pour boire auec Daphnis, puis
quand ce vint ſur le midy, adonc furent ilz tous
deux plus ardemment eſpris que iamais, pource
qu'elle voyant en Daphnis entierement nud vne

3

beauté de tous poinctz accomplie, fe fondoit & fe
diftiloit d'amour, confiderant qu'il n'y auoit en
toute fa perfonne chofe quelconque à redire :
& luy d'autre cofté la voyant couuerte de cefte peau
de Cerf, auec le beau chapelet de pin fur la tefte,
luy tendant fon pot à laict, cuyda voir l'vne des
Nymphes propres qui eftoient dedans la cauerne,
fi acourut incontinent, & luy oftant le chapelet
qu'elle auoit fur fa tefte, apres l'auoir baifé le mift
deffus la fienne : & elle pendant qu'il fe baignoit
tout nud, print fa robe & fe la veftit en la baifant
auffi premierement, tantoft ilz s'entreicttoyent des
pommes l'vn à l'autre, tantoft ilz s'entrepeignoyent
& mypartiffoient leurs cheueux en greue, difant
Chloé que les cheueux de Daphnis reffembloient
aux grains de meurte, pource qu'ilz eftoient noirs,
& Daphnis accomparant le vifage de Chloé à vne
belle pomme, par ce qu'il eftoit blanc & vermeil :
parmy aucunefois il luy monftroit à ioüer de la
flufte, puis quand elle commençoit à fouffler dedans,
il la luy oftoit des mains, pour toucher de la
langue & des leures là ou elle auoit touché des
fiennes, & faifoit femblant de luy vouloir enfeigner
ou elle auoit failly, pour auoir occafion de la baifer à demy, en baifant la flufte ou elle auoit toufché,
ainfi comme ilz eftoient apres à en fonner ioyeufement fur la chaleur du midy, pendant que leurs
trouppeaux eftoyent tapiz à l'ombre. Chloé ne fe
donna garde qu'elle fut endormie, ce que Daphnis
apperceuant, pofa tout beau fa flufte pour regarder
à fon ayfe par tout, & fon faoul, comme celuy
qui n'auoit alors honte de perfonne, & difoit apart

luy ces paroles tout bas : ô comme ces beaux
yeulx dorment foüeuement, que fon aleine fent
bon, les pommiers ny les aubepines fleuries n'ont
point la fenteur fi doulce : mais pourtant ie ne
l'oferois baifer, car fon baifer picque & perce
iufques au cœur, & faiⱶ deuenir les gens folz,
comme le miel nouueau : d'auantage i'ay peur de
l'efueiller fi ie la baife : ô que ces Cigales font de
bruit, elles ne la laifferont ia dormir, fi hault elles
crient : & d'autre cofté ces boucquins icy ne ceffe-
ront auiourd'huy de s'entreheurter auecques leurs
cornes : ô loups plus coüars que renards ou eftes
vous à cefte heure que vous ne les venez happer :
ainfi que Daphnis eftoit en ces termes, vne Cigale
pourfuyuie par vne Erondelle fe vint ietter en
fauuegarde dedans le fein de Chloé, au moyen dequoy l'Erondelle ne la peult prendre, ny ne peult
auffi retenir la roideur de fon vol, qu'elle n'appro-
chaft fi pres du vifage de Chloé, qu'auecq l'vne
de fes æfles elle ne luy touchaft la ioüe, dont
Chloé s'efueilla en fourfault, & pource qu'elle ne
fçauoit que c'eftoit, s'efcria bien hault : mais quand
elle eut veu l'Arondelle volletant encores à l'entour
d'elle & Daphnis fe riant de fa peur, elle s'affeura
& frotta fes yeulx qui auoient encore enuie de
dormir, la Ciguale fe prit à chanter encore entre
les tetins mefmes de la gente paftourelle, comme
fi auec fon chant elle luy euft voulu rendre graces
de fon falut : à l'occafion de quoy Chloé ne fça-
chant que c'eftoit, s'efcria de rechef bien fort,
& Daphnis s'en prit auffi de rechef à rire & vfant de
cefte occafion luy mift la main bien auant dedans

le fein, dont il tira la gentille Cigale qui ne fe
pouuoit encore taire quoy qu'il la tint dedans la
main. Chloé fut bien aife de la veoir, & l'ayant
befée la remet chantant de rechef en fon fein. Vne
autrefois ilz ouyrent du bois prochain chanter vn
Ramier, au chant duquel Chloé ayant prins plaifir, demanda à Daphnis que c'eftoit qu'il difoit,
& Daphnis racompta ce que lon en dict communément. Mamye, dict-il, au temps paffé y auoit vne
ieune garfe belle & iolye en fleur d'aage comme
toy, elle gardoit les vaches, & chantoit fort plai-
famment, fes vaches prenoient fi grand plaifir à
l'ouyr chanter, qu'elle les gouuernoit au fon de fa
voix feulement, fans iamais leur donner coup de
houlette, ne picqueure d'efguillon : eftant affife à
l'vmbre de quelque beau Pin, la tefte couronnée de
fueillage de l'arbre, elle chantoit toufiours quelque
chanfon à la louenge de Pan ; dont fes vaches
eftoient fi aifes qu'elles ne s'eflongnoient iamais
fi loing d'elle, qu'elles ne peuffent bien ouyr le fon
de fa voix. Or y auoit il au pres de là, vn ieune
garfon qui gardoit des beufz : il eftoit beau
& chantoit bien auffi : vn iour pour monftrer qu'il
fçauoit autant de chanter comme elle, il fe mift à
chanter fi doulcement, & fi melodieufement qu'il
attira à luy huict des plus belles vaches qu'elle euft
en fon trouppeau, & les fit venir au fien, dequoy
la pauure garfe fut fi defplaifante pour veoir fon
trouppeau diminué, & en partie pour auoir efté
vaincue au chanter, qu'elle fit prieres aux dieux
de la muer en vn oyfeau, plus toft que de retourner
ainfi à la maifon, les dieux luy accorderent fa de-

mande & en firent vn oyfeau de montaigne, qui
ayme à chanter comme elle faifoit quand elle eftoit
fille, & encore au iourd'huy en chantant fe plaint
elle de fa deconuenüë, & va difant qu'elle cherche
fes vaches efguarées. Telz eftoient les plaifirs que
l'Efté leur donnoit : mais quand l'arriere faifon de
l'Autonne fut venüë, que le raifin fut meur & preft
à vendenger, certains courfaires de la ville de Tyr
ayans vne fufte du païs de Carie, à celle fin peult
eftre, que lon ne penfaft que ce fuffent barbares,
vindrent aborder en celle cofte & defcendans en
terre auec leurs brigandins & efpées, pillerent tout
ce qu'ilz peurent trouuer aux champs, comme
force bon vin, force grains, force miel eftant encor
auec la cire, & mefme emmenerent quelques bœufz
& vaches du trouppeau de Dorcon : or en courant
ainfi ça & la, ilz rencontrerent de mal aduenture
Daphnis qui s'alloit esbatant le long du riuage de
la mer, car Chloé comme fimple fille qui craignoit
que les autres pafteurs ne luy feiffent peut eftre
quelque violence, ne partoit fi matin du logis,
& ne menoit pas fi toft les brebis de Drias aux
champs : les courfaires voyans ce ieune garfon
grand & beau , & de plus de valleur que tout ce
qu'ilz euffent peu d'auantage rauir par les champs,
ne s'amuferent plus ne à pourfuyure fes cheures,
ny chercher ou defrober autre chofe par la campagne, ains rentrerent dedans leur fufte, plorant
& ne fachant que faire, finon qu'il appelloit à
haulte voix Chloé, tant qu'il pouuoit crier. Or ne
faifoyent ilz gueres que remonter en leur vaiffeau,
& prendre les rames es mains pour voguer, quand

Chloé entra auec fon trouppeau de brebis, apportant vne nouuelle flufte à Daphnis, & voyant toutes les cheures efperdues & efcartées ça & la, oyant d'auantage· fa voix qu'il l'appelloit toufiours de plus fort en plus fort, elle abandonna fes brebis, ietta la flufte, & s'en alla courant vers Dorcon pour le·prier de luy venir ayder, mais elle le trouua couché par terre, de fon long tout detaillé de grandz coupz d'efpée, que·les brigands courfaires luy auoyent donnez, de forte qu'à peine pouuoit il plus refpirer, tant il perdoit de fon fang : & neantmoins quand il apperceut Chloé, la fouuenance de fon amour le rechauffa, & renforça vn petit, fi luy dift : Chloé mamye, ie m'en vois rendre l'ame bientoft, car les mechans larrons courfaires m'ont decouppé comme le boucher feroit vn bœuf : mais fi tu veulx, tu fauueras Daphnis, vengeras ma mort, & feras mourir ces mechans larrons mechamment. I'ay accouftumé mes vaches à fuyure le fon de ma flufte· & de venir au chant d'icelle, encore qu'elles foyent bien loing de moy, prens la maintenant & t'en va fur le bord de la mer iouër celle chanfon que i'ay long temps y a monftrée à Daphnis, & que depuis Daphnis ·t'a enfeignée : au demourant laiffe faire la flufte, & mes bœufz & vaches qu'ilz emmenent en leur vaiffeau : ie te donne la flufte de laquelle i'ay autrefois gaigné le pris contre plufieurs bouuiers & bergers, & pour recompenfe ie te prie baifé moy feulement pendant que i'ay encore vn peu de vie : & quand ie feray trefpaffé, plore ma mort & aye fouuenance de moy, à tout le moins quand tu verras vn vafcher

gardant fes beftes aux champs. Dorcon ayant dict
ces paroles, rendit auffi toft fon efprit en la baifant,
& Chloé prenant en main la flufte, la mift incontinent en fa bouche & l'entonna le plus hault
qu'elle peult : les vaches qui l'entendirent reco-
gneurent auffitoft le fon de la flufte, & la notte
de la chanfon, & toutes d'vne fecouffe fe ietterent
enfemble dedans la mer : le fault defquelles pource
qu'elles fe ietterent toutes à coup dans la mer, le
fault fur l'vn des coftez de la fufte fut fi pefant
& fi lourd, auecques ce que la tourmente y aida
vn petit, que la fufte en tourna fens deffus deffouz,
de maniere que tous ceux qui eftoient dedans fe
trouuerent plongez en la mer, mais nonpas tous
auec mefme efperance de falut : car les courfaires
auoient tous leurs efpées ceintes à leurs coftez,
& leurs brigandines faictes à efcailles fur leurs dos,
auecques les cuifotz qui leur pendoyent iufques
à my iambe : au contraire Daphnis eftoit tout
defchaux, comme celuy qui gardoit les beftes aux
champs, & prefque tout nud au demourant : pource
que c'eftoit en Efté & qu'il faifoit fort chauld, parquoy les courfaires apres auoir duré vn peu de
temps à nager, furent tirez à fond & finablement
noyez par la pefanteur de leurs armes, & Daphnis
à l'oppofite defpoüilla facilement fi peu d'abille-
mens qu'il auoit autour de luy, & neantmoins encore
fe laffa il de nager à la fin, comme celuy qui n'a-
uoit accouftumé de nager que dedans les riuieres,
toutesfois la neceffité luy enfeigna ce qu'il auoit à
faire en ce cas, car il fe ietta entre deux vaches
qui nageoyent cofte à cofte l'vne de l'autre, & fe

prenant auec les deux mains à leurs cornes, fut
par elles porté fans peine quelconque, auffi à fon
ayfe comme s'il euft efté dedans vn chariot : car
le beuf nage beaucoup mieux & plus longuement
que ne faict l'homme : & n'y a beftes au monde
qui durent fi long temps à nager comme il fait,
fi ce ne font animaux aquatiques, & encores poiffons, tellement que iamais vn beuf ny vne vache
ne fe noyroyent, fi leurs piedz ne s'accrochoyent
en nageant à quelque chofe dedans l'eau, dequoy
font foy plufieurs deftroictz en la mer, qui iufques
au iourd'huy font appellez Bofphores, c'eft adire,
traiect ou paffage de beuf. Voyla comment Daphnis
fe fauua & efchappa contre fon efperance de deux
grands dangers : l'vn d'eftre efclaue des courfaires,
& l'autre d'eftre noyé. Au fortir de la mer il trouua
Chloé fur la riue, plorant & riant tout enfemble,
fi fe ietta entre fes bras, & luy demanda pour
quelle caufe elle auoit ainfi ioüé de la flufte :
Chloé luy racompta tout du long, comme elle s'en
eftoit courue vers Dorcon, comment les vaches
auoient par luy efté apprinfes à fuiure le fon de
la flufte, comment il luy auoit confeillé d'en ioüer,
& comment il eftoit trefpaffé : feulement oublia
elle (de honte) à dire comment elle l'auoit baifé,
parquoy ilz delibererent d'honorer la memoire
de celuy qui leur auoit faict tant de bien, & s'en
allerent auec fes parens & amys inhumer le corps
du malheureux Dorcon, fur lequel ilz ietterent
force terre, & planterent autour de fa foffe plufieurs
arbres, y pendirent chacun quelque chofe de leur
meftier, & oultre y efpandirent du laict, & efprai-

gnirent des grappes de raïfin, & y cafferent plufieurs fluftes. Ses vaches s'en prindrent à bramer
piteufement, & s'en coururent en mugiffant ça & là,
comme beftes efgarées, ce que les autres pafteurs
interpreterent eftre le dueil que les pauures beftes
menoyent du trefpas de leur maiftre. Apres que
Dorcon fut enterré Chloé mena Daphnis en la
cauerne des Nymphes, ou elle le nettoya, & quant
& quant laua auffi fon beau corps d'elle mefme,
blanc & poly comme albaftre, & qui n'auoit que
faire d'eftre laué pour fembler beau, puis en cueillant enfemble des fleurs que portoit la faifon, en
firent des chappeaux aux images des Nymphes,
& attacherent contre la roche la flufte de Dorcon
pour offrande, puis cela faiƈt retournerent vers
leurs cheures & brebis, lefquelles ilz trouuerent
toutes tapies contre la terre fans paiftre ny befler
pour l'ennuy & le regret qu'elles auoyent ainfi
qu'il eft à prefumer de ne veoir plus ny Daphnis
ny Chloé, mais auffi toft qu'elles les apperceurent,
& qu'eux fe prindrent à les fifler comme de couftume,
& à ioüer du flageollet, elles fe leuerent incontinent, & fe prindrent à pafturer comme deuant,
& les cheures à fauteler en beflant, comme fi elles
fe fuffent efioüies d'auoir recouuré leur cheurier :
mais quoy qu'il y euft, Daphnis ne fe pouuoit
efioüir à bon efcient depuis qu'il eut veu Chloé
toute nue, & fa beauté à defcouuert, car il ne
l'auoit auparauant iamais veuë, fon cœur en lan-
guiffoit ne plus ne moins que s'il euft efté attainƈt
& enuenimé de quelque poifon, fon poux eftoit
aucunesfois fort & hafté, comme fi on l'euft chaffé,

& quelque fois foible & debile, comme fi à la fur-
prinfe des courfaires il euft perdu toute fa force,
& luy fembloit la fonteine ou il auoit veu Chloé
fe lauer, plus effroyable & plus redoubtable que la
mer. Brief il luy eftoit aduis que fon ame eftoit
encores entre les brigands, tant il eftoit en grande
peine, comme vn ieune garfon nourry aux champs,
qui n'auoit encore iamais experimenté que c'eft
que du brigandage d'amour.

FIN DV PREMIER LIVRE.

LE SECOND LIVRE.

———

 STANT ia l'Automne en fa vigueur, & la faifon des vendanges venue, chafcun aux champs eftoit en befongne à faire fes apreftz : les vns racouftroyent les preffoüers, les autres racloyent les tonneaux, les autres faifoyent les hottes & penniers à porter la vendange, les autres efmouloient leurs ferpettes & facleaux pour vendanger, les autres appreftoyent la meule pour fouler & brifer les raifins, & les autres preparoyent de lozier fec, dont on auoit ofté l'efcorce, à force de le batre, pour en faire des flambeaux à tirer & entonner le vin la nuict : & à cefte caufe Daphnis & Chloé entremettant auffi pour quelques iours la folicitude de mener leurs beftes aux champs, prefterent l'vn à l'autre ce temps pendant l'œuure & labeur de leurs

mains. Daphnis portoit la vendange dedans vne
hotte, & la fouloit en la cuue, puis entonnoit le
vin dedans les tonneaux : & Chloé de l'autre cofté
appareilloit à manger aux vendangeurs, & leur
portoit du vin vieil de l'année precedente, puis
fe mettoit à vendanger auffi elle mefme les plus
baffes branches des vignes, aufquelles elle pouuoit
aduenir : car les vignes du vignoble de Metelin
font toutes baffes, au moins non eleuées fur arbres
fort haultz, tellement que les branches en pendent
iufques contre terre, & s'eftendent ça & là, comme
lierre, fi qu'vn enfant de mamelle (par maniere de
dire) attaindroit aux grappes : & comme la cous-
tume eft en telle fefte du Dieu Bacchus, & à la
naiffance du vin, on auoit appellé des villages de
la entour plufieurs femmes, pour ayder à faire les
vendanges : lefquelles femmes iettoyent toutes les
yeulx fur Daphnis, & en le loüant, difoyent qu'il
eftoit auffi beau que Bacchus, & y en eut vne plus
affeſtée que les autres qui le baifa. Daphnis en
fift du courroucé : mais Chloé en fut à bon efcient
marrie : d'autre cofté les hommes qui eftoyent
dedans les cuues & preffoüers iettoyent à Chloé
plufieurs paroles à la trauerfe, & fautoyent apres
elle, comme fefoyent les Satyres autour de Bacchus, difans qu'ilz feroyent contens de deuenir
moutons, moyennant qu'vne telle bergere les menaft
aux champs. Chloé en eftoit bien ayfe, & Daphnis
au contraire marry : tellement que l'vn & l'autre
defiroit que les vendanges paffaffent bien toft, afin
qu'ilz peuffent retourner aux champs à la maniere
accouftumée, & au lieu des chants de ces vendan-

geurs, oüyr ioüer de la flufte, ou plus toft leurs
trouppeaux befler. Dedans peu de iours les vendanges furent acheuées, & le vin entonné, fi qu'il
ne fut plus befoing d'en empefcher tant de gens,
au moyen dequoy ilz recommencerent à mener
leurs beftes aux champs comme deuant, & allerent
à grande ioye faluer les Nymphes, en leur portant
pour les primices des vendenges, des moiffines
de raifins pendues encore aux branches, dequoy
faire ilz n'auoient par le paffé iamais efté pareffeux :
car & le matin des que leurs trouppeaux commencerent à brouter, ilz les alloient faluer, & le foir
quand ilz les ramenoient au teft, les alloient de
rechef adorer : & iamais n'y alloient les mains
vuydes, qu'ilz n'y portaffent tantoft quelques fleurs,
tantoft quelques fruiftz, vne fois de la ramée verte,
& vne autrefois quelque petit de laiét : dont puis
apres ilz receurent des Deeffes bien ample recompenfe : mais pour lors, ilz folaftroient enfemble
comme deux ieunes leurons, ilz faultoient, ilz
fluftoient, ilz chantoient, ilz luftoient bras à bra-
l'vn contre l'autre, à l'enuie de leurs beliers & boucs
quins : & ainfi comme ilz s'esbatoient furuint en
leur compagnie vn vieillard, veftu d'vne peliffe de
peau de cheure, des fabotz en fes piedz, & vn
biffac tout vfé, pendu à fon col, lequel fe feant
aupres d'eux, fe prit à leur dire : mes enfans, ie
fuis le vieillard Philetas qui ay chanté maintes
chanfons à l'honneur de ces Nymphes, & maintefois ioué de la flufte en l'honneur du dieu Pan,
& qui ay gouuerné maint trouppeau auec la mu-
ficque feulement, & maintenant viens icy pour

vous declarer ce que i'ay veu, & annoncer ce que
i'ay ouy : i'ay vn beau verger que i'ay moy mefme
planté, femé, labouré & acouftré de mes propres
mains, depuis le temps que pour ma vieilleffe i'ay
ceffé de garder & mener les beftes aux champs : il
y a dedans ce verger tout ce que lon y pourroit
fouhaitter pour la faifon : au printemps des rozes,
des violettes, des lys : en efté du pauot, des poires,
des pommes : maintenant qu'il eft Automne, des
raifins, des figues, des grenades, des grains de
meurte : & y viennent par chacun iour à grandes
vollées toutes fortes d'oyfeaux : les vns pour y
trouuer à repaiftre, & les autres pour y chanter :
car il eft vmbragé & couuert de grand nombre
d'arbres, & arrofé de trois belles fonteines, & eft
fi efpes que qui en ofteroit la haye qui le cloft, on
diroit à le veoir que ce feroit vn bois. Auiourd'huy,
enuiron le midy i'y ay apperçeu vn ieune garfonnet
deffoubz mes meurtes & grenadiers, qui tenoit en
fes mains des pommes de grenade, & des grains
de meurte : il eftoit blanc comme laiĉt, rouge
comme feu, poly & neĉt comme s'il ne venoit que
d'eftre laué, il eftoit nud, il eftoit feul, & fe iouoit
à cueillir de mes fruiĉtz comme fi le verger euft efté
fien : fi m'en fuis couru vers luy craignant que
(comme il eftoit fretillant & remuant) il ne rom-
pift quelque branche de mes meurtes & grenadiers :
mais il m'eft legerement efchappé des mains, tantoft fe coulant par entre les rofiers, tantoft fe cachant foubz les pauotz, comme feroit vn petit
perdriau : i'ay autrefois eu bien de la peine d'aller
apres de ieunes cheureaux de laiĉt : & fouuent ay

trauaillé à courir apres de ieunes veaux qui venoient
de naiftre : mais cecy eft toute aultre chofe, & n'eft
pas poffible au monde de le prendre, parquoy me
trouuant las & recreu, comme vieil & ancien que
ie fuis, en m'appuyant fur mon bafton, en prenant
garde qu'il ne s'en fouift, ie luy ay demandé à qui
il eftoit de noz voifins, & à quelle occafion il venoit
ainfi cueillir les fruiftz du iardin d'autruy : il ne
m'a rien refpondu, mais s'approchant de moy s'eft
pris à rire fort delicatement en me iettant des grains
de meurte, ce qui m'a (ne fçay comment) amolly
& attendry le cueur : de forte que ie n'ay plus fceu
me courroucer à luy : fi l'ay prié de s'en venir hardiment à moy fans rien craindre, iurant par mes
meurtes que ie le laifferoys aller quand il vouldroit,
auec des pommes & des grenades que ie luy donnerois, & luy fouffrirois prendre des fruiftz de mes
arbres, & cuillir de mes fleurs tant comme il vouldroit : moyennant qu'il me donnaft vn baifer feull-
lement, & adoncq' fe prenant à rire auec vne chere
gaye, & bonne & gentille grace, m'a ietté vne voix
fi amiable & fi doulce, que ny l'Arondelle, ny le
roffignol, ny le cigne, fuft il auffi vieil comme moy,
n'en fçauroit ietter de pareille, difant : quant à
moy, Philetas, ce ne me feroit point de peine de
te baifer : car i'ayme plus à eftre baifé que tu ne
defires retourner en ta ieuneffe, mais garde que ce
que tu me demande ne foit vn don mal feant & peu
conuenable à ton aage, pour ce que ta vieilleffe
n'empefchera point que tu ne brufle de defir de me
fuiure, apres que tu m'auras baifé, & il n'y a Aigle
ny Faulcon, ny autre oyfeau de proye, tant ayt il

l'ælle viste & legere, qui me peust confuiure : ie ne
suis point enfant, combien que i'en aye l'apparence,
ains suis plus ancien que le vieil Saturne, & que de
toute ancienneté, ie te congnois deflors que estant en
la fleur de ton aage, tu regardoys en ce prochain
marestz, vn si beau & gras trouppeau de bœufz
& de vaches, & estois aupres de toy quand tu ioüoys
de ta fluste dessoubz ces fousteaux là, lorsque tu
estois amoureux de la belle Amaryllide : mais tu
ne me voyois pas, encore que ie feusse continuellement aupres de ton amye, laquelle ie t'ay à la fin
donnée, & tu en as eu de beaux enfans, qui maintenant sont bons laboureurs, & bons bouuiers,
& pour le present ie gouuerne aussi Daphnis
& Chloé, & apres que ie les ay le matin mis ensemble, ie m'en viens en ton verger là ou ie prendz
plaisir aux arbres & aux fleurs que tu y as plantez,
& me laue en ces fonteines, qui est la cause que
toutes les plantes & les fleurs de ton iardin sont si
belles à veoir, pour ce qu'elles sont nourries & ar-
rousées de l'eau ou ie me suis laué : regarde si tu
ne verras pas vne branche de tes arbres rompüe,
ton fruict aucunement pillé, ou aucune plante de tes
herbes, & de tes fleurs foullée, ny pas vne de tes
fonteines troublée, & te repute bien heureux de ce
que toy seul, entre les hommes, en ta vieillesse tu
es encore bien voulu de cest enfant. Si tost qu'il a
eu acheué ces parolles, il s'en est enuollé dessus
les meurtes, ne plus ne moins que feroit vn petit
roussignol, & en sautelant de branche en branche,
par entre les fueilles, est à la fin monté iusques à
la cime : i'ay veu ces petites æles, son petit arc

& ſes fleches en eſcharpe ſur ſes eſpaules, puis ay
eſté tout esbahy que ie n'ay plus veu, ny ſes fleches
ny luy. Or ſi ie n'ay pour neant la teſte blanche,
& que la longue vieilleſſe ne m'ayt diminué le ſens
& l'entendement, mes enfans, ie vous aſſeure que
vous eſtes tous deux deuoüez & dediez à l'amour,
& qu'amour a ſoing de vous. Ilz furent auſſi aiſes
d'ouyr ces propoz, comme ſi on leur euſt compté
quelque belle & plaiſante fable, ſi luy demanderent
que c'eſtoit que d'amour, ſi c'eſtoit vn enfant, ou
bien vn oyſeau, & quelle puiſſance il auoit. Adonc
Philetas commença derechef à leur dire : amour eſt
vn dieu, mes enfans, ieune, beau, & qui a des
æſles, & pour ceſte cauſe prend il plaiſir à hanter
entre les ieunes gens : il cherche les beautez, & faict
voller les cueurs des hommes, ayant ſi grand
pouuoir que le grand Iupiter meſme n'en a point
tant : il domine ſur les elementz, ſur les eſtoilles,
& ſur ceulx qui ſont dieux comme luy, vous meſmes
n'auez pas tant de maiſtriſe ſur voz cheures, & ſur
voz brebis, qu'il en a ſur tout le monde : toutes
les fleurs ſont ouurages d'amour, toutes les plantes
& tous les arbres ſont de ſa facture, c'eſt par luy
que les riuieres coulent, & que les ventz ſoufflent :
i'ay ſouuentefois veu des toreaux amoureux, mugir
d'amour, auſſi fort comme s'ilz euſſent eſté poingtz
& picquez d'vn frolon : & vn boucquin baiſer ſa
cheure, & la ſuyure par tout : moy meſme ay autrefois eſté ieune, & ay aimé Amarylide : mais lors il
ne me ſouuenoit de menger, ny de boire, ny ne prenois aucun repos : i'eſtois touſiours triſte & pen-
ſif, le cueur me battoit, & eſtois comme tranſi, ie

5

cryois comme qui m'euſt battu, & ne parlois non
plus que ſi i'euſſe eſté mort ou muet, ie me`iettois
dedans les riuieres pour eſtaindre la chaleur qui
me bruſloit, & appellois à mon ayde le dieu Pan,
comme celuy qui autrefois auoit eſté amoureux de
la belle Pitys, ie remercyois la Nymphe Echo,
pource qu'elle nommoit apres moy m'amye Amarylide, & puis rompois mes fluſtes, par deſpit de
ce qu'elles ſçauoient bien donner plaiſir à mes
vaches, & ne pouuoient faire venir à moy mon
Amarylide : car il n'y a medicine quelconque, ſoit
qu'on la menge ou la boiue, ny eſpece aucune de
charme qui puiſſe guerir le mal d'amour, ſinon le
baiſer, embraſſer & coucher enſemble nuë à nu.
Philetas apres les auoir ainſi enſeignez ſe departit
d'auecq'eux, emportant pour ſon loyer quelques
fromages & cheureau, à qui les cornes commençoyent
ia à poindre qu'ilz luy donnerent : mais apres qu'il
ſe fut party, les deux ieunes amans demourans tous
ſeulz, & ne ayans iamais au parauant ouy parler
d'amour, ſe trouuerent en plus grande detreſſe que
parauant : pource que l'amour commenceoit à les
toucher au vif : & retournez qu'ilz furent en leurs
maiſons, ſe mirent chaſcun de ſon coſté à rap-
porter ce qu'ilz ſentoyent en leurs cœurs, auecq'
ce qu'ilz auoyent ouy racompter au vieillard, ſi
diſoient ainſi à par eulx : les amans ſont douloureux, auſſi le ſommes nous : ilz ne font compte de
boire ny de manger, auſſi peu en faiſons nous : ilz
ne peuuent dormir, nous ſommes tout de meſme :
il leur eſt aduis qu'ilz bruſlent, & ie croy que nous
auons du feu dedans le corps : ilz deſirent s'en-

treuoir, & pour ce faire nous fouhaittons que la
nuiƈt ne dure gueres, & que le iour reuienne bien
toſt à l'aduenture. Doncques eſt ce cela que lon
appelle amour, & nous entre-aymons l'vn l'autre,
& ſi ne le ſçauions pas, mais ſi c'eſt amour que
ie ſens, & qu'elle m'ayme, pourquoy doncques
ſommes nous ainſi mal à noſtre aiſe, à quoy faire
nous entrecherchons nous, Philetas nous a diƈt la
verité, ce ieune garſonnet qu'il a veu en ſon verger, apparut auſſi iadis à noz peres, quand il leur
commanda en ſonge qu'ilz nous enuoyaſſent garder les beſtes aux champs : mais comment le pourroit on prendre, il eſt petit, & s'en fouyra, & ſi
n'eſt poſſible d'echapper de luy, car il a des ælles
& nous attaindra : il fault auoir recours à l'ayde
des Nymphes. Pan luy meſmes ne ſeruit de rien à
Philetas lors qu'il eſtoit amoureux d'Amarilide, il
vault doncques mieux chercher les remedes qu'il
nous a enſeignez de baiſer accoler & coucher enſemble nuë à nud : vray eſt qu'il faiƈt froid, mais
nous l'endurerons : ainſi leur eſtoit la nuiƈt vne
ſeconde eſcole, en laquelle ilz recordoyent les enſei-
gnemens de Philetas : le lendemain au poinƈt du
iour ilz menerent leurs beſtes aux champs, s'entrebaiſerent l'vn l'autre, ce qu'ilz n'auoyent point
encore faiƈt au parauant : & croiſans leurs bras
s'entreaccolerent, mais ilz n'oſerent eſſayer le troiſieſme poinƈt de la medecine, qui eſtoit de ſe
deſpoüiller pour coucher enſemble nuë à nud : car
ce euſt eſté trop hardiment fait, non ſeulement
pour la ieune bergere, mais auſſi pour le ieune
cheurier : parquoy la nuiƈt enſuyant ilz ne

peurent repofer, & ne firent autre chofe que
rememorer ce qu'ilz auoyent faict, & regretter
ce qu'ilz auoyent obmis à faire, difans ainfi en
eux mefmes : nous nous fommes entrebaifez & il
ne nous a de rien feruy, nous nous fommes l'vn
l'autre acolez, & il ne nous en eft prefque de rien
amendé, il fault donc dire que le coucher enfemble
eft le fouuerain remede du mal d'amour, il le fault
donc effayer auffi : car pour certain, il y doibt
auoir quelque chofe d'auantage qu'au baifer. Or
pour auoir eu ces penfées amoureufes en veillant,
il leur venoit auffi, comme il eft ordinaire des
fonges amoureux en dormant, & leur fembloit
qu'ilz s'entrebaifoyent, qu'ilz s'entre-acolloyent,
& qu'ilz faifoyent de la nuict ce qu'ilz n'auoyent
ofé faire le iour en fe couchant enfemble nuë à nu,
de forte que le lendemain ilz fe leuerent plus
efpris d'amour que deuant, & chaffans auec le
fiflet leurs trouppeaux aux champs, leur tardoit
qu'ilz ne fe trouuoyent pour s'entrebaifer, & fi
loing qu'ilz s'entreuirent, fe prirent en riant à
courir l'vn contre l'autre, s'entrebaiferent premierement, & puis s'entre-acolerent : mais le troi-
fiefme ne pouuoit venir, ne voulant point Chloé
commencer, iufques à ce que l'aduenture les con-
duyfit à ce faire, en cefte maniere : ilz s'eftoyent
affis l'vn pres de l'autre au pied d'vn chefne :
& ayant goufté du plaifir de baifer, ne fe pouuoyent
faouller de celle volupté : l'embraffement fuyuoit
quand & quand pour baifer plus ferré, & pour
autant que Daphnis tiroit fa prife vn peu trop
fort, Chloé ne fçay comment, fe coucha fur vn

cofté, & Daphnis fuyuant la bouche de Chloé,
pour ne perdre l'aife du baifer, fe leffa auffi de
mefme tomber fur le cofté, & recognoiffans tous
deux en cefte contenance la forme de leur fonge,
demeurerent long temps ainfi couchez, s'entrete-
nans bras à bras, auffi eftroittement comme s'ilz
euffent efté collez enfemble, fans fçauoir riens du
furplus & penfans que ce fuft le dernier point de
ioüyffance amoureufe, fi y pafferent la plus grande
partie du iour, iufques à ce que le foir les con-
traignit de fe feparer, & lors en mauldiffant la
nuiɗ, ilz remenerent leurs beftes au teɗ, & peult
eftre à la fin euffent ilz faiɗ quelque chofe à bon
efcient, n'euft efté vn tel trouble & tumulte, qui
furuint en celle contrée. Il y auoit vne compagnie
de ieunes riches hommes, de la ville de Methyne,
lefquelz voulans paffer ioyeufement le temps des
vendenges & s'aller esbatre hors du territoire de
leur ville, tirerent vn batteau en mer, meirent leurs
varletz à la rame, & s'en allerent esbatans le long
de la cofte des Mithyleniens, pour ce qu'il y a par
tout bon abryt pour fe retirer, & eft bornée de
beaux edifices, & y trouue lon force ruiffeaux, fonteines, vergers pleins d'arbres, que la nature y a
produiɗ en partie, & en partie la main des hommes
y a edifiez, & par tout feur abbord & delicieux
feiour. Ces ieunes gens en vogant au long de cefte
cofte, & defcendant en terre, en quelques endroiɗz,
ne faifoyent mal ne defplaifir quelconque à perfonne, ains s'esbattoyent à diuers paffetemps : vne
fois auec des hameffons attachez d'vn petit fillet
au bout de quelques cannes & rofeaux, ilz pef-

choient des poiffons qui hantent au long, des rochers de deffus quelque efcueil getté auant dedans
la mer, vne autrefois ilz prenoient auec des chiens
& des filetz les lieures, qui s'enfuyoient des vignes,
pour le bruit des vendengeurs, vne autrefois ilz
prenoyent grand plaifir à tendre aux oyfeaux,
& auec des lacz courans & colletz prenoyent des
oyes fauuages, de halebrans & oftardes, de forte
qu'outre le plaifir qu'ilz en auoyent, ilz for-
niffoyent encore leur table, & fi leur falloit quelque
chofe d'auantage, ilz le prenoient au plus prochain
vilage, en payant beaucoup plus que les chofes
ne valloient, il ne leur falloit que le pain, le vin
& le logis feullement : car ilz ne trouuoient pas
qu'il fuft trop feur de coucher la nuyct en mer
dedans leur batteau, eftant la faifon de l'automne,
& à cefte caufe tiroient la nuict leur batteau en
terre; craignant qu'il ne fe leuaft quelque tourmente pendant qu'ilz dormiroient : mais quelque
païfant de la entour ayant affaire d'vne corde,
dont on tourne la meule qui preffure le marc des
raifins apres qu'ilz ont efté foullez en la cuue,
pource que la fienne eftoit vfée & rompue, s'en
vint fecrettement vers le bord de la mer, & trouuant le batteau fans garde, deflya la corde, auec
laquelle on l'attachoit à terre, l'apporta en fon
logis, & s'en feruit à ce qu'il en auoit affaire : le
lendemain au matin ces ieunes hommes de Methymne chercherent par tout leur corde : mais
perfonne ne confeffat l'auoir prife, parquoy apres
qu'ilz eurent vn peu tencé auec leurs hoftes, ilz
tirerent oultre : & ayans faict enuiron deux lieues,

vindrent abborder à l'endroit des champs, ou fe
tenoient Daphnis & Chloé, pource qu'il leur fembla qu'il y auoit belle plaine à courir le lieure. Or
n'auoient ilz plus de corde pour attacher leur batteau, & à cefte caufe prirent du franc ofier verd,
le plus long qu'ilz peurent trouuer, qu'ilz tordirent
& en feirent vne hard, dont ilz attacherent leur
batteau par la proue & le lierent à terre, puis fe
meirent à chaffer auec leurs chiens, & tendirent
leurs toilles aux endroictz qui leur femblerent plus
à propoz : leurs chiens courans çà & là, en
abboyant efroyerent les cheures, lefquelles aban-
donnerent incontinent les couftaux, & s'en fouyrent
vers la marine, là ou ne trouuant rien à brouter
parmy le fable, aucunes d'elles plus hardies que
les autres, s'approcherent du batteau & mengerent
la hard d'ofier dont il eftoit attaché : de fortune
la mer eftoit vn peu efmeue, par ce qu'il s'eftoit
leué vn vent de terre, tellement que la tormente
eut incontinent efloigné le batteau du riuage,
& l'eut emporté en pleine mer, dequoy les ieunes
hommes Methymniens s'eftans apperceuz, les vns
s'en coururent vers la mer, les autres rappellerent
leurs chiens, & tous enfemble menerent tel bruit que
tous les payfens de là autour les entendans ainfi
crier, y coururent de toutes partz. Mais tout cela
ne feruit de rien, car le vent fe refrechiffant
toufiours de plus en plus, le mena fi roide & fi
loing qu'il n'y auoit plus ordre de le pouuoir
attaindre, parquoy ces ieunes hommes fe voians
priuez de beaucoup de biens qui eftoient dedans
leur batteau, chercherent tant le cheurier qui deuoit

garder les cheures, qu'ilz trouuerent Daphnis,
& en chaulde colle commencerent à le battre & à
le vouloir defpouiller, fi y en eut vn d'entre eux,
qui deftacha la leffe dont il menoit fon chien,
& prit les deux mains de Daphnis pour les luy
lier derriere le doz : le pauure Daphnis qu'on
battoit, ne pouuoit autre chofe faire que crier,
& prioit les voifins de luy ayder. Mais fur tous
autres, il appelloit en fon ayde Lamon & Dryas,
qui eftoient deux verdz vieillardz : & qui auoient
les mains rudes & endurcies du labeur des champs,
lefquelz furuenuz, feirent ceffer la violence & le
tort que lon faifoit à Daphnis, remonftrans à ces
ieunes hommes de Methymne, que s'il leur auoit
faict aucun tort, ilz le deuoient contraindre à le
reparer par Iuftice. Ceux de Methymne le voulurent, & effeurent pour leur arbitre le bouuier
Philetas, à caufe que c'eftoit le plus ancien de tous
ceux qui s'eftoient trouuez à cefte emeute, & qu'entre
tous ceux de fon village il auoit le bruit d'eftre
homme de plus-grande legalité. Cela accordé les
Methymniens, comme ceux qui auoient à plaider
deuant vn iuge bouuier, commencerent en termes
courtz & clers leur accufation, de telle forte : Nous
eftions defcenduz en ces champs pour y cuider
chaffer, & auions attaché noftre batteau au riuage
de la mer auec vne hard d'ofier verd, puis nous
eftions mis en quefte auec noz chiens, & ce pendant les cheures de ceftuy cy font defcendues vers
la marine, lefquelles ont mengé l'ofier dont noftre
batteau eftoit attaché, & confequemment l'ont
deftaché, comme vous mefme l'auez peu voir em-

porté par les vagues en haulte mer : il y a dedans
grande quantité de biens, qui font perduz pour
nous, & entre aultres chofes force beaux colliers
pour noz chiens, & de l'argent plus qu'il n'en
faudroit pour achepter tout le vaillant de ceux cy,
en recompenfe de laquelle perte nous voulons emmener comme noftre efclaue, ce mefchant cheurier
icy, lequel entend fi mal le meftier dont il fe mefle,
que de mener fes cheures au riuage de la mer,
comme s'il eftoit marinier. Voyla de quoy les
Methymniens accuferent Daphnis, qui fe trouuoit
tout moulu des coupz de poing qu'il auoit receuz.
Mais neantmoins voyant Chloé prefente, il ne
s'eftonna de rien, & leur refpondit franchement en
cefte maniere : Ie garde bien mes cheures, & n'y
a perfonne en tout le village qui fe foit iamais
plainét, que pas vne d'elles ayt rien brouté en fon
iardin, ny rompu ou gafté vn feul cep en fa vigne :
mais ceux cy eux mefmes font mauuais chaffeurs,
& ont des chiens mal apris, qui ne font que cour-
rir ça & là, & abbayer fi terriblement qu'ilz ont
effarouché mes cheures, & les ont chaffez de la
montaigne & de la plaine, vers le riuage de la
mer comme fi ce euffent efté loupz, & puis ilz me
vont mettant fus, qu'elles ont mengé de l'ofier,
c'eft pour ce qu'elles ne trouuoient emmy le fable
autre verdure quelconque, ne ronce, ny thym : fi
leur batteau eft pery en la mer par la force des
ventz, il s'en fault prendre à la tourmente, ce
n'ont pas efté mes cheures qui l'ont faiét : mais
s'il y auoit dedans tout plein de biens, & mefmes
de l'argent comptant, qui feroit fi fol de croire

qu'vn batteau ou il y auroit tant de richeſſe, n'euſt
autres choſe pour l'attacher qu'vne hard d'oſier
verd. Daphnis en diſant ces parolles ſe prit à plorer, & feit pitié à tous les aſſiſtans, tellement que
le iuge Philetas fiſt ferment aux Nymphes & à Pan,
que Daphnis à ſon aduis n'auoit point de tort,
ne ſes cheures auſſi, & que la faulte (ſi faulte y
auoit) eſtoit aux vents & à la mer, deſquelz il
n'eſtoit pas iuge pour la leur faire reparer. Ce
neantmoins le bon Philetas ne ſceut ſi bien dire
que les Methymniens s'en contentaſſent : ains de
rechef en grand' fureur prirent Daphnis, & le voulurent lier pour l'emmener priſonnier, n'euſt eſté
que les païſans de ce mutinez ſe ruerent ſur eux
& leur oſterent d'entre les mains. Daphnis de ſon
coſté ſe defendoit auſſi, & combatoit luy·meſme,
ſi qu'à grands coups de pierres & de baſtons,
chaſſerent les Methymniens, & ne ceſſerent de les
pourſuyure iuſques à ce qu'ilz les euſſent chaſſez
battans hors de leur territoire : mais ce pendant
qu'ilz les chaſſoyent, Chloé tout à loiſir mena
Daphnis en la cauerne des Nymphes, & luy eſſuya
le viſage tout ſoüillé du ſang qui luy eſtoit coulé
du nez & tirant de ſa pennetiere vn morceau de
fromage & de gaſteau, luy en donna à manger,
& qui plus encore le contenta, luy donna de ſa
tendre bouche vn baiſer plus doux que miel.
Ainſi eſchappa Daphnis de ce danger, mais la
choſe n'en demoura pas là : car ces ieunes hommes
de Methimne ne furent pas plus toſt de retour en
leurs maiſons par terre, au lieu qu'ilz eſtoient
partiz par mer·ſus vn batteau, bleſſez & mal

menez au lieu qu'ilz eſtoient iſſus gays & bien
deliberez, qu'ilz firent aſſembler le conſeil de la
ville, auquel ilz requirent humblement à leurs
Citoyens qu'il leur pleuſt venger l'exces & outrage
qu'on leur auoit fait. Pour à quoy plus les inciter
ilz ne dirent pas vn mot de verité : craignans que
s'ilz euſſent recité le faict au vray comme il eſtoit
allé, ilz n'euſſent encore eſté moquez de s'eſtre
laiſſé chaſſer à coups de baſton par des païſans :
mais en deſguiſant le faict, affermerent que les
Mytileniens leur auoient ôté leur batteau, & pillé
leurs biens, tout ainſi que s'ilz euſſent eſté en
guerre ouuerte, ceux de Metymne adiouſterent
facilement foy à leur dire, pource qu'ilz les
voyoient ainſi bleſſez & mal menez, & quant & quant‐
eſtimans que c'eſtoit choſe iuſte & raiſonnable de
venger vn outrage tel, fait aux enfans des plus nobles
maiſons de leur ville, decernerent ſur le champ la
guerre contre les Mytileniens, ſans la leur enuoyer
denoncer, & commanderent à leur Capitaine, qu'il
tiraſt promptement de leur arcenal en mer dix
Galleres, pour aller faire le pys qu'ilz pourroient
en toute leur coſte, pour autant qu'ilz penſoient
que ce ne ſeroit pas ſeurement ny ſagement faict
de mettre lors que l'hyuer approchoit, plus groſſe
flotte en mer : le capitaine des le lendemain au
matin eut dreſſé ſon equippage, & vſant de ſes ſoldatz, meſmes au lieu de forſaires pour ramer alla
fourrager toutes les terres de Mytileniens qui
eſtoyent prochaines du riuage de la mer, ou il pilla
grand nombre de beſtail, grande quantité de bledz
& de vins, pour autant qu'il n'y auoit gueres que

vendanges eſtoyent acheuées, & grande multitude
de priſonniers tous vignerons & laboureurs, puis
alla auſſi courir les terres ou Daphnis & Chloé
gardoyent leurs beſtes, & y deſcendit ſoudainement
à l'impourueu, rauit & roba tout ce qu'il y trouua.
Daphnis pour lors n'eſtoit pas auec ſon trouppeau,
ains eſtoit allé es bois prochains cueillir de la plus
tendre & plus verde ramée, pour donner l'hyuer à
brouſter à ſes petitz cheureaux, & voyant de loing
la deſcente & incurſion des ennemys, ſe cacha
dedans le tronc d'vn cheſne ſec & creux : mais
Chloé qui eſtoit aupres des deux trouppeaux, ſi
toſt qu'elle apperceut les courriers, ſe cuyda ſauuer
de viteſſe, & s'enfuyt dedans la cauerne des
Nymphes : elle fut pourſuyuie iuſques au lieu
meſme, là ou elle faiſt priere aux ſoldatz en l'honneur des Nymphes, de ne vouloir point faire de
deſplaiſir ny à elle ny à ſes beſtes : toutesfois ſa
priere n'eut point de lieu, car les ſoldatz de Methymne apres auoir faiſt pluſieurs villenies par deri-
ſion aux images des Nymphes l'emmenerent elle
& ſes beſtes, en la chaſſant deuant eux à tout de
l'ozier, comme on feroit vne cheure ou vne brebis :
& voyans qu'ilz auoient ia leurs vaiſſeaux tous
pleins de toute ſorte de butin, ne voulurent plus
tirer oultre, ains reprindrent la route de leur maiſon, craignans l'incertitude de l'yuer, & leurs
ennemys. Ainſi ſe retirerent les Methymniens à
force de ramer : pource que le temps fut ſi calme
qu'il ne tiroit ne vent ny alaine quelconque. Apres
que tout le bruit de ceſte courſe fut appaiſé,
Daphnis ſortit de ſon creux, & s'en vint en la

plaine ou leurs beftes auoyent accouftumé de pas-
turer : & n'y voyant ny fes cheures ny les brebis
de Chloé, ny Chloé elle mefme, ains feulement
les champs tous feulz, & la flufte de laquelle Chloé
fe fouloit esbatre iettée par terre, il fe print à
crier tant qu'il peut : & en foufpirant amerement,
s'en courut premierement foubz le foufteau à
l'ombre duquel ilz auoient accouftumé de fe feoir,
& puis vers le riuage de la mer, pour voir s'il la
trouueroit : & finablement vers la cauerne des
Nymphes là ou il l'auoit veuë fuir, & là fe gettant
par terre deuant leurs images, fe complaignit à
elles, difant qu'elles luy auoyent bien failly au
befoing. Chloé, difoit-il, a efté rauie d'entre voz
mains, & vous auez bien eu le cœur de le voir
& l'endurer : celle qui vous faifoit tant de beaux
chapeletz de fleurs, celle qui vous offroit toufiours
du premier laict, celle qui vous a donné ce flageolet mefme que ie voy icy pendu : iamais loup ne
me rauit vne feule cheure, & les ennemys m'ont
maintenant rauy le trouppeau entier tout à vn coup,
& ma compaigne bergere auffi. Or quant à mes
cheures, ilz les tueront & efcorcheront incontinent,
& Chloé deformais demourera en la ville loing de
moy. Comment oferay ie à cefte heure m'en aller
deuers mon pere & ma mere, fans mes cheures
& fans Chloé. Il fauldra dorefenauant que ie fois
vn faict-neant : car il n'y a plus chez nous de beftes
que ie peuffe garder : ie ne bougeray d'icy, attendant la mort ou vne autre guerre. Helas Chloé es
tu en mefme peine que moy! te fouuient il point
de ces champs, des Nymphes & de moy? ou fi tu

reconfortes auec noz brebis & noz cheures qui font
prifonniers auec toy? En difant ces paroles le
pauure Daphnis fut fi faify de trifteffe, qu'apres
auoir bien ploré il s'endormit fort ferré & en dormant luy apparurent les trois Nymphes en guife
de trois belles grandes femmes à demy nues, les
piedz fans chauffeure, les cheueux efpars & fem-
blables en tout & par tout aux images qui eftoyent
en la cauerne : fi luy fut bien aduis de premiere
arriuée qu'elles auoyent pitié de luy, puis la plus
aagée fe print à luy dire en le reconfortant : Daphnis, ne te plainds point de nous, car nous auons
plus de foing de Chloé que tu n'as toy mefmes :
nous auons eu pitié d'elle des qu'elle venoit de
naiftre, & ayant efté iettée & expofée en cefte
cauerne, auons pourueu à ce qu'elle fuft enleuée
& nourrie. Ne penfe pas qu'elle foit fille de Dryas,
ny née en ce village, ou que ce foit l'eftat appar-
tenant au lieu dont elle eft venue que de garder
les brebis : à cefte heure mefmes nous auons
pourueu à fon affaire, de forte qu'elle ne fera point
menée prifonniere en la ville de Methymne, ny ne
fera partie de leur butin : car nous auons prié à
Pan qui eft là debout fouz ce pin, lequel vous
n'auez iamais honoré, à tout le moins de quelques
fleurettes, qu'il nous vueille ayder à la recouurer :
pource qu'il frequente plus fouuent entre gens de
guerre que nous, & luy mefme a conduict plufieurs
guerres, en delaiffant ces lieux champeftres. Il eft
defia party pour s'en aller, dangereux ennemy
pour ceux de Methymne : pourtant ne te fafche
point, mais te leue & t'en va voir Lamon & Myr-

tale, lefquelz font iettez par terre comme toy,
cuydans que tu ayes efté prins & emmené prifon-
nier auec elle : ne te foucie point, ta Chloé reuiendra demain auec toutes voz brebis & voz cheures,
& fi les garderez encore & ioüerez de la flufte enfemble : au démourant Amour aura foing de vous.
Daphnis ayant ouy & veu telles chofes, s'efueïlla
foudain en furfault, & plorant autant de ioye que
de trifteffe, adora les images des Nymphes & leur
promift fi Chloé retournoit à fauueté, de leur facrifier la plus graffe de fes cheures : & courant incontinent vers l'image du dieu Pan, ayant les piedz
d'vn bouc, & deux cornes en la tefte, eftant dreffé
deffoubz vn pin, & tenant de l'vne de fes mains
vne flufte, & de l'autre vn boucquin fautelant,
l'adora auffi, & le pria qu'il luy pleuft faire retourner Chloé, luy promettant femblablement de luy
facrifier vn bouc : & à la fin fur le foir enuiron le
foleil couchant à peine ceffa il de plorer & de prier
les dieux & les deeffes pour le retour de fa Chloé :
puis ayant recueilly la ramée qu'il auoit couppée,
s'en retourna au village, là ou il ofta de grand
efmoy le pauure Lamon, & le remplit de lieffe, puis
mengea vn petit, & s'en alla coucher, mais ce ne
fut pas fans tendrement plorer, & fans affeétueu-
fement prier les Nymphes, qu'elles luy appa-
ruffent encore la nuiét en dormant, & que le iour
vint bien toft, auquel elles luy auoyent promis que
Chloé retourneroit, iamais nuiét ne luy fembla fi
longue que feit celle là : mais voicy comment la
chofe eftoit allée : Ce pendant le Capitaine de
Methymne ayant faiét ia long chemin en s'en

retournant, voulut vn petit refrefchir fes gens qui
eftoient trauaillez d'auoir couru en terre, & vogué
en mer : & trouuant vn efcueil qui fe gettoit fort
auant en la mer en forme de croiffant, au dedans
des pointes duquel la mer eftoit platte, & ou il y
auoit abrit pour les vaiffeaux auffi feur que dedans
vn bon port : il y pofa les ancres, fans autrement
aborder à terre, afin que les païfans à toutes
aduentures ne luy peuffent faire aucun defplaifir,
& au demourant permit à fes gens de fe traiter
& faire bonne chere, en auffi grande affeurance
comme s'ilz euffent efté en pleine paix : eux qui
auoient foifon de tous viures qu'ilz auoient pillez,
fe meirent à boire, & à iouer ne plus ne moins
que quand lon faiçt les feuz de ioye, & la fefte
d'vne victoire : mais fi toft que le iour fut failly,
& que la nuiçt eut mis fin à leur bonne chere, il
leur fut foubdainement aduis que toute la terré
deuint en feu, & entendirent de loing vn bruiçt
tel que feroit le flot d'vne groffe armée de mer qui
fuft venuë contre eux : l'vn cryoit à l'arme, l'autre
appelloit fes compaignons : l'vn penfoit eftre ia
bleffé, l'autre cuydoit veoir vn homme mort gifant
deuant luy : brief il y auoit tout tel tumulte que fi
c'euft efté vn combat de nuiçt, & fi n'y auoit point
d'ennemis. Si la nuiçt auoit efté efpouuentable, le
iour d'apres leur fut encore bien plus effroyable :
car les boucz & les cheures de Daphnis auoient
les cornes entortillez de fueillage de lyerre auec
leurs grapes, & les brebis, moutons & beliers de
Chloé hurloient comme loups. On luy trouua à
elle mefme vn chappeau de fueillée de Pin fur la

tefte : & en la mer femblablement fe faifoient des
chofes fi eftranges, qu'à peine les pourroit on
croire : car quand ilz cuydoient leuer les ancres,
elles tenoient fi ferme au fond qu'ilz ne les poûuoient
aracher, quelque effort qu'ilz en feiffent : quand
ilz cuydoient abbattre leurs rames pour voguer,
elles fe rompoient, les daulphins faultans tout au
tour de leurs vaiffeaulx, & les battans de leurs
queuës en defcoufoient les iointures, & entendoit
on le fon d'vne trompe, du deffus d'vne roche
haute & droiſte eftant à la cyme de l'efcueil, au
pied duquel ilz eftoient à l'abrit : mais ce fon
n'eftoit point plaifant à ouyr, comme feroit le fon
d'vne trompe ordinaire, ains effrayoit ceux qui
l'entendoient, ne plus ne moins que le fon d'vne
trompette de guerre la nuiſt : dequoy les Methymniens eftoient en merueilleux effroy, & couroient
aux armes, difans que c'eftoient leurs ennemis qui
leur venoient courir fus, fans ce qu'ilz les apper-
ceuffent : tellement qu'ilz defiroient que la nuiſt
reuint, comme s'ilz euffent deu auoir paix & repoz
quand elle feroit venue. Or eftoit il aifé à cognoiftre
à gens qui n'euffent point efté troublez de fens, que
toutes ces illufions qu'ilz penfoient veoir & ouyr
venoient du dieu Pan, qui eftoit indigné contre
eux pour quelque mallefice : mais ilz n'en fçauoient
deuiner l'occafion : pource qu'ilz n'auoient rien
pillé qu'ilz penfaffent eftre dedié ne confacré à Pan,
iufques à ce qu'enuiron midy le Capitaine, non
fans expreffe ordonnance diuine, s'endormit, & luy
apparut Pan luy mefme en dormant, qui luy vfa
de telles parolles : O mefchans façrileges! comme

7

aüez vous efté fi forcenez que d'ofer emplir d'effroy
& d'exploictz de guerre les champs que i'ayme
vniquement? rauir les trouppeaux de bœufz, de
brebis & de cheures qui font en ma protection,
& arracher par force d'vn lieu fainct vne ieune
fille de laquelle amour veult faire vne hiftoire finguliere, & n'auez point eu de craincte ny de reuerence aux Nymphes qui le vous ont veu faire, ny
à moy auffi qui fuis le dieu Pan ? Ie vous denonce
que vous ne reuerrez iamais la ville de Methymne,
fi vous entreprenez d'y retourner auec tel pillage :
& n'efchapperez iamais le fon de la trompe qui
vous a nagueres effroyez, car ie vous feray tous
abifmer au fond de la mer, & menger aux poiffons,
fi tu ne rends & bien toft Chloé aux Nymphes à
qui tu l'as oftée par force, & quant & elle les
trouppeaux de fes brebis & de fes cheures : pourtant leue toy fans delay, & remectz incontinent en
terre la bergere Chloé, auec ce que ie t'ay dit,
& ie vous reconduiray tous deux à fauueté : elle par
terre, & toy par mer. Le Capitaine qui s'appelloit
Bryaxia, ces parolles ouyes s'efueilla tout effroyé
en furfault, & feit incontinent appeller les Capitaines de chafcune gallere, aufquelz il commanda
que lon cherchaft promptement Chloé entre les
prifonniers, ce qui fut auffi toft faict, & la luy
amena lon couronnée de fueillage de Pin, & à cela
remerqua le Capitaine que c'eftoit elle, pour laquelle il auoit eu cefte apparition en dormant. Si
la feit remettre en terre dedans la gallere capitaineffe, dont elle ne fut pas plus toft fortie que lon
entendit de rechef le fon de la trompe dedans le

rocher, mais non plus effroyable en maniere de
l'alarme, ains tel que les bergers ont accouftumé
de fonner quand ilz menent leurs beftes aux champs :
les brebis mefmes couroient au fortir par deffus la
planche, fans que les piedz leurs gliffaffent, & les
cheures encore bien plus hardiment, comme celles
qui ont accouftumé de grauir iufques à la cyme
des plus haultz & plus droictz rochers, & enui-
ronnoient Chloé tout à l'entour en faultant & bel-
lant comme fi elles luy euffent voulu donner à
cognoiftre qu'elles fe refiouyffoient de fa deliurance :
mais les troppeaux des autres bergers & cheuriers
demourerent au lieu ou on les auoit mis, & ne
bougerent de deffoubz le tillac des galleres, comme
fi le fon de la trompe ne les euft point appellez :
dequoy tout le monde s'efmerueilla grandement,
& en loua la puiffance & bonté de Pan. Encores veit
on de plus eftranges merueilles en l'vn & en l'autre
element : car les galleres des Methymniens defma-
rerent d'elles mefmes auant qu'on euft leué les
ancres, & y auoit vn daulphin qui les conduifoit,
faultant hors de l'eau deuant la capitaineffe, & fur
la terre vn fort doulx & plaifant fon de trompe
conduifoit les brebis & les cheures, fans que lon
veit perfonne qui en fonnaft : de maniere que les
brebis & les cheures marchoient & pafturoient tout
enfemble, auec tres grand plaifir d'ouyr fi doulce
melodie. Enuiron le temps que les pafteurs re-
menent leurs beftes aux chams apres midy,
Daphnis apperceuant (de tout loing de deffus vne
haulte butte ou il eftoit monté) Chloé auec fes deux
troppeaux, defcendit le plus vifte qu'il peut en la

plaine, criant à haulte voix : ô Nymphes! ô gentil
Pan! & courant embraffer Chloé fut efpris de fi
grande ioye qu'il en tomba par terre tout pafmé :
mais Chloé en le baifant & embraffant le rechauffa
fi bien qu'elle le feit reuenir : & apres qu'il eut
repris fes efpritz, s'en alla auec elle foubz le fous-
teau ou ilz auoient accouftumé de fe trouuer : là
ou s'eftant tous deux affis à l'ombre, il ne faillit
pas à demander comme elle auoit peu efchapper des
mains de tant d'ennemis. Elle luy compta tout de
point en point, comment il eftoit creu du lierre
autour des cornes de fes cheures, comment fes
brebis auoient hurlé, comment il s'eftoit trouué
fur fa tefte vn chappeau de fueilles de Pin, le feu
qu'on auoit veu fur la terre, le bruit que lon auoit
ouy en la mer, les deux fortes de fon de trompe,
l'vn de paix, & l'autre de guerre, la nuiÃ© efpouuentable, & comment vne certaine melodie muficale
l'auoit conduiÃ«e par tout le chemin, fans qu'elle
en veift rien. Adonc Daphnis congnoiffant manifefte-
ment que c'eftoit le fecours de Pan, felon ce que les
Nymphes luy auoient dict & promis à luy mefme
en dormant, compta auffi de fa part à Chloé tout
ce qu'il auoit ouy & veu en fon abfence, & comme
eftant bien pres de rendre l'ame, la vie luy auoit
efté fauuée par les Nymphes. Apres luy auoir tout
compté, il enuoya querir par Chloé Dryas & Lamon, & quant & quant tout ce qui fait befoing
pour vn facrifice, & luy mefmes ce pendant print
la plus graffe cheure qui fuft en tout fon trouppeau, de laquelle il entortilla les cornes auecq' du
lierre en la forte & maniere que les ennemys les

auoyent trouuées le matin : & apres luy auoir
verſé vn peu de laiɛt entre les deux cornes, la
ſacrifia aux Nymphes, la pendit & eſcorcha, & leur
en ſacrifia la peau. Puis quand Chloé & la compagnie fut venue, il fiſt roſtir vne partie de la
chair & bouïllir l'autre : mais deuant toutes choſes
il miſt a partles primices pour les Nymphes, & leur
eſpandit vne pleine taſſe de vin doux, & ayant
accouſtré de petits ſieges pour ſe ſoir auec force
fueillage & verde ramée, ſe miſt au ſurplus à faire
bonne chere auec toute la compagnie, en ayant
neantmoins touſiours les yeux ſur les troupeaux,
de peur que le loup y ſuruenant d'emblée n'y fiſt
autant de dommage que pourroyent faire les
ennemys.: puis quand ilz eurent tous bien repeu,
ilz ſe mirent à chanter des chanſons à la louenge
des Nymphes, que les vieilz paſteurs auoyent anciennement compoſées, puis la nuiɛt ſuruenue ilz ſe
coucherent en la place meſme à deſcouuert emmy
les champs, & le lendemain au matin eurent auſſi
ſouuenance de Pan: Si menerent le bouc qui guidoit
tout le trouppeau, couronné de fueillage de pin vers
l'arbre ſoubz lequel eſtoit l'ymage de Pan, & luy
reſpandans du vin ſur la teſte, en loüant & remerciant la bonté de Pan le luy ſacrifierent, le pendirent & l'eſcorcherent, puis firent boüillir vne partie de la chair, & roſtir l'autre, qu'ilz eſtendirent
emmy le beau pré ſur verde fueillade, & attacherent
la peau auec les cornes à la tige du pin, tout
contre l'image de Pan : c'eſtoit vne grande paſto-
rale, propre à vn Dieu paſtoral, auquel ilz mirent
auſſi apart les primices du ſacrifice, & reſpandirent

en l'honneur de luy le plus grand gobelet qu'ilz
euffent plein de vin. Chloé chanta, & Daphnis ioüa
de fon flageolet : puis fe mirent à repaiftre, & firent
bonne chere. Ainfi comme ilz eftoyent à table, furuint de cas d'aduenture le bon homme Philetas,
qui apportoit quelques petitz chappeletz de fleurs
à l'image de Pan, & des moiffines de raifins pendues
encores aux branches de la vigne auec toutes leurs
fueilles : quant & luy eftoit fon plus ieune filz
Tytire : fi toft qu'ilz l'apperceurent, ilz fe leuerent
tous, & luy ayderent à faire fes offrandes à l'image
de Pan, puis couronnerent leurs teftes de fueillage
de pin, & fe remettans à table firent feoir aupres
d'eulx le bon Philetas. Or quand ces vieillards
eurent vn peu beu, adonc commencerent ilz à
compter de leurs ieunes ans, comment ilz gardoyent les beftes, quand ilz eftoyent ieunes, comment ilz eftoyent efchappez de plufieurs dangers,
& plufieurs furprifes d'efcumeurs de mer & de larrons : l'vn fe vantoit qu'il auoit autresfois tué vn
loup, l'autre qu'apres Pan il n'y auoit homme qui
fceuft fi bien ioüer de la flufte que luy : c'eftoit
le bouuier Philetas qui fe donnoit cefte louenge
& Daphnis & Chloé le prierent bien inftamment
qu'il leur vouluft monftrer vn petit de fa fcience,
& qu'il daignaft ioüer vn petit de fa flufte à ce facrifice faict en l'honneur du dieu Pan, lequel prenoit
plaifir à en oüir bien ioüer. Philetas leur accorda,
combien que pour fa vieilleffe il fe plaignift de
n'auoir plus gueres d'aleine & prit en main la flufte
de Daphnis : mais elle fe trouua trop petite pour
y monftrer beaucoup de fçauoir & d'artifice comme

celle de quoy ioüoit vn ieune garſon ſeulement :
parquoy il enuoya ſon fils Tytire en ſa loge, qui
eſtoit diſtante de là enuiron d'vne demie lieuë pour
apporter la ſienne. Tytire ietta ſa iaquette à terre,
& s'en courut tout nud en chemiſe viſte comme
vn ieune fan de biſche, & ce penjant le vieillard
Lamon ſe miſt à leur faire le compte de la belle
Syringe qu'il diſoit auoir ouy compter & chanter à
vn cheurier ſicilien. Ceſte Syringe n'eſtoit point
(dict il) anciennement vn inſtrument à ioüer de
muſique, ains eſtoit vne belle ieune fille, qui aymoit
fort à chanter : elle gardoit les cheures, & ſe ioüoit
auec les Nymphes : le Dieu Pan la voyoit comme
il nous faict maintenant garder ſes beſtes, ioüer
& chanter, ſi s'approcha d'elle & la pria de ce qu'il
voulut, luy promettant faire que toutes ſes cheures
porteroyent deux cheureaux à chacune portée : elle
ſe mocqua de ſon amour, diſant qu'elle n'auroit
iamais amy, non ſeulement tel comme luy qui
ſembloit proprement vn bouc, mais ny autre quel
qu'il fuſt. Pan la voulut prendre à force, elle s'en
fuyt, & il la pourſuyuit : à la fin ſe ſentant laſſe
de courir, elle ſe ietta parmy les cannes & roſeaux,
& là ne ſceut on qu'elle deuint dedans le marais.
Pan couppa les cannes en courroux, & n'y trouuant point la pucelle, cogneut ſon inconuenient,
car elle auoit eſté tournée en vne canne. Si trouua
lors ceſte ſorte d'inſtrument, en ioignant enſemble
auec de la cire des roſeaux de grandeur, non egale,
pour autant que leur amour n'auoit point eſté
reciproque ny egale : de ſorte qu'elle qui parauant auoit eſté belle ieune fille, depuis a eſté vn

plaifant inftrument de mufique. Lamon ne faifoit
gueres que d'acheuer fon compte, & Philetas de le
loüer, difant qu'il auoit fait vn compte plus
plaifant à ouyr reciter que n'euft efté vne chanfon
à ouyr ioüer, quand Tytire arriüa, apportant la
flufte de fon pere, qui eftoit compofée des plus
groffes cannes que lon trouue, acouftrée de laton,
de forte que lon euft dict que c'eftoit celle là
mefmes que Pan auoit faicte la premiere. Philetas
adoncques fe leua en pied fur fon fiege & effaya
premierement les chalumeaux, pour voir s'il y
auroit point quelque chofe qui empefchaft le vent :
& apres auoir efprouué qu'il n'y auoit rien, fouffla
dedans à bon efcient : lon euft dit que c'eftoyent
plufieurs fluftes enfemble, tant cela menoit de
bruit : puis diminuant petit à petit la force de fon
vent, ramena fon ieu en vn fon plus doulx & plus
plaifant, en leur monftrant tout tant qu'il peut
auoir d'artifice à ioüer de telle maniere de flufte,
pour bien mener & faire paiftre les beftes aux
champs : puis leur enfeigna combien il falloit
foufler pour vn troppeau de bœufz & de vaches,
quel fon eft mieux feant à vn cheurier, quel ieu
aiment les brebis & moutons : celuy des brebis
eftoit doulx & moyen, celuy des bœufz fort
& pefant, celuy des cheures clair & agu : & toute
cefte diuerfité de fons fe faifoyent d'vne feule
flufte. Toute la compagnie ce pendant demouroit
affife fans mot dire, prenant tres grand plaifir à
ouyr fi bien ioüer Philetas, iufques à ce que Dryas
fe leuant le pria de ioüer quelque gaye chanfon en
l'honneur de Bacchus, & luy ce pendant dança

vne dance de vendanges, faifant des mines comme
s'il vendangeaſt le raiſin, le portaſt en des penniers,
le foulaſt dedans la cuue, entonnaſt le vin dedans
es vaiſſeaux, & comme s'il euſt beu du vin nouueau :
tout ce qu'il fiſt ſi proprement & de ſi bonne grâce,
approchant du naturel, qu'ilz cuidoyent voir deuant
leurs yeulx les vignes, les cuues, les tonneaux,
& Dryas beuuant à bon eſcient. Ce vieillard ayant
ſi bien & ſi gentiment fait ſon deuoir de dancer,
à la fin alla baiſer Daphnis & Chloé, leſquelz
incontinent ſe leuerent, & dancerent le compte
de Philetas, Daphnis contrefaiſant le dieu Pan,
& Chloé la belle Syringe : il luy faiſoit ſa requeſte,
& elle s'en rioyt, elle s'en fuyoit, & il la pour-
ſuyuoit, courant ſur le bout des artueilz pour
mieux contrefaire les piedz de cheure de Pan : elle
faiſoit ſemblant d'eſtre laſſe de courir, & au lieu
de ſe ietter entre deux roſeaux, elle s'alloit cacher
dedans le bois, & Daphnis prenant la grande
fluſte de Philetas en ſonna vn chant piteux, comme
d'vn amoureux tranſy, comme d'vn pourſuiuant,
comme d'vn qui ſonne la retraiſte, & comme d'vn
qui va cherchant & rappellant quelque beſte qu'il
a egarée, tellement que le bon homme Philetas
s'esbahiſſant comme il en ſçauoit tant, acourut le
baiſer, & apres l'auoir baiſé luy fiſt preſent de ſa
fluſte, en priant aux dieux que Daphnis la laiſſaſt
ſemblablement à vn pareil ſucceſſeur que luy.
Daphnis donna la ſienne petite à Pan, & apres
auoir baiſé Chloé, comme eſtant retrouuée & re-
tournée d'vne veritable fuitte, remena ſon trouppeau au teſt en iouant de ſa fluſte, pource que la

8

nuict eſtoit ia venue : auſſi fiſt Chloé le ſien au ſon
des meſmes chalumeaux. Les cheures marchoyent
coſte à coſte des brebis & Chloé tout ioignant
Daphnis, de ſorte que iuſques à la nuict toute
noire ilz prirent l'vn de l'autre tout le plaiſir qui
leur fut poſſible, & firent leur complot enſemble
de remener le lendemain au plus matin leurs beſtes
aux champs comme ilz firent : car incontinent que
le iour commença à poindre ilz reuindrent aux
paſturages, & ayans premierement ſalué les Nymphes, & puis apres Pan, s'allerent aſſoir deſſoubz
vn cheſne, là ou ilz ioüerent de la fluſte, enſemble
s'entrebaiſerent, s'entrembraſſerent & ſe coucherent
l'vn aupres de l'autre, puis ſe releuerent ſans y faire
rien d'auantage, ſinon menger enſemble, & boire
du vin auec du laict, toutes leſquelles choſes les
eſchauffoyent de plus en plus, & les rendoyent
plus hardys tellement que faiſans à l'enuy l'vn de
l'autre à qui plus aymeroit ſa partie, ilz vindrent
iuſques à ſe vouloir aſſeurer l'vn de l'autre par
ſerment. Daphnis allant deſſouz le pin, iura par le
dieu Pan qu'il ne beuroit iamais vn ſeul iour ſans
Chloé, & Chloé entrant en la cauerne des Nymphes
fiſt ſerment qu'elle viuroit & mourroit auecq' Daphnis, mais Chloé comme ieune garſe qu'elle eſtoit, fut
ſi ſimple qu'elle voulut que Daphnis au ſortir de la
cauerne luy iuraſt vn autre ſerment, ſi luy dict :
ce dieu Pan (Daphnis) eſt vn Dieu amoureux,
auquel il n'y a point de fiance, il a aymé Pitys, il
a aymé Syringe, & ne ceſſe iamais de pourchaſſer
les Nymphes Dryades, & de rompre la teſte aux
Epinelides, de ſorte que ſi tu me faulſois la foy

que tu m'as iurée par luy, il ne s'en feroit que
rire, voire quand bien tu ferois amoureux de plus
de femmes qu'il n'y a de chalumeaux en fon
flageollet : & pourtant iure moy par ton trouppeau
& par la cheure qui te nourrit & allaiéta que tu ne
laiſſeras iamais Chloé tant qu'elle n'aymera autre
que toy, & là ou elle te fera faulte & aux Nymphes
qu'elle t'a iurées, fuy la, & la hay, ou la tue tout
ainſi que ſi c'eſtoit vn loup. Daphnis fut bien ayſe
de voir que Chloé auoit peur de le perdre, & ſe
mettant au milieu de ſon trouppeau, en tenant de
l'vne de ſes mains vn bouc, & de l'autre vne
cheure, iura qu'il l'aymeroit tant qu'elle l'aymeroit
& que ſi elle en preferoit vn autre à luy, il tueroit
au lieu d'elle celuy qu'elle auroit preferé, dont elle
fut fort ayſe, & s'en aſſeura plus que deuant,
eſtimant les brebis & les cheures eſtre Dieux plus
propres aux bergers & aux cheures, que nulz autres.

FIN DV SECOND LIVRE.

LE TROISIESME LIVRE.

AIS les Mytileniens ayans entendu
comme ceux de Methymne auoyent
enuoyé dix galeres à leur dommage,
& mefmement ayans efté aduertiz par
les païfans comment ilz auoyent couru
leurs terres, & pillé leurs biens, eftimerent que c'eftoit
chofe indigne d'eulx de fouffrir vn tel oultrage fans
reuenche, & delibererent promptement prendre les
armes contre eux : fi leuerent incontinent trois mil
hommes de pied. & cinq cens cheuaulx, & enuoyerent par terre leur capitaine general, nommé
Hippafe, pour leur faire la guerre, craignans de
les mettre fur mer en temps approchant de l'yuer.
Le capitaine fe partant auec fes gens, ne fourragea point les terres des Methymniens ny n'emmena le beftail des pauures laboureurs, & des

païfans : pource qu'il eftimoit cela eftre le fait
d'vn larron, & non pas d'vn capitaine : ains tira
droiẗ vers la ville, efperant la furprendre les
portes ouuertes & fans gardes : mais quand il en
fut pres enuiron fix lieuës, vn herault de Methyme
luy vint audeuant qui luy apporta nouuelle que
les Methymniens ne vouloyent que paix, pource
qu'ayans entendu que leurs capitaines auoyent
amenez prifonniers que les Mithileniens ne fçauoyent du tout rien de ce qui auoit efté fait à
leurs ieunes gens, & que ce auoyent efté des
païfans qui les auoyent battuz pour quelques
infolences par eux faiẗes, fe repentoyent bien fort
d'auoir fi longuement offenfé leurs voyfins, & fe
mettoyent en tout deuoir, offrant de rendre & ref-
tituer tout ce qui auroit efté prins fur eux, à celle
fin qu'ilz peuffent traffiquer & hanter par terre
& par mer auec eux fans crainte ne danger. Hippafe,
capitaine general des Mytileniens, enuoya ce
herault au confeil de Mytilene, combien qu'il euft
toute puiffance & auẗorité fouueraine, & s'en alla
camper enuiron à demie lieüe de Methymne ou il
attendit la refponfe du confeil, & de la à deux
iours vint par deuers luy vn meffager qui luy
apporta mandement expres du peuple des Mytilene
pour receuoir tout ce que lon auoit prins & pillé
fur eux, & pour s'en retourner à tout, fans faire
au demourant mal ne defplaifir quelconque au
territoire de Methymne, car ayans le chois de la
paix ou de la guerre ilz trouuerent que la paix
eftoit plus proffitable pour eux : ainfi la guerre des
Methymniens entreprinfe par eftrange commence-

ment, fut en ceste maniere auffi toft affopie que
commencée. Là deffus furuint l'yuer qui fut à
Daphnis & à Chloé plus afpre & plus dur à paffer
que le temps de la guerre, car incontinent la
neige tombant en grande abondance couurit les
chemins, & enferma les laboureurs en leurs maifons : les torrens impetueux tomboyent aual du
hault des montaignes, l'eau fe geloit, les arbres
fembloyent mors, on ne voyoit point la terre finon
al'entour des fonteines & des riuieres, tellement
que lon ne pouuoit mener les beftes aux champs,
non pas fortir de la maifon feulement, & faifoyent vn grand feu au milieu de leur maifon,
al'entour duquel dés que les coqz auoyent chanté
le matin, chacun venoit faire fa befongne, les vns
filoyent des cordes, les autres treffoyent du poil
de cheure, les autres faifoyent des laz & colletz à
prendre des oyfeaux : le foing qu'il falloit lors
auoir des bœufz eftoit de leur bailler de la paille
pour manger en la bouuerie, aux cheures & brebis
de la fueillée en la bergerie, & aux pourceaux de
la fouyne & du gland en la porcherie : eftant
doncques chacun contrainct de garder la maifon
pour la rudeffe du temps, les autres tant laboureurs
que pafteurs en eftoyent bien aifes, pource qu'ilz
auoyent vn peu de relafche en leurs trauaux, def-
ieufnoyent matin, & dormoyent la graffe mati-
née, de forte que l'hyuer leur fembloit plus doux
que l'efté, ny l'automne ne le printemps auec :
mais Daphnis & Chloé fe fouuenans des plaifirs
paffez, comment ilz fe baifoyent, comment ilz
s'entre-embraffoyent, comment ilz beuuoyent & man-

geoyent enfemble, paffoyent les nuictz fans dormir
en grande peine, & attendoyent la faifon nouuelle
ne plus ne moins qu'vne feconde vie apres la
mort : toutes les fois qu'ilz n'auoient la pennetiere
de laquelle ilz fouloient tirer leur manger, cela
leur perçoit le cœur : ou qu'ilz voioyent le pot
auquel ilz fouloyent boire, ou bien la flufte qui
eftoit vn don d'amouretes gettée quelque part à
terre fans que lon en tint compte, cela leur renou-
ueloit leur regret, fi prioient aux Nymphes & à
Pan, qu'ilz les deliuraffent de ces maulx, & qu'à
tout le moins ilz leur remonftraffent à la fin à
eux & leurs beftes le foleil beau & clair, & quant
& quant en faifant ces prieres aux dieux cherchoient quelque inuention, par laquelle ilz fe
peuffent entreueoir : mais il eftoit bien malaifé à
Chloé, par ce que celle que lon eftimoit fa mere,
eftoit toufiours apres elle, luy enfeignant à tourner
le fufeau pour filler la laine, & luy parlant de la
marier, mais Daphnis, comme celuy qui auoit
plus de loyfir, & plus de fens auffi, trouua vne
telle fineffe pour veoir Chloé : au deuant de la
maifon de Dryas eftoient creuz deux grandz
meurtes, & vn lierre : les deux meurtes bien pres
l'vn de l'autre, & le lierre au meillieu, de forte
qu'eftendant fes branches fur l'vn & fur l'autre des
meurtes, y faifoit comme vne loge fort couuerte,
tant les fueilles eftoient efpeffes les vnes fur les
autres, & par dedans pendoient force grappes de
lierre, comme fi c'euffent efté raifins attachez à
des branches de vigne, à l'occafion dequoy y auoit
toufiours (mefmement l'hyuer) grande multitude

d'oiſeaux, pour ce qu'ilz ne trouuoient rien à
menger ailleurs, force Merles, force Griues, force
Ramiers, force Biſetz, & de toute autre ſorte
d'oiſeaux qui aiment à menger des grains de
Lierre : Daphnis ſortit de la maiſon ſoubz couleur
d'aller tendre à ces oyſeaux, empliſſant vn petit
biſſac de petitz gaſteaux, faiĉtz auec du miel,
& portant auſſi de la gluz, & des colletz à prendre
des oiſeaux, afin que lon le creuſt. Or la diſtance
de l'vne des maiſons à l'autre eſtoit enuiron de
demye lieue, & la nege qui n'eſtoit point encore
fonduë luy faiſoit beaucoup de peine, ſi n'euſt eſté
qu'amour paſſe par tout, & marche par deſſus le
feu, & par deſſus la nege, fuſt elle auſſi eſpeſſe
& auſſi haulte que celle de la Tartarie. Quand il
fut arriué, il ſecoua la nege qu'il auoit aux piedz,
tendit ſes colletz, & englua de longues verges auec
la gluz qu'il auoit apportée, puis s'aſſeit en aguet
là aupres, eſpiant quand Chloé & les oyſeaulx
viendroient. Or quant aux oyſeaux, il en vint
grande compagnie, & en print tant qu'il auoit
aſſez à faire à les amaſſer, à les tuer, & à les
plumer : mais de la maiſon il ne ſortoit perſonne,
ny homme ny femme, ny cocq ny poulle, ains ſe
tenoient tous enfermez, clos & couuertz au long
du feu, dont le pauure Daphnis eſtoit en grand
eſmoy d'eſtre venu ſi mal apoint, & à heure ſi
malheureuſe. Si oſa bien penſer de controuuer
quelque occaſion pour entrer dedans la maiſon,
diſcourant en luy meſme quelle couleur feroit la
plus croyable. S'il diſoit, ie viens querir du feu, on
luy euſt peu reſpondre, & comment n'auez vous

pas de plus proches voifins? ie demande du pain,
ton biffac eft tout plein de viures : ie cherche du
vin, il n'y a que trois iours que vous auez faict
vendenges : le loup m'a pourfuiuy, & ou en eft la
trace? i'eftois venu chaffer aux oyfeaux, & bien que
ne t'en vois tu doncques apres que tu en as affez
pris : ie veulx veoir Chloé, & qui feroit celuy qui
confefferoit à vn pere ou à vne mere, eftre venu
pour veoir leur fille? ainfi n'y auoit il pas vne de
toutes ces occafions là ou il n'y euft toufiours
quelque foupfon. Il vault doncques mieux, difoit
il, que ie me taife, ie reuerray Chloé au printemps,
puis que les dieux ne veulent pas (comme ie croy)
que ie la voye en hyuer. Daphnis ayant fait ces
difcours en luy mefme, & ferrant ia les oyfeaux
qu'il auoit pris, fe vouloit mettre en chemin pour
s'en retourner : mais comme fi expreffément amour
euft eu pitié de luy, voycy qu'il aduint : Dryas
& fa famille eftoient à table, le pain & la viande
toute prefte, chafcun entendoit à boire & à menger,
& ce pendent l'vn des chiens de la bergerie
voyant que lon ne fe donnoit point garde de luy,
happa vn loppin de chair & s'en fuyt hors la
maifon à tout, dequoy Dryas courroucé, pour
autant mefmement que c'eftoit fa part, prit vn bas-
ton & s'en courut apres : en le pourfuyuant il paffa
au long du lierre ou Daphnis auoit tendu fes gluaux,
& veit comme il chergeoit defia fa prife fur fes efpaules & s'appreftoit pour s'en retourner : fi toft qu'il
l'apperceut, il oublia & chair & chien, & criant à
haulte voix : Dieu te gard, mon filz, le vint accoller
& baifer, le prit par la main, & le mena en fa mai-

9

son. Quand Chloé & Daphnis s'entreueirent, à peine
qu'ilz ne tombèrent tous deux par terre de grande
aife qu'ilz eurent : mais toutefois ilz fe perforce-
rent de fe tenir fur leurs piedz, & s'entrefaluerent
& baiferent, ce qui leur fut comme vne eftaye
& appuy, qui les engarda de tomber : ainfi
Daphnis iouiffant contre fon efperance, non feülle-
ment de la veuë de Chloé, mais en ayant auffi
receu vn baifer, s'affift aupres du feu, & defchargea
fur la table les Merles & les Ramiers qu'il auoit
pris, comptant à la compagnie (comme eftant
ennuyé de tant demourer enfermé en la maifon)
il s'en eftoit venu chaffer aux oyfeaux, & comment
il en auoit pris aucuns auec des colletz, & autres
auec des gluaux, ainfi qu'ilz venoient pour menger
des grappes de Lierre , & des grains de meurte :
ceulx de la maifon le louerent grandement de fon
bon efprit, & le prierent de menger à bonne chere
de ce que le maftin leur auoit laiffé , commendans
à Chloé qu'elle leur verfaft à boire, ce qu'elle feit
bien voluntiers, à tous les autres premierement,
& puis à Daphnis le dernier : car elle faifoit femblant d'eftre marrye contre luy, de ce qu'eftant
approché fi pres de la maifon, il s'en eftoit voulu
aller fans la veoir ny parler à elle, & neantmoins
auant que luy prefenter elle but en la tace, puis
luy bailla le demourant, & luy (encore qu'il euft
grand foif) but lentement à longue aleine pour en
auoir tant plus de plaifir. Si fut tantoft la table
vuyde, toutefois fe tenans encore affis , ilz luy
demandoient comment fe portoient Myrtale & Lamon, difant, qu'ilz eftoient bien heureux d'auoir

vn tel baſton de leur vieilleſſe, deſquelles louenges
Daphnis n'eſtoit pas marry, meſmement pour ce
qu'on les luy donnoit en la preſence de ſa Chloé :
mais encore quand ilz luy dirent qu'ilz le retien-
droient pour tout le iour, à cauſe que Dryas
deuoit le lendemain faire vn ſacrifice à Bacchus,
peu s'en fallut qu'il ne les adoraſt au lieu de Bacchus, ſi tira de ſon biſſac force petitz gaſteaux,
& des oyſeaux qu'il auoit pris, leſquelz ilz abille-
rent pour ſoupper : ainſi fuſt derechef le feu allumé,
le vin tiré, la table dreſſée, & ſi toſt qu'il fut nuiͨt
cloſe ſe meirent à ſoupper, apres lequel ilz paſſerent
le temps, partie à faire de plaiſans comptes,
& partie à chanter iuſques à ce que l'enuie de
dormir leur fuſt venuë, & alors ilz s'en allerent
coucher, Chloé auec ſa mere, & Daphnis auec
Dryas. Toute la nuiͨt Chloé ne feit autre choſe
que penſer au plaiſir qu'elle auroit le lendemain,
de veoir ſon Daphnis, & Daphnis ſe repeut d'vne
vaine volupté, eſtimant que ce luy ſeroit grand
plaiſir de coucher ſeullement auec le pere de ſa
Chloé, de ſorte qu'il le baiſa & l'embraſſa pluſieurs
fois, penſant baiſer & embraſſer Chloé. Le lendemain matin il feit vn froid extreme, & tira vn vent
de biſe ſi aſpre qui bruſloit & perçoit tout. Quand
ilz furent leuez Dryas ſacrifia à Bacchus vn mouton
d'vn an, aluma vn grand feu & apreſta le diſner :
par ainſi pendant que Nape eſtoit embeſongnée à
cuyre le pain, & Dryas à roſtir le mouton, Chloé
& Daphnis eſtans de loiſir ſortirent tous deux hors
de la maiſon, & s'en allerent deſſoubz le Lierre,
ou derechef ilz dreſſerent des colletz, pendirent

des gluaux & prirent encore vn grand nombre
d'oyſeaux, en s'entrebaiſant parmy continuellement,
& tenans de telz propoz amoureux : Ie ſuis icy
venu pour l'amour de toy, Chloé : ie ſçay bien,
Daphnis : c'eſt pour l'amour de toy que ie tuë ces
pauures Merles, comment doncques ſuis ie en ta
grace : ie te prie qu'il te ſouuienne de moy : il
m'en ſouuient auſſi par les Nymphes, que ie te
iure dedans la cauerne, ou nous nous retrouuerons
encore ſi toſt que la nege ſera fonduë : mais elle
eſt bien haulte, diſoit Daphnis, & ay grand peur
que ie ne ſois fondu moy meſme deuant elle : ne
te ſoucye, Daphnis, le Soleil eſt ia chauld : pleuſt
à Dieu, Chloé, qu'il fuſt auſſi chauld que le feu
que ie ſens en mon cueur : tu te mocque de moy,
diſoit Chloé : non. faiĉtz, par les cheures que tu
m'as faiĉt iurer. Ainſi que Chloé reſpondoit en
ceſte ſorte à ſon Daphnis, ne plus ne moins que
l'Echo, Nape les appella, ilz s'y en coururent portans quant & eux leur priſe, laquelle eſtoit bien
plus grande que celle du iour de deuant, & apres
auoir faiĉt l'offrande des primices du ſacrifice à
Bacchus, ſe ſeirent à table pour diſner, ayans
autour de leurs teſtes des chappeaux de Lierre,
& apres auoir bien repeu & bien chanté les louenges de Bacchus, r'enuoyerent Daphnis, luy gar-
niſſant tres bien ſon biſſac de pain & de chair,
& ſi luy rebaillerent les Griues & Ramiers qu'il
auoit pris, pour les porter à Myrtale & à Lamon,
diſans que quant à eux ilz en prendroyent bien
touſiours quand ilz vouldroyent, tant que l'hyuer
dureroit, & que les grappes de Lierre ne faul-

droient point. Ainfi fe partit Daphnis en les
baifant tous, fors que Chloé, de peur qu'il ne
foüillaft fon baifer. Depuis il y reuint plufieurs
fois par autres fubtilitez, de forte que l'hyuer ne
fe paffa point du tout pour eux, fans quelque
plaifir amoureux : & fur le commencement du
printemps que la neige fe fondoit, la terre fe
defcouuroit, & l'herbe deffoubz poignoit, les autres
pafteurs menerent leurs beftes aux champs : mais
deuant tous Daphnis & Chloé comme ceux qui
feruoyent à vn bien plus grand pafteur, & incontinent s'en coururent droict à la cauerne des
Nymphes & de là au pin, fouz lequel eftoit l'image
de Pan, & puis deffoubz le chefne ou ilz s'affirent
en regardant paiftre leurs trouppeaux & s'entre-
baifans quant & quant, puis allerent chercher des
fleurs pour faire des chappeaux aux images, mais
elles ne faifoyent encore que commencer à poindre
par la doulceur du petit beat de zephire qui
ouuroit la terre, & la chaleur du Soleil qui les
efchauffoit : toutesfois encore trouuerent ilz de la
violette, du moron, du muguet, & d'autres telles
premieres fleurs que produict la faifon nouuelle,
dont ilz firent des chappeletz, & en allerent couronner les teftes aux images, en leur offrant du
laict nouueau de leurs brebis & de leurs cheures :
puis commencerent auffi à ioüer vn petit de leurs
chalumeaux comme s'ilz euffent voulu prouoquer
les roffignolz à chanter, lefquelz leur refpondirent
de dedans les bois, commençant petit à petit à
refpondre leur chant ramage. Apres vn fi long
filence les brebis belloyent, les aigneaux fautoyent,

& fe courboient foubz le ventre de leurs meres
pour teter, les beliers pourfuiuoyent les brebis qui
n'auoyent point encore aignelé, & apres qu'ilz les
auoyent arreftées, failloient chacun la fienne :
autant en faifoyent les boucz apres les cheures,
faultant à l'enuiron; & quelques vns combattans
pour l'amour d'elles : chacun auoit la fienne,
& gardoit qu'autre que luy ne la couurift : toutes
lefquelles chofes euffent peu inciter des vieillars
refroidiz à defirer la ioüyffance d'amour : & par
plus forte raifon inciterent elles ces deux ieunes
perfonnes qui eftoyent en la premiere fleur de leur
ieuneffe, & qui pourchaffans de long temps le dernier but de contentement d'amour, brufloyent en
oyant ce qu'ilz oioyent, & fe fondoyent de defir
en voyant ce qu'ilz voyoyent, cherchant quelque
chofe qu'ilz ne pouuoyent trouuer oultre le baifer
& l'embraffer : mefmement Daphnis, lequel eftant
deuenu grand & en bon point, pour n'auoir bougé
tout le long de l'hyuer de la maifon à ne rien faire,
friffoit apres le baifer, & eftoit gros (comme lon
dit) d'embraffer, faifant toutes chofes plus ardemment, plus curieufement & plus hardiment que
parauant, preffant Chloé de luy octroyer tout ce
qu'il vouloit, & de fe coucher nuë à nud auec luy
plus longuement qu'ilz n'auoyent accouflumé, car
il n'y a (difoit il) que ce feul poinct qui nous
refte des enfeignemens de Philetas pour la der-
niere & feule medecine qui appaife l'amour. Chloé
luy demandoit : & qui a il plus à coucher nuë
à nud par deffus le baifer & l'embraffer qu'à coucher tout veftu : cela, refpondoit Daphnis, que les

beliers font aux brebis & les boucz aux cheures :
vois tu comment apres cela les brebis ne s'en
fuyent plus ny les beliers auſſi ne ſe trauaillent plus
pour courir apres, ains paiſſent tous deux amiablement enſemble, comme eſtans tous deux aſſouuiz
& contens : & doit eſtre quelque choſe plus doulce
que ce que nous faiſons, & qui ſurpaſſe l'amer-
tume d'amour. He dea, diſoit Chloé : ne vois tu
pas comment les beliers & les brebis, les boucz
& les cheures en faiſant ce que tu dićtz ſe tiennent
tous debout, les maſles ſaillans deſſus les femelles,
& les femelles ſouſtenans les maſles ſur le dos,
& tu veux que ie me couche par terre auec toy,
& encore toute nuë, là ou les femelles ſont plus
garnies de laine & de poil & plus velues que ie ne
ſuis couuerte quand ie ſuis toute veſtue. Daphnis
ne ſçauoit que reſpondre à cela, & luy obeiſſant ſe
couchoit aupres d'elle tout veſtu, ou il demouroit
long temps giſant tout de ſon long, ne ſachant
par quel bout ſe prendre pour faire ce que tant il
deſiroit. Il la faiſoit releuer & l'embraſſoit par
derriere : mais il s'en trouuoit encore moins ſatiſ-
faićt que deuant, ſi ſe raſſiſt à terre, & ſe print à
plorer ſa ſotiſe de ce qu'il ſçauoit moins que les
belins comment il falloit accomplir les œuures
d'amour. Or y auoit il pres de là vn laboureur
qui ne tenoit point de terres d'autruy, ains labou-
roit ſon propre heritage : on l'appelloit Chronis,
homme ayant ia paſſé le meilleur de ſon aage,
& eſtant fort caſſé : ſa femme au contraire eſtoit
ieune, belle, & plus delicate que ne ſont ordinairement les femmes des païſans : elle auoit nom

Lycœnion, laquelle voyant tous les matins paſſer
Daphnis au long de leur maiſon, menant ſes
beſtes en paſture & les ramenant tous les ſoirs au
teḉt, eut enuie de s'accointer de luy & faire en
ſorte par dons, par appaſtz & careſſes, qu'il
deuint ſon amoureux, & l'ayant vn iour trouué
ſeulet, luy donna vne fluſte, vne gauffre à miel,
& vne pennetiere de peau de cerf, mais elle ne luy
oſa rien dire ne demander pour ce coup là, ſe
doutant bien qu'il eſtoit amoureux de Chloé, par
ce qu'il eſtoit touſiours auec elle : & neantmoins
n'en ſçauoit autre choſe ſinon qu'elle les voyoit
rire l'vn à l'autre & faire quelques ſignes de la
teſte : mais, pour en eſtre plus certainement in-
formée, elle fiſt lors entendre à ſon mary Chronis
qu'elle s'en alloit voir vne ſienne voyſine qui eſtoit
en trauail d'enfant, toute preſte d'acoucher,
& ſuyuit à la trace ces deux ieunes gens pour eſtre
du tout aſſeurée de ce dont elle ſe doutoit, ſi ſe
cacha derriere vn buiſſon, afin qu'elle ne fuſt point
apperceüe, & de là vit tout ce qu'ilz firent, & entendit tout ce qu'ilz dirent, & meſmes remarqua
tres bien qu'elle ouyt plorer Daphnis pource qu'il
ne ſçauoit trouuer le moyen de iouyr de ſes amours :
parquoy ayant pitié de ces pauures ieunes amans,
& quant & quant conſiderant que double occaſion
de bien faire ſe preſentoit à elle : l'vne de les
inſtruire de leur bien, & l'autre d'accomplir ſon
deſir, elle vſa d'vne telle fineſſe. Le lendemain
matin faiſant ſemblant de s'en aller voir ſa voyſine
qui trauailloit d'enfant, elle s'en alla droiḉt ſans
ſe cacher vers le cheſne, ſouz lequel Daphnis eſtoit

aſſis : & en contrefaiſant parfaictement bien la
marrie troublée : helas mon amy (diſt elle)
Daphnis ie te prie ayde moy : ie n'auois que vingt
pauures oyſons, & voyla vn aigle qui m'en vient
de rauir le plus beau, mais pource que c'eſtoit vn
trop grand fardeau pour elle, elle ne l'a peu
porter iuſques ſur ceſte haute roche, là ou eſt ſon
aire, ains eſt tombée à tout en ce petit bois taillis
icy pres : & pource ie te prie en l'honneur des
Nymphes & de Pan que tu y viennes auecques
moy pour m'ayder à le recourir, car i'ay peur
d'y entrer toute ſeule. Ne vueille ſouffrir que mon
compte ſoit imparfaict, à l'aduenture pourras tu
bien tuer l'aigle meſme, & par ainſi elle ne rauira
plus voz petitz aigneaux ny voz cheureaux, & ce
pendant Chloé gardera tous voz deux trouppeaux,
car tes cheures la cognoiſſent auſſi bien comme toy,
pource que vous eſtes touſiours par les champs
enſemble. Daphnis ne ſe doubtant point de l'em-
buſche, ſe leua incontinent, print ſa houlette en ſa
main & s'en alla apres Lycœnion, qui le mena le
plus auant qu'elle peut dedans le bois, & le plus
loing de Chloé iuſques aupres d'vne fontaine ou
elle fiſt ſeoir Daphnis, & luy diſt : Amours & les
Nymphes ceſte nuict me ſont venuz en dormant
compter comment & pour quelle cauſe tu plorois
hier, & ſi m'ont commandé que ie te oſtaſſe de
celle peine en te monſtrant comment il fault faire
le ieu d'amours, qui n'eſt pas ſeulement baiſer
& accoller, ny faire comme les beliers & les boucz,
c'eſt bien autre choſe & bien plus plaiſante & plus
doulce que tout cela, par quoy ſi tu veux eſtre

deliuré du defplaifir que tu en as, & efprouuer
l'ayfe que tu y cherches ne fais feulement que te
donner à moy pour apprenty ioyeux & gaillard,
& en faueur des Nymphes ie t'en monftreray ce
qui en eft. Daphnis perdit toute contenance tant il
fut ayfe comme vn pauure garfon de village ieune
& amoureux, fi fe met à genoux deuant Lycœnion,
la priant bien fort de luy enfeigner ce plaifant mes-
tier le pluftoft qu'elle pourroit, afin qu'il peuft
faire ce qu'il defiroit à Chloé, & comme fi c'euft
efté quelque grand & malaifé fecret, luy promift
qu'il luy donneroit vn cheureau, des fromages
molz, de la crefme, & pluftoft la cheure auec :
auffi Lycœnion trouuant en ce ieune cheurier vne
fimplicité plus grande qu'elle n'euft penfé, commença à le paffer maiftre en cefte maniere. Finy
ceft apprentiffage, Daphnis auffi fimple comme
deuant s'en voulut courir incontinent deuers Chloé
pour luy faire tout auffi toft ce qu'il venoit d'apprendre, comme s'il euft eu peur d'oublier fa leçon
fi plus il differoit : mais Lycœnion le retint, & luy
dift : il fault que tu faches encore cecy, Daphnis,
c'eft que pour autant que i'eftois defia femme, tu
ne m'as point fait de mal à ce coup : car vn autre
homme (il y a ia quelque temps) me monftra le
meftier, & en eut mon pucellage pour fon loyer :
mais quand Chloé lutera cefte lute auecques toy,
elle fentira du mal pour la premiere fois & criera,
& fi feignera comme qui l'auroit tuée, mais n'aye
point de peur pour cela , & quand tu auras tant
faiɛt enuers elle qu'elle fe vueille abandonner à
toy, amene la en ce lieu, à celle fin que fi elle

crie perfonne ne l'oye, & fi elle plore que perfonne
ne la voye, & fi elle feigne qu'elle fe laue en cefte
fontaine, & te fouuienne dorefenauant que ie t'ay
faict homme premier que Chloé. Apres luy auoir
donné ces enfeignemens, Lycœnion s'en alla d'vn
autre cofté du bois, faifant femblant d'aller encore
chercher fon oyfon. Et Daphnis penfant à ce
qu'elle luy auoit dict, retint & refrena vn peu fon
premier appetit, deliberant ne fafcher point Chloé
oultre le baifer & l'embraffer acouftumé, car il
ne vouloit point la faire crier, pource qu'il euft
femblé que c'euft efté fon ennemy : ny la faire
plorer, car c'euft efté figne qu'elle euft fenty mal :
ou la faire feigner comme qu'il l'auroit blecée,
pour ce qu'eftant encore nouueau apprenty, il
craignoit merueilleufement cẽ fang, & penfoit eftre
chofe impoffible qu'il fortift du fang finon d'vne
grande bleffeure : fi s'en retourna hors du bois,
en refolution de prendre auec elle les plaifirs
accouftumez feulement, fe rendant au lieu ou elle
eftoit affife, faifant vn chapelet de violette, luy
controuua qu'il auoit arraché d'entre les ferres
mefmes & les griffes de l'aigle l'oyfon de Lycœnion, & fe gettant fur elle la baifa de la forte que
Lycœnion l'auoit baifé durant le deduict, car cela
feul pouoit il à fon aduis faire fans danger,
& Chloé luy mift fur la tefte le chappeau de violettes qu'elle venoit de faire, & luy baifa (en le
mettant) les cheueux, comme fentans à fon gré
meilleur que les violettes, puis tira de fa pennetiere
vn morceau de gafteau, qu'elle luy donna à manger, & comme il mordoit dedans elle luy oftoit de

la bouche & le mengeoit elle mefme, ne plus ne
moins qu'vn petit oyfeau qui prent fa becquée du
bec de fa mere. Ainfi qu'ilz mengeoient enfemble
& s'entrebaifoient plus de fois qu'ilz n'aualloient
de morfeaux, ilz apperceurent vne barque de pes-
cheurs qui paffoit au long de la cofte. Il ne faifoit
bruit quelconque, & eftoit la mer fort calme, au
moyen dequoy les pefcheurs s'eftoient mis à ramer
à la plus grande diligence qu'ilz pouuoien:, pour
porter en quelques bonnes maifons de la ville, du
poiffon tout fraiz pefché, & ce que les autres
mariniers & gens de rame ont toufiours accous-
tumé de faire pour foullager leur trauail, ces pes-
cheurs le faifoient alors : c'eft que l'vn d'entre
eux pour donner courage aux autres chantoit ne
fçay quel chant de marine, & les autres luy res-
pondoient à la cadence, comme lon faiɔt en vne
dance. Or tant qu'ilz voguerent en pleine mer le
fon fe perdoit, à caufe que la voix s'efuanoyffoit
en l'air : mais quand ilz vindrent à paffer la
poincte d'vn efcueil, & entrer en vne baye creufe
en forme de croiffant, on ouyt bien plus fort le
bruit des rames, & entendit on plus clairement le
fon de leur chanfon, pour ce que le champ voifin
du riuage de la mer en ceft endroiɛt là eftoit vne
longue vallée au deffoubz d'vn couftau de montaigne,
laquelle recepuant le fon, comme le vent qui s'entonne dedans vne flufte, rendoit vn retentiffement
qui reprefentoit apart le fon des rames, & la voix
des mariniers apart, qui eftoit vne chofe affez
plaifante à ouyr, car pour ce que la voix venoit
de la mer, celle qui retentiffoit fur la terre finiffoit,

d'aultant plus tard que plus tard elle commençoit.
Daphnis qui fçauoit bien dont ce retentiſſement pro-
cedoit, ne regardoit ſeullement qu'en la mer, & taſ-
choit à retenir quelque couplet de la chanſon, afin
de la iouer puis apres ſur ſa fluſte : mais Chloé qui
iamais n'auoit ouy ce reſonnement de la voix
qu'on appelle Echo tournoit ſa teſte tantoſt vers
la mer, pendant que les peſcheurs chantoyent,
& tantoſt vers le bois, regardant ou eſtoient ceux
qui leur reſpondoyent : & quand ilz furent paſſez,
& eſloignez, voyans qu'il y auoit vn ſi grand ſilence
en la mer, elle demanda à Daphnis ſi derriere l'eſ-
cueil il y auoit vne autre mer, & vne autre barque
& d'autres mariniers qui vogaſſent. Daphnis ſe
prit doulcement à ſoufrire, & la baiſa encore plus
doulcement, puis luy mettant le chappeau de violettes ſur la teſte, commença à luy compter la
fable d'Echo, luy demandant (pour loyer de luy
faire ce beau compte) dix autres baiſers, ſi luy
diſt : mamye, il y a pluſieurs ſortes de Nymphes,
les vnes ſont Nymphes de prez, les autres des
eaues, les autres des boys, & de l'vne de celles là
fut iadis fille Echo, mortelle, pour ce qu'elle auoit
eſté engendrée d'vn pere mortel, & belle comme
fille d'vne belle mere : elle fut nourrie par les
Nymphes, & apriſe par les muſes, qui luy mons-
trerent à iouër de la fluſte, de la lyre, & de tous
autres inſtruments de muſicque, tellement qu'eſtant
ia venuë en la fleur de ſon aage, elle danſoit auec
les Nymphes, & chantoit auec les Muſes : mais
elle fuyoit les maſles, autant les dieux que les
hommes, aymant trop la virginité. Pan ſe cour-

rouça à elle, ayant enuie de ce qu'elle chantoit ſi
bien, & eſtant deſpit de ce qu'il ne pouuoit venir
à bout de iouyr de ſa beauté, tellement qu'il feit
deuenir enragez les bergers, & les cheures du païs
ou elle eſtoit, qui comme loupz & matins aſamez
dechirerent la pauure fille en pieces, & en getterent
les membres çà & là, chantant encore ſes chanſons :
mais la terre en faueur des Nymphes, conſerua ſon
chant, & retint ſa muſicque, de maniere qu'au gré
des Muſes elle rend encores maintenant toute telle
voix que lon veult : repreſentant ainſi que faiſoit
la pucelle de ſon viuant, les dieux, les hommes,
les inſtrumens de muſicque, les beſtes, & Pan luy
meſme quant il ioüe de ſa fluſte, & luy entendant
contrefaire ſon ieu, ſaulte & court apres, non pour
deſir ou eſperance qu'il ayt d'en iouyr : mais ſeullement pour ſçauoir qui eſt celuy qui aprend à contrefaire ſon ieu, ſans qu'il le voye ne congnoiſſe.
Daphnis ayant faiét ce compte, Chloé le baiſa :
non ſeullement dix fois comme il auoit demandé :
mais beaucoup plus de fois : car Echo repeta apres
luy preſque tout ce qu'il auoit diét, comme voulant
teſmoigner qu'il n'auoit point menty. La challeur
du Soleil alloit tous les iours de plus en plus
augmentant, par ce que le printemps finiſſoit
& l'eſté commençoit, ainſi auoient ilz de nouueaux
paſſetemps conuenables à la ſaiſon d'eſté : Daphnis
ſe baignoit dedans les riuieres, & Chloé ſe lauoit
dedans les fonteines, Daphnis iouoit du flageollet
à l'enuie des Pins que les ventz faiſoient reſonner,
& Chloé chantoit à l'encontre du roſſignol à qui
mieux mieux, ilz chaſſoient aux cigales, prenoient

des faulterelles, cueilloient des fleurs, croulloient
des arbres fruittiers & en mengeoient des fruiċtz,
& quelquefois fe couchoient enfemble nuë à nud, en
fe couurant d'vne peau de cheure, & lors euft
Chloé facilement efté faiċte femme fi Daphnis
n'euft eu crainte de luy faire fang, dequoy il auoit
fi belle peur, que craignant de ne pouuoir pas
toufiours eftre maiftre de foy, il ne permettoit pas
que Chloé fe depouillaft fouuent toute nuë, tellement que Chloé mefme s'en efmerueilloit : mais
elle auoit honte de luy en demander la caufe. Or
en ceft efté plufieurs pourfuyuans de tous coftez
vindrent de rechef à Dryas luy demander Chloé à
mariage : les vns luy apportoyent des prefens, les
autres luy en promettoyent de grans, tellement que
Nape meuë d'auarice, luy confeilloit de la marier
fans garder plus longuement vne fille fi grande en
fa maifon, pource que fi on ne fe haftoit de luy
donner mary, elle pourroit à l'aduenture bien toft
en gardant fes beftes par les champs, perdre fon
pucellage, & fe marier pour des pommes ou des
rofes, auec quelque berger, & pourtant, difoit elle
qu'il valloit mieux pour le bien de la fille & d'eux
auffi, la faire maiftreffe de la maifon de quelque
bon laboureur, & prendre beaucoup de biens que
lon leur offroit pour ce faire, lefquelz ilz garderoient à leur petit filz : car elle auoit non gueres
au parauant faiċt vn petit garfon. Dryas luy mefme
fe laiffoit aller à ces promeffes : car chacun des
pourfuyuans luy faifoit des offres plus grandes qu'il
ne meritoit pour la pourfuite du mariage d'vne
fimple bergere : toutefois penfant en luy mefme

puis apres, que la fille eſtoit de meilleur lieu venuë
que d'eſtre mariée auec vn payſant, & que s'il
aduenoit qu'elle retrouuaſt ſes vrays parens elle les
feroit tous riches & heureux, il differoit d'en
rendre certaine reſponſe, & les remettoit touſiours
d'vne ſaiſon à autre, en quoy faiſant il gaignoit
tout plein de beaux preſens que lon luy donnoit :
ce que Chloé entendant en eſtoit fort deſplaiſante,
& toutefois fut long temps ſans vouloir deſcouurir
à Daphnis la cauſe de ſon ennuy, de peur de le
faſcher auſſi : mais à la fin voyant que Daphnis
l'en preſſoit & importunoit tant & ſi ſouuent,
& qu'il s'ennuyoit plus de n'en rien ſçauoir, qu'il
n'euſt peu faire apres l'auoir ſceu, elle luy compta
tout, combien il y auoit de riches pourſuyuans,
qui la demendoient en mariage, les parolles que
Nape diſoit à ſon mary pour l'induire à la marier,
& comment Dryas n'y auoit point contredict, ains
auoit remis le mariage aux prochaines vendenges :
Daphnis ayant ouy ces parolles, à peine qu'il ne
perdit ſens & entendement, & ſe ſeant en terre, ſe
prit à plorer chauldement, diſant, qu'il mourroit
de regret ſi Chloé deſiſtoit de venir aux champs
garder les beſtes auecques luy, & que non luy
ſeullement, mais que les brebis & moutons auſſi
en mourroient de deſplaiſir s'ilz perdoient vne telle
bergere : toutefois apres auoir bien ploré, il ſe
reuint vn petit, & reprenant ſes eſpritz ſe meit en
la teſte qu'il la pourroit bien auoir luy meſme
s'il la demendoit à ſon pere, eſperant ſurmonter
facillement tous les autres, & eſtre prœferé à eux :
il n'y auoit que vne choſe ſeule qui le troublaſt;

c'eſt que ſon pere nourricier Lamon n'eſtoit pas
riche, ce ſeul point luy affoibliſſoit fort ſon eſperance : toutefois il propoſa quoy qu'il en deuſt
aduenir de la demander à femme, & Chloé meſme
en fut bien d'aduis : ſi n'en oſa il de prime face
rien dire à Lamon : mais deſcouurit plus hardiment. ſon amour à Myrtale, & luy tint propoz
comme il la deſiroit eſpouſer. Myrtale la nuict en
parla à ſon mary : mais Lamon le trouua fort
mauuais, & appella ſa femme beſte, de vouloir que
ſon nourriſſon fuſt marié auec la fille d'vn berger,
veu que par les enſeignes de congnoiſſance qu'il
auoit trouuées quant & luy, luy promettoit bien
plus grand eſtat & meilleure fortune, de ſorte qu'il
eſperoit que quelque iour quand il auroit retrouué
ſes parens il les pourroit non ſeullement affranchir
& deliurer de la ſeruitude, mais auſſi les faire pro-
prietaires d'vne meilleure & plus grande terre, que
celle qu'ilz tenoient de leur maiſtre : toutefois
Myrtale craignant que Daphnis, quand il ſe verroit totallement deſcheu de l'eſperance de pouuoir
paruenir à ces nopces tant deſirées, ne prit la
hardieſſe de faire quelque mauuais coup de ſa
main, tant il eſtoit furieuſement eſpris d'amour,
luy allegua autres occaſions & moiens de refuz :
nous ſommes, dict elle, pauures, mon filz, & auons
beſoing d'vne fille qui nous apporte plus toſt qu'à
qui y faille donner : au contraire ilz ſont riches
eux, & ſi veullent auoir vn mary qui leur donne.
Mais va, faictz tant enuers Chloé, & elle enuers
ſon pere, qu'il ne nous demande pas grande
choſe, & qu'il la te donne en mariage : ie ſçay

bien qu'elle t'aime & qu'elle aimera beaucoup
mieux coucher auec toy pauure & beau, comme
tu es, qu'auec pas vn de ces autres pourſuyuans
qui ſont riches & laidz comme marmotz. Myrtale
cuidoit bien par ce moyen auoir honneſtement
eſconduit Daphnis, pource qu'elle tenoit pour tout
certain que iamais Dryas ne s'y conſentiroit,
ayant en main d'autres plus riches pourſuiuans
qui luy offroient beaucoup de biens, & neantmoins
Daphnis ne ſe pouoit plaindre de la reſponſe : mais
cognoiſſant qu'il s'en falloit beaucoup qu'il ne
peuſt payer ce qu'on luy demandoit, fiſt ce que
les amans qui ſont pauures ont ordinairement
accouſtumé de faire, c'eſt qu'il ſe miſt de rechef à
plorer, en inuoquant les Nymphes en ſon aide,
leſquelles la nuiſt enſuyuant comme il dormoit,
s'apparurent à luy en meſme forme & maniere
qu'elles auoient faiſt auparauant, & luy diſt la plus
aagée d'elles : touchant le mariage de Chloé, Daphnis, vne autre deité que nous en a la ſuperinten-
dance, mais nous te donnerons moyen de gaigner
& adoulcir enuers toy Dryas. Le bateau des ieunes
hommes Methymniens, duquel tes cheures l'année
paſſée brouſterent le lien d'ozier verd, auecq'lequel
ilz l'auoient attaché à la riue de la mer, fut ce
iour là emmené par les vents bien loing de la terre:
mais la nuiſt enſuyuant il ſe leua vn vent marin,
qui eſmeut tellement la mer que les vagues ietterent
le bateau contre les rochers de la coſte, ou il fut
entierement rompu & fracaſſé, & la plus part de ce
qui eſtoit dedans perdu : ſinon que les ondes pouſ-
ſerent ſur la greue vne bourſe ou il a trois cens

eſcuz, & eſt encore là enuelopée & couuerte d'herbes
que la mer iette deſſus aupres d'vn Dauphin mort,
qui a eſté cauſe que nul paſſant ne s'en eſt approché, fuyant la puanteur de ceſte charogne, mais
vas y, & prens la bourſe auecques ce qui eſt dedans, ce ſera aſſez à ceſte heure pour monſtrer à
Dryas que tu n'es point pauure, mais cy apres tu
feras bien plus riche. Elles n'eurent pas ſi toſt
acheué ces paroles qu'elles diſparurent auec la
nuiſt : & ſi toſt que le iour fut venu, Daphnis ſe
leua tout reſioüy, chaſſa ſes cheures aux champs à
force de ſifler, & apres auoir baiſé Chloé, & ſalué
les Nymphes, s'en courut incontinent vers la mer,
comme ſi pour ſe purifier il euſt voulu s'aſperger
de l'eau marine, & ſe pourmenant le long du riuage
ſur le ſable, alloit regardant s'il verroit point ces
trois cens eſcuz, à quoy trouuer il n'euſt pas grand
peine : car la mauuaiſe odeur du dauphin corrompu
luy donna incontinent au nez, & luy ſeruit de guide
pour le conduire au lieu, ou il oſta les herbes,
& trouua deſſoubz vne bourſe pleine d'argent, qu'il
enleua, & la miſt dedans ſa pennetiere : mais il ne
partit point de la qu'il n'euſt premierement adoré
& remercié les Nymphes, & la mer meſme : car
encore qu'il fuſt cheurier, ſi eſtimoit il la mer plus
doulce & plus benigne que la terre, par ce qu'elle
luy aidoit à paruenir au mariage de Chloé. Eſtant
ſaiſy de ceſt argent, il n'attendit plus, ains s'eſtimant le plus riche, non ſeulement de tous les
païſans de la entour, mais auſſi de tous les viuans :
s'en alla droiſt à Chloé luy compter la reuelation
qu'il auoit eüe en dormant, luy monſtra la bourſe

qu'il auoit trouuée, & luy dift qu'elle gardaft bien
leurs beftes iufques à ce qu'il fuft de retour, puis
s'en alla le plus roide qu'il peut vers Dryas, lequel
il trouua battant du bled en l'aire auec fa femme
Nape, fi luy commença vn braue propos, en luy
difant ces paroles : Dryas, donne moy ta fille
Chloé en mariage, ie fçay bien ioüer de la flufte,
le fçay bien befoigner aux vignes & aux oliues,
labourer la terre, venner le bled au vent, & au
furplus Chloé elle mefme te pourra tefmoigner
comment ie fçay bien garder & gouuerner les beftes :
on me bailla au commencement cinquante cheures,
& ie les ay fait multiplier deux fois autant, & fi ay
eleué de beaux & grans bouquins, là ou il failloit
au parauant que nous meniffions noz cheures aux
boucz de nos voyfins pour les faire faillir, à caufe
que nous n'en auions point, & fi fuis ieune
& voftre voifin, de qui perfonne ne fe fçauroit
plaindre : vne cheure m'a nourry, comme vne
brebis a nourry Chloé : & bien que ie deuffe eftre
preferé aux autres qui la demandent pour tant de
chofes, encore ne feray ie point vaincu par eux en
dons, ilz te donneront quelques cheures, quelques
brebis ou quelques paires de bœufz galleux, & du
bled dont on ne fçauroit nourrir trois poulles :
mais voicy trois cens efcuz contans que ie te don-
neray, mais ce fera foubz condition que perfonne
n'en fçaura rien, non pas Lamon mefme mon
pere : en luy difant ces motz il luy deliura l'argent, & le baifa quant & quant. Dryas & Nape
voyans fi groffe fomme de deniers qu'ilz n'en auoyent
iamais tant veu enfemble, luy promirent fur le

chemin qu'il auroit Chloé pour fa femme, & dirent
qu'ilz feroyent bien trouuer bon le mariage à
Lamon. Si demourerent Daphnis & Nape enfemble
fur l'aire, & en chaffant les bœufz en rond auec
les harces faifoyent fortir le bled hors des efpiz,
& Dryas ayant premierement ferré la bourfe & l'argent s'en alla foudain trouuer Lamon & Myrtale,
pour leur demander Daphnis en mariage, qui
eftoit vne façon bien nouuelle : il les trouua comme
ilz mefuroient de l'orge, que lon venoit de venner,
& fe plaignoient de ce qu'à grand peine en trouuoyent ilz autant comme ilz en auoyent femé : il les
reconforta, difant qu'ainfi eftoit il par tout : puis
leur demanda Daphnis à mary pour Chloé, & leur
dift que combien que d'autres luy offriffent beaucoup de biens pour la accorder, il ne vouloit neantmoins rien auoir d'eux, ains pluftoft eftoit preft
de leur donner du fien : car ilz ont (difoit il) efté
nourriz enfemble, & en gardant leurs beftes ont
engendré vne telle amitié entre eux, qu'il feroit
maintenant malayfé de la feparer, & fi eftoyent ia
bien d'aage tous deux pour coucher enfemble.
Dryas leur alleguoit ces raifons & plufieurs autres,
comme celuy qui pour loyer de leur perfuader
auoit ia receu les trois cens efcuz. Lamon qui ne
pouoit plus s'excufer fur fa pauureté, attendu que
les parens de la fille l'en preffoyent, ne fur l'aage
de Daphnis, pource qu'il eftoit defia en fon ado-
lefcence bien auant, n'ofa pas neantmoins dire
ouuertement à la verité ce qui le faifoit reculer à
ce mariage, c'eft que Daphnis luy fembloit eftre
de trop bon lieu venu pour efpoufer vne bergere,

mais apres y auoir vn peu de temps penſé, il luy
reſpondit en ceſte ſorte : vous eſtes gens de bien,
de preferer voz voiſins à des eſtrangers, & de
n'aymer point plus la richeſſe que l'honneſte pauureté : le dieu Pan en recompenſe vous en veulent
aider, & quant à moy ie vous prometz que i'ay
autant d'enuie que ce mariage ſe face que vous
meſmes, autrement ſerois ie bien inſenſé, me voyant
deſia ſur l'aage, & ayant plus de beſoing d'aide que
iamais, ſi ie n'eſtimois que ce me fuſt vn grand
heur d'eſtre alloüé de voſtre maiſon, & ſi eſt Chloé
telle que lon la doit ſouhaitter, belle & bonne fille,
ou il n'y a que redire, mais eſtant ſerf comme ie
ſuis, ie n'ay rien dont ie puiſſe diſpoſer, ains fault
que mon maiſtre en ſoit aduerty & qu'il le con-
ſente : & pourtant ie vous prie differons les nopces
iuſques aux vendanges, car il doit en ce temps là
venir icy, & lors nous les marirons enſemble :
& ce pendant ilz s'entraayemeront l'vn l'autre
comme le frere & la ſeur. Seulement te veux ie
bien aduertir d'vn poinſt, Dryas, c'eſt que tu pour-
chaſſes auoir pour ton gendre vn qui eſt yſſu de
trop meilleur lieu, & plus grand eſtat que nous ne
ſommes. Cela diſt, il le baiſa, & luy preſenta à
boire, pource qu'il eſtoit ia pres de midy, & le ren-
uoya, en luy faiſant toutes les careſſes qu'il luy
eſtoit poſſible : mais Dryas qui n'auoit pas mis en
oreille ſourde les dernieres paroles que Lamon luy
auoit diſtes, s'en alloit reſuant en luy meſme qui
pouuoit eſtre Daphnis : il a eſté nourry par vne
cheure, il fault donc bien dire que les Dieux ayent
ſoing de ſon ſalut, il eſt beau & ne reſemble en

rien à ce vieillard camus ny à fa femme pelée : il
a trouué trois cens efcuz, à peine pourroit vn cheurier finer autant de pommes : n'auroit il point
efté expofé comme Chlóé, Lamon l'auroit il point
trouué comme ie fis elle, auec telles marques de
recognoiffance comme i'en trouuay? O Pan & vous
Nymphes vueillez qu'il foit ainfi! à l'auenture que
Daphnis ayant efté recogneu par fes parens,
pourra bien faire trouuer ceux de Chlóé auffi.
Dryas s'en alla penfant & difcourant ainfi en luy
mefme iufques à fon aire, là ou il trouua Daphnis
en grande deuotion d'oüyr quelles nouuelles il
apportoit, fi l'affeura, en l'appelant de tout loing
fon gendre, & luy promettant que les nopces fe
feroient fans point de doubte en automne, en fiance
dequoy il luy donna la main, l'affeurant que Chlóé
n'auroit iamais autre mary que Daphnis, lequel
tout auffi toft fans vouloir ny boire ny manger
s'en recourut deuers Chlóé, & la trouuant qui
tiroit fes brebis, & faifoit des fromages, luy annonça
la bonne nouuelle de leur futur mariage, & de là
en auant la baifoit deuant tout le monde comme
fa fiancée, & luy aydoit à faire toute fa befongne :
il tiroit les beftes dedans les tiroüers, faifoit prendre
le laict pour en faire des fromages, & approchoit
les petitz aigneaux & les cheureaux de leurs meres,
pour les faire teter. Apres qu'ilz eurent acheué
toute leur befongne, ilz s'en allerent pourmener
& chercher par les champs des fruictz meurs, dont
il y auoit grande abondance : pource que l'année
eftoit bonne & fertille, force poires de bois, force
autres poires & pommes : les vnes ia tombées, les

autres encore pendantes aux branches des arbres :
celles qui eſtoyent abas auoyent meilleure ſenteur,
mais celles qui eſtoient deſſus les arbres eſtoient
plus fraiſches : les vnes ſentoyent comme bon vin,
les autres reluiſoyent comme l'or. En allant ainſi
ça & là, ilz trouuerent vn pommier, dont les
pommes auoyent ia eſté toutes cueillies, & n'y auoit
plus ne fueille ne fruict, les branches eſtoient
toutes nues, & n'y eſtoit demouré qu'vne ſeule
pomme à la cime de la plus haulte branche : ceſte
pomme eſtoit belle & groſſe à merueilles, & ſentoit
meilleur que toutes les autres : mais celuy qui les
auoit cueillies, n'auoit oſé monter ſi hault, & ne
s'eſtoit point ſoucié de l'abatre, & à l'auenture
auſſi que les Dieux le vouloyent ainſi, qu'vne ſi
belle pomme fuſt reſeruée pour vn paſteur amoureux : incontinent que Daphnis l'apperceut il ſe
miſt en point pour l'aller cueillir : Chloé l'en voulut garder, mais il n'en fiſt compte : pourquoy
elle ayant peur de le voir tomber s'en fuyt là ou
eſtoyent leurs beſtes, & Daphnis montant alegre-
ment tout au plus hault du pommier alla cueillir
la pomme qu'il ·luy porta, & la voyant mal contente, luy diſt telles paroles : Chloé mamie, le beau
temps a produit ceſte belle pomme, vn bel arbre
l'a nourrie, le beau Soleil l'a meurie, & la bonne
fortune l'a contregardée pour vne belle bergere :
i'euſſe bien eſté aueuglé ſi ie l'euſſe laiſſée là ou elle
fuſt tombée par terre, & euſt eſté froiſſée des pieds
des beſtes ou enuenimée de quelque ſerpent qui
euſt frayé au long, ou bien euſt eſté gaſtée & pourrie
par le temps. La pomme d'or fut iadis donnée à

Venus, pour le pris de fa beauté : & ie te donne
celle cy pource que tu es plus belle que toutes les
autres filles du monde : nous fommes Paris & moy
iuges & tefmoings pareilz : car il eſtoit berger,
& ie fuis cheurier : en difant ces paroles, il la luy
miſt en fon giron, & elle s'approchant de luy, le
baifa fi foüefuemènt, que Daphnis ne fe repentit
point d'auoir ofé monter fur l'arbre fi hault pour la
cueillir, en ayant eu en recompenfe vn baifer, qui
valoit mieux à fon gré que ne faifoit la pomme
d'or.

FIN DV TROISIESME LIVRE.

LE QVATRIESME LIVRE.

UR ces entrefaictes vint de la ville de Mytilene vn feruiteur du maiſtre de Lamon qui luy apporta nouuelles que leur ſeigneur commun deuoit venir vn peu deuant les vendenges, pour veoir ſi les Methymniens auroyent point faict de dommage en ſes terres, à l'occaſion de quoy Lamon, approchant ia l'Automne, & l'Eſté vieilliſſant, acouſtra diligemment le logis, afin que le maiſtre n'y veiſt rien qu'il ne luy fuſt plaiſant à veoir : il cura les fonteines, afin que l'eau en fuſt plus claire & plus nette, il oſta le fumier hors de la court, afin que la mauuaiſe odeur ne luy en faſchaſt : il mit en ordre le verger, afin qu'il le trouuaſt plus beau : vray eſt que le verger de ſoy meſme eſtoit vne bien fort belle & plaiſante choſe, & qui appro-

choit des parcz des grandz princes & des roys : il
contenoit bien demy quart de lieuë en longueur,
& auoit la largeur enuiron quatre arpens : on euſt
dict à le veoir que ce n'eſtoit point vn verger,
mais vn grand champ, car il y auoit de toutes
ſortes d'arbres fruictiers, des Pommiers, des
Meurtes, des Poiriers, des Grenadiers, des Figuiers, des Orengiers & des Oliuiers, d'vn autre
coſté, de la vigne haulte qui montoit ſur les pommiers & ſur les poiriers, dont les raiſins commençoient ia à ſe tourner, comme ſi la vigne euſt
eſtriué auec les arbres, à qui porteroit de plus
beau fruict : d'vn autre coſté eſtoient les arbres
non portant fruict, comme Loriers, Plantains,
Cyprez, puis ſur leſquelz au lieu de vigne y auoit
du Lierre, dont les grappes groſſes & ia noir-
ſiſſantes contrefaiſoyent le raiſin : les arbres
fruictiers eſtoyent tous au dedans vers le centre
du Iardin pour eſtre mieux gardez, & les ſterilles
eſtoyent aux orées tout à l'entour, comme vne
cloſture faicte toute expreſſément & tout cela ceint
& enuironné d'vne bonne & forte haye. Tout y
eſtoit fort bien compaſſé, les tiges des arbres
eſtoyent aſſez diſtantes les vnes des autres : mais
les branches s'entrelaſſoient tellement que ce qui
eſtoit de nature, ſembloit eſtre faict par expres
artifice : il y auoit des carreaux de fleurs, dont
nature en auoit produict aucunes, & l'art des
hommes les autres : les roſes, les œilletz & les
lys y eſtoyent venuz moyennant l'œuure de l'homme,
les violettes, le muguet & le moron de la ſeulle
nature : en eſté y auoit de l'ombre, au printemps

dès fleurs, en l'Automne toutes delices, & en tout
temps du fruict selon la faison. Il defcouuroit
toute la campagne & en pouuoit on veoir les troupp-
peaux des beftes paiffant emmy les champs : on
en voyoit à plain la mer, & les allans & venans
fur icelle, au long de la cofte, ce qui eftoit vn des
plus delicieux plaifirs du verger, & droictement au
meilieu de la longueur & de la largeur y auoit vn
temple auec vn autel dedié à Bacchus. L'autel
eftoit veftu de Lierre ; & le temple couuert de
branches de vigne : au dedans eftoient les hyftoires
de Bacchus, painctes : Semele qui acouchoit,
Ariadne qui dormoit, Lycurgus lié ; Pentheus
defchiré en pieces, les Indiens vaincuz, les Tyre-
niens transformez en daulphins, par tout des Satyres & des Bacchantes qui danfoyent : Pan n'y
eftoit point oublié, ains eftoit affis fur vne roche,
iouant de fa flufte, en maniere qui fembloit qu'il
ioüaft vne notte commune aux Bacchantes qui
danfoyent ; & aux affiftens qui regardoyent. Le
verger eftant tel d'affiette & de nature, Lamon
encore l'approprioit de plus en plus, esbranchant
ce qui eftoit fec & mort aux arbres, & releuant
les vignes qui tomboyent en terre : tous les iours
il mettoit fur la tefte de Bacchus vn chappeau de
fleurs nouuelles, il conduifoit l'eau de la fonteine
dedans les carreaux ou eftoyent les fleurs : car il y
auoit dedans ce verger vne fonteine que Daphnis
auoit trouuée, dont on arroufoit les fleurs, & l'appelloit on la fonteine de Daphnis, & luy auoit
Lamon commandé qu'il engreffaft bien fes cheures
le plus qu'il pourroit, pour ce que leur maiftre

ne fauldroit pas à les vouloir veoir, à caufe qu'il
y auoit long temps qu'il ne les auoit veucs : mais
Daphnis n'auoit pas peur qu'il ne fuft loué de fon
maiftre quand il verroit fon trouppeau : car il
l'auoit acreu d'vne autre fois autant comme on
luy en auoit baillé au commencement, & n'en auoit
le loup rauy pas vne, & fi eftoyent en meilleur
point, & plus graffes que les ouailles : mais
neantmoins afin que fon maiftre euft de tant plus
afection de le marier ou il vouloit, il employoit
toute la peine, foing & diligence qu'il luy eftoit
poffible à les engreffer encore d'auantage, les menant aux champs dès le plus matin, & ne les en
ramenant qu'il ne fuft bien tard, les faifant boire
deux fois le iour, & cherchant les endroictz ou il y
auoit mieux à pafturer pour elles : outre ce il
trouua moyen d'auoir des battes neufues, force
tiroirs à tirer les cheures, & des efclices plus grandes
qu'il n'auoit, & eftoit fi foigneux de fes cheures
qu'il leur oignoit les cornes, afin qu'elles fuffent
reluifantes, & leur pignoit le poil : brief on euft dict
proprement à les veoir que c'eftoit le trouppeau
mefme du dieu Pan. Chloé en portoit la moitié de
la peine, & oubliant fes brebis, eftoit la plufpart
du temps embefongnée apres fes cheures, tellement
que Daphnis eftimoit qu'elles fembloyent belles,
principallement pour ce que Chloé y mettoit la
main. Mais en ces entrefaictes, il vint vn fecond
meffager de la ville, qui commanda que lon feïft
les venienges le pluftoft que lon pourroit, & dift
qu'il auoit charge de demourer là, iufques à ce que
le vin fuft faict & entonné, pour puis apres re-

tourner en la ville querir fon maiftre. Chacun
s'efforfoit de faire la meilleure chere que lon
pouuoit à ce fecond meffager, que lon appelloit
Eudrome, pour ce qu'il eftoit laquetz, & eftoit fon
meftier de courir ça & là, ou on l'enuoyoit. Si fe
mirent à faire les vendenges en toute diligence, de
forte qu'en peu de iours le vin fut entonné dedans
les vaiffeaux, & garda lon vne quantité des plus beaux
& plus fraiz raifins pendans aux branches de la vigne,
pour ceux qui deuoyent venir de la ville, afin qu'ilz
fentiffent quelque partie du plaifir des vendenges,
& qu'ilz penfaffent y auoir efté. Quand ce laquetz
Euderome fut preft de s'en retourner à la ville,
Daphnis luy feit don de plufieurs chofes, mefmement de ce que peult donner vn cheurier, comme
de bons frommages, d'vn petit cheureau, d'vne
peau de cheure blanche ayant le poil fort long, pour
mettre deffoubz luy quand on l'enuoyoit l'hyuer aux
champs, dont le laquetz fut fort aife, & baifa
Daphnis, en luy promettant qu'il diroit tous les
biens du monde de luy à leur maiftre, ainfi s'en
alla le laquetz bien affectionné en leur endroict,
& Daphnis demoura, traictant fes beftes en grand
foing & grande folicitude auec Chloé, qui de fa
part n'auoit pas moins de peur auffi, pour ce que
c'eftoit vn ieune garfon qui n'auoit iamais rien veu
finon fes cheures, la montaigne ou elles paftu-
royent, les gens de fon village & Chloé, & deuoit
bien toft voir fon maiftre, qu'il n'auoit iamais veu,
& duquel il n'auoit oncques ouy le nom auant
cefte heure là. Chloé fe foulcyoit auffi comment
Daphnis parleroit à ce maiftre, & eftoit en grand

efmoy touchant leur mariage, ayant grand peur
qu'il ne s'en allaſt comme vn ſonge en fumée, tellement que pour ces penſemens leurs ordinaires
baiſers eſtoient meſlez de crainte, & leurs embraſſe-
mens ſoucieux, comme ſi ia leur maiſtre euſt eſté
preſent, ou comme s'ilz euſſent eu peur qu'il n'en
apperceuſt quelque choſe. Eux eſtans en ceſte tranſe,
encore leur ſuruint il vn autre malheur : il y auoit
là aupres vn bouuier, nommé Lapes, mauuais
homme, oultrageux & preſomptueux, qui pour-
chaſſoit auſſi auoir Chloé à mariage, & ayant ſenty
le vent que Daphnis la deuoit eſpouſer, moyen-
nent que le maiſtre en fuſt content, chercha les
moyens de faire, que le maiſtre fuſt fort courroucé
à eux, & ſachant qu'il prenoit tres grand plaiſir à
ſon verger, delibera de le gaſter & diffamer le plus
qu'il pourroit. Or s'il ſe fuſt mis à coupper les
arbres il euſt peu eſtre ſurpris, par le ſon de ſa
coignée, & pourtant s'arreſta il à la reſolution de
gaſter & froiſſer toutes les fleurs, ſi attendit que la
nuiĉt fuſt venuë, puis paſſa par deſſus la haye,
& s'en alla arracher, fouller, rompre & froiſſer tout
ce qu'il peut, comme feroit vn ſanglier : cela faiĉt,
il ſe retira ſecrettement, ſans que perſonne l'apperceuſt. Lamon (le lendemain matin) entrant au verger
pour mettre l'eau de la fonteine dedans les carreaux
de fleurs, veit toute la place ſi oultrageuſement
villanée, qu'vn ennemy venant à propoz deliberé,
pour tout gaſter, n'y euſt ſceu pis faire, ſi deſchira
incontinent ſa iacquette, & s'eſcria à haulte voix,
diſant : ô dieux ! ſi fort que Myrtale laiſſant ce
qu'elle auoit en main, s'en courut viſtement vers

luy, & Daphnis qui auoit ia mené ſes beſtes aux
champs, ayant ouy le bruyt s'en recourut auſſi à la
maiſon, & voyant ce grand deſarroy, ſe prirent
tous à crier, & en criant à larmoyer : ſi n'eſtoit
pas de merueille que eux qui redoubtoyent l'ire de
leur ſeigneur en ploraſſent : car vn eſtranger à qui
le faiĉt n'euſt point touché, en euſt bien ploré, de
veoir vn ſi beau lieu ainſi deſpouillé de ſa beaulté,
& toute la terre gourfoulée, ſinon en certains en-
droiĉtz, ou la malice de l'enuieux n'auoit point touché, par leſquelz on pouuoit iuger quelle auoit eſté
la ſingularité de tout le reſte, eſtant en ſon entier : car
bien que tout y fuſt renuerſé s'ens deſſus deſſoubz,
encore apperceuoit on bien qu'il auoit eſté autrefois beau : les abeilles volletoyent à l'entour en
murmurant continuellement, comme ſi elles euſſent
lamenté ce deſgaſt, & Lamon tout eſploré diſoit
telles parolles : Helas comment mes pauures viol-
liers ſont foullez! mes pauures œilletz & roſiers
ſont arrachez! ça bien eſté quelque meſchant ou
mauuais homme, qui me les a ainſi mal acouſtrez :
le printemps reuiendra, & cecy ne fleurira point,
l'eſté retournera, & il n'y aura point icy de fruiĉt,
l'Automne recommencera, & il n'y aura en ce verger point de fleurs pour faire vn boucquet ſeulement, & toy, ſire Bacchus, n'as tu point eu de
pitié de ces pauures fleurs, que lon a ainſi tout
aupres de toy deuant tes yeux diffamées? deſquelles
ie te mettois ſouuent vn chappellet ſur la teſte :
comment monſtreray-ie maintenant à mon maiſtre
ſon verger? que me dira il quand il le verra ainſi
piteuſement accouſtré? ne fera il pas pendre ce

malheureux vieillard, comme Marſyas, à l'vn de
ces Pins? ſi fera : & à l'aduenture Daphnis auſſi
quant & quant, penſant que ce aura eſté par ſa
faulte, par ce qu'il n'aura pas eſté aſſez ſoigneux
de bien garder ſes cheures. Ces regretz & lamen-
tations de · Lamon les firent encore plorer plus
chauldement, pour ce qu'ilz deploroyent (non ſeullement le gaſt du iardin) mais auſſi le danger de
leurs perſonnes : Chloé lamentoit ſon pauure Daphnis, s'il falloit qu'il fuſt pendu, & prioit aux dieux
que ce maiſtre qu'ilz auoyent tant deſiré, ne vint
point, & luy eſtoyent les .iours bien longz & pe-
nibles à paſſer, cuidant ia veoir deuant ſes yeulx
comment lon fouetteroit le pauure Daphnis. Sur
le ſoir arriua derechef le laquetz Eudrome, lequel
apporta nouuelles que leur vieil maiſtre viendroit
dedans trois iours : mais que le ieune qui eſtoit ſon
filz viendroit le lendemain : ſi commencerent à
conſulter entre eux, ce qu'ilz auoyent à faire touchant ceſt inconuenient & appellerent à ce conſeil
Eudrome, lequel voulant beaucoup de bien à Daphnis, fut d'opinion qu'ilz declaraſſent à leur ieune
maiſtre la choſe tout ainſi comme elle eſtoit adue-
nuë, & ſi leur promiſt qu'il leur aideroit, ce qu'il
pouuoit bien faire, eſtant à la grace de ſon maiſtre,
à cauſe qu'il eſtoit ſon frere de laiĉt : & le lendemain feirent ce qu'il leur auoit conſeillé : car Aſtyle
qui eſtoit le filz du maiſtre, arriua le lendemain,
acompaigné d'vn ſien plaiſant, nommé Gnathon,
qu'il menoit quant & luy, pour luy faire paſſer le
temps. Aſtyle eſtoit vn ieune homme à qui la barbe
ne faiſoit que commencer à poindre, · & Gnathon

ia de long temps auoit accouftumé de la rafer. Si
toft que ce ieune maiftre fuft arriué, Lamon, Myrtale & Daphnis fe getterent à genoulx deuant fes
piedz, le fupplians auoir pitié du pauure vieillard,
& le garantir de la fureur & courroux de fon pere,
attendu qu'il ne pouuoit mais de l'inconuenient,
& quant & quant luy compterent ce que c'eftoit.
Aftyle en eut pitié, & entrant dedans le verger,
& ayant veu le gaft, promift qu'il les excuferoit enuers fon pere, & en prendroit la coulpe fur luy, difant,
que çauroyent efté fes cheuaulx, qui s'eftant defta-
chez, auroyent ainfi tout rompu, foullé, froiffé & arraché ce qui eftoit le plus beau dedans le iardin. Pour
cefte benigne refponfe Lamon & Daphnis feirent
prieres aux dieux de luy octroyer l'accompliffement
de fes defirs. Mais Daphnis luy apporta d'auantage de beaux prefens, comme des cheureaux, des
frommages, des oifeaux auec leurs petitz, des moiffines de raifins, des pommes, tenans encore aux
branches, & oultre tout cela du bon vin nouueau
de Methelin, dequoy Aftyle luy fceut fort bon gré :
& en attendant fon pere, fe delectoit de chaffer aux
lieures, comme vn ieune homme de bonne maifon,
qui ne cherchoit que nouueaux paffetemps, & qui
eftoit là venu pour prendre l'air des champs : mais
Gnathon eftoit vn gourmand, qui ne fçauoit autre
chofe faire que manger & boire iufques à s'enyurer :
lequel ayant veu Daphnis quand il apporta fes
prefens, fut incontinent feru de fon amour : car
oultre ce qu'il eftoit de nature vicieux, aymant les
garfons, il vit en Daphnis vne beauté fi exquife
qu'à peine en euft il fceu trouuer de pareille en la

ville, ſi propoſa en luy meſme de l'accoincter, eſperant facilement en venir à bout. Ayant reſolu cela
en ſon entendement, il ne voulut point aller à la
chaſſe quant & Aſtylle, ains s'en alla au champ ou
Daphnis gardoit ſes beſtes, faiſant ſemblant que
c'eſtoit pour voir les cheures, mais à la verité
c'eſtoit pour voir le cheurier : & pour eſſayer à le
gaigner, ſi commença à luy loüer ſes cheures, & le
pria de ioüer de ſa fluſte quelque chanſon de
cheurier, en luy promettant que de brief il le feroit
affranchir, & luy donner liberté : attendu qu'il auoit
pouoir, & tout credit enuers ſon maiſtre. Quand il
vit que le ieune garſon eſtoit doulx & ſimple, faiſant tout ce qu'on luy diſoit, il eſpia le ſoir ſur la
nuict ainſi qu'il ramenoit ſon trouppeau au tect :
& acourant à luy, le baiſa premierement, puis
luy diſt qu'il le laiſſaſt faire ce que les boucz faiſoient à ſes cheures. Daphnis fut long temps qu'il
n'entendoit point ce qu'il vouloit dire : mais à la
fin il luy reſpondit que c'eſtoit bien choſe naturelle, que le bouc montaſt ſur la cheure, mais qu'il
n'auoit onques veu qu'vn bouc failliſt vn autre
bouc, ne que les beliers montaſſent l'vn ſur l'autre,
ny les coqz auſſi au lieu de couurir les brebis
& les poulles : non pour cela Gnathon luy miſt la
main ſur le colet pour taſcher à le forcer : mais
Daphnis le repouſſa ſi rudement, auec ce qu'il
eſtoit ſi yure qu'à peine ſe pouuoit il ſouſtenir ſur
ſes piedz, qu'il le fiſt tomber à la renuerſe, & s'en
fuyt, laiſſant ſon homme couché de tout ſon long
par terre, ayant affaire de quelqu'vn qui luy aidaſt à
ſe releuer. Daphnis de la en auant ne s'approcha

plus de luy, ains mena tous les iours fes cheures
aux champs, tantoſt en vn endroit, & tantoſt eu vn
autre, le fuyant autant comme il cherchoit Chloé :
Gnaton meſme ne l'alloit plus pourſuyuant, ayant
eſprouué qu'il eſtoit fort & roide ieune garſon :
ains chercha occaſion propre pour en parler à
Aſtyle, eſperant que le ieune homme luy en feroit
don, pource qu'il ſe promettoit qu'il vouloit beau-
couɔ pour luy : toutefois pour ceſte heure là, il
ne peut pas : car Dionyſophanes le pere, & ſa
femme Cleariſte arriuerent, & y auoit parmy la
maiſon grand'tumulte de cheuaux, de varletz,
d'hommes & de femmes : mais depuis le trouuant
à part, il luy fiſt vne harengue de ſon amour. Or
Dionyſophanes auoit ia les cheueux à demy blancz,
mais au demourant il eſtoit beau & grand homme,
& qui de la diſpoſition de ſa perſonne euſt tenu
bon aux plus roides ieunes hommes : c'eſtoit vn
des plus riches de la ville, & des plus hommes de
bien. Le premier iour qu'il arriua, il ſacrifia à
tous les Dieux des champs, à Ceres, à Bacchus,
à Pan, & aux Nymphes, & fiſt le feſtin à toute ſa
famille : les iours enſuyuans il alla voir le labou-
rage de Lamon, & voyant les terres bien cultiuées,
& les vignes auſſi, le verger beau au demourant :
car Aſtyle auoit prins ſur luy le gaſt des fleurs
& du iardinage : il fut fort ioyeux de trouuer
tout en ſi bon ordre, & loüant Lamon de ſa diligence, luy promet que bien toſt il luy donneroit
liberté. Cela veu, il alla voir auſſi les cheures
& le cheurier qui les gardoit : mais Chloé ayant
peur & honte tout enſemble de ſi grande compagnie

qui venoit quand & luy, s'en fuyt cacher dedans
le bois. Daphnis ne bougea, ains fe prefenta, ayant
fur fon doz vne peau de cheure à long poil,
& vne pennetiere neuue en efcharpe à fon cofté,
& tenant en l'vne de fes mains de beaux fromages
tous frais faictz, & en l'autre deux beaux cheureaux qui tetoyent encore : le faifoit fi bon voir
que fi iamais Apollo (comme lon dict) garda les
bœufz de Laomedon, il eftoit tel que Daphnis
eftoit lors : & quant à luy il ne dift mot, ains
s'enclinant feulement deuant le maiftre, luy offrit
ces prefens : & adonc Lamon print la parole,
& dift : c'eft celuy, mon maiftre, qui garde voz
cheures : vous m'en baillaftes 'cinquante auec
deux boucz & il vous en a faict cent & dix boucz :
voyez vous comment elles font graffes & bien veftues,
& qu'elles ont les cornes entieres & belles : il leur
a enfeigné à entendre la mufique, tellement qu'elles
font tout ce que lon veult, en oyant le fon de la
flufte. Clearifte qui eftoit là prefente eut enuie d'en
voir l'experience, fi commanda à Daphnis qu'il
ioüaft de fa flufte, ainfi qu'il auoit accouftumé quand
il vouloit faire faire quelque chofe à fes cheures,
& luy promift s'il fluftoit bien de luy donner vne
iaquette, vn manteau & des fouliers : adonc
Daphnis fe dreffant en piedz foubz le foufteau, toute
la compagnie eftant en rond autour de luy, tira
fa flufte de fa pennetiere, & premierement fouffla
vn bien peu dedans, & foudain fes cheures leuerent
toutes la tefte, puis fonna le chant auquel il
auoit accouftumé de les faire pafturer, & adonc
mettant le nez en terre fe prindrent toutes à paiftre,

apres il leur fonna vn certain chant mol & doulx,
& incontinent elles fe coucherent toutes à terre :
il en fonna vn autre hault & agu, & elles s'en
fuyrent viftement cacher dedans le bois, comme fi
elles euffent veu le loup : toft apres il leur fonna
vn fon de rappeau, & adonc fortans toutes du bois,
elles fe vindrent rendre à fes piedz. Varletz ne
fçauroyent eftre plus obeiffans au commandement
de leurs maiftres qu'elles eftoient au fon de fa
flufte, dequoy tous les affiftens furent fort esbahis,
fpecialement Clearifte, laquelle iura qu'elle donneroit ce qu'elle auoit promis au gentil cheurier
qui eftoit fi beau; & qui fçauoit fi bien ioüer de la
flufte. Si toft qu'ilz furent retournez au logis, ilz
fe mirent à foupper, & enuoyerent à Daphnis de ce
qu'il leur fut feruy à table, dequoy il fift bonne
chere auec Chloé, eftant bien aife de manger de fi
bonne viande, accouftrée à la façon de la ville :
& au refte ayant bonne efperance de paruenir au
mariage de fon amie, du gré & confentement de
fes maiftres : mais Gnathon s'eftant enflammé
d'auantage, par ce qu'il auoit veu faire à Daphnis,
faifant fon compte qu'il ne viuroit iamais à fon
aife s'il n'en ioüiffoit à fon plaifir, alla trouuer
Aftyle, qui fe pourmenoit dedans le verger, & le
mena dedans la chapelle de Bacchus, là ou il luy
baifa les piedz & les mains : Aftyle luy demanda
pour quelle caufe il faifoit cela, & que c'eftoit
qu'il vouloit dire : le pauure Gnathon (dift il) mon
maiftre, s'en va mourir, car iufques icy il n'a iamais
rien aymé que les morceaux, & ne trouuoit rien fi
beau que le bon vin vieil, & luy fembloient voz

cuifiniers plus beaux que tous les ieunes garfons
de Mytilene : mais maintenant il n'eftime plus rien
beau que Daphnis, & ne prend gouft quelconque
à tant de viandes exquifes que lon fert tous les
iours fur voftre table, ains deuiendroit voluntiers
cheure, broutant de l'herbe & de la ramée verde
aux champs, moyennant qu'il peuft ouyr le fon de
la flufte, & eftre gardé par vn fi beau cheurier : fi te
prie que tu vueilles fauuer la vie à ton pauure
Gnathon, & le faictes vainqueur de l'amour inuin-
cible, autrement ie te iure par ma mort qu'apres
auoir bien farcy ma pance de viandes, ie me tueray
moy mefme deuant l'huis de Daphnis, & ne
verras plus ton mignon Gnathon comme tu fou-
lois. Le ieune homme qui eftoit de bonne nature
ne peut fouffrir de veoir plorer Gnathon, & de
rechef luy baifer les mains & les piedz, mefmement qu'il auoit effayé que c'eftoit de la deftreffe
d'amour, fi luy promift qu'il le demanderoit à fon
pere, & qu'il le meneroit à la ville, pour eftre fon
feruiteur : & pour luy en faire venir encore plus
d'enuie, luy demanda en riant s'il n'auroit point
de honte de baifer le filz d'vn païfant tel que
Lamon, & d'auoir couché à fes coftez vn garfon
gardant les cheures, & en luy difant cela, il fift
quant & quant vne mine d'vn homme qui fe ren-
froigne pour fentir la mauuaife odeur que fent vn
bouc. Mais Gnathon comme celuy qui auoit fouuent ouy les propoz d'amour, qui fe tiennent es
tables des luxurieux, luy refpondit : vn homme de
nature amoureufe, aime tous corps ou il trouue
beauté, pourtant y en a il qui aiment vn arbre, vne

riuiere, vne befte. Et quant à moy, il eft vray
que i'aime vn corps ferf : mais ou il y a vne
beauté digne d'vne franche & noble perfonne :
voyez vous comment fa perruque eft belle, comment au deffoubz des fourcilz, fes deux yeulx
eftincellent & reluyfent, ne plus ne moins qu'vne
belle pierre precieufe bien mife en œure, comment
fa bouche eft remparée de belles dentz blanches
comme yuoire : qui eft celuy fi denaturé & efloigné d'amour qui n'en defiraft auoir vn baifer? fi
i'ay mis mon amour en vn pafteur, i'ay en cela
faiĉt comme les dieux : Anchifes gardoit les bœufz,
& la deeffe Venus le choifit pour fon amy : Bau-
chus paiffoit les cheures, & Apolo en fut amoureux : Guanimedes eftoit berger, & Iupiter le rauit
pour en auoir fon plaifir : ne mefprifons point ce
ieune garfon, auquel nous voyons que les cheures
mefmes font ainfi obeiffantes, & remercions les
aigles de Iupiter qui feuffrent vne telle beauté
demourer icy entre les hommes. Aftyle en ceft
endroiĉt ne fe peut plus contenir de rire, difant,
qu'amour à ce qu'il voyoit rendoit les amans
grandz orateurs, & depuis chercha l'occafion d'en
pouuoir à propoz parler à fon pere : mais le
laquetz Eudrome ayant ouy fans faire femblant de
rien tous leurs deuis & eftant marry qu'vne telle
beauté fuft abandonnée à ceft yurongne, pour en
abbufer à fon defordonné plaifir, l'alla incontinent
compter à luy mefme, & à Lamon. Daphnis en
fut tout efperdu de primeface, deliberant prendre
la hardieffe de s'en fouyr pluftoft auec Chloé, ou
bien de mourir, fi elle vouloit mourir auec luy :

& Lamon appellant fa femme Myrtale hors de la
court, luy commença à dire : ma femme, nous
fommes perduz, le temps eft venu qu'il nous fault
defcouurir malgré nous ce que nous auions iufques
icy tenu couuert & fecret, les pauures cheüres font
defolées & defértes & tous nous autres auffi : mais
par le dieu Pan, & par les Nymphes, fi lon me
deuoit faire mourir, ie ne me tairay point de la
fortune de Daphnis, ains diray comment ie l'ay
enleué, & monftreray ce que i'ay trouué quant
& luy, afin que le mefchant Gnathon entende quel
enfant il veult gafter, le malheureux qu'il eft :
prepare moy feullement fes ioyaux & enfeignes de
recongnoiffance. Cela dict, ilz rentrerent tous deux
au dedans du logis, & Aftyle trouuant fon pere à
propoz, luy demanda permiffion d'emmener Daphnis
quant & luy à la ville, difant, que c'eftoit vn
trop gentil garfon pour le laiffer aux champs,
& que bien toft Gnathon luy auroit monftré toute
la ciuilité qu'il fault pour feruir à la ville. Le pere
luy octroya bien voluntiers, & faifant appeller Lamon & Myrtale leur cuyda dire vne bonne nouuelle, que Daphnis au lieu de garder les beftes,
feruiroit de là en auant fon filz Aftyle en la ville,
& leur promit qu'il leur bailleroit deux autres
cheuriers au lieu de luy. Adonc Lamon, eftans ia
tous les autres feruiteurs acourus bien ioyeux de
ce qu'ilz efperoyent auoir vn tel compagnon auec
eux, demanda à fon maiftre congé de parler, ce
que luy eftant octroyé, il parla en cefte forte : Ie
vous prie, mon maiftre, efcoutez vn propoz veritable de ce pauure vieillart, & ie vous iüre par les

Nymphes, & par le dieu Pan, que ie ne vous
mentiray d'vn feul mot. Ie ne fuis pas le pere de
Daphnis, ny n'a efté ma femme Myrtale fi heu-
reufe que de porter vn tel enfant : mais le pere
& la mere pour ce qu'ilz en auoyent à l'aduenture
affez d'autres plus grandz expoferent ceftuy cy
petit enfant : ie le trouuay abandonné de pere & de
mere, & alaicté par vne de mes cheures, laquelle
i'ay enterrée dedans le verger apres qu'elle a efté
morte de fa mort naturelle, l'ayant aimée pour ce
qu'elle auoit faict œuure de mere enuers ceft enfant : ie trouuay quant & quant des ioyaux que
lon auoit expofez auecques luy pour vne fois le
recongnoiftre, ie le confeffe & les garde : car ce
font marques aufquelles on peult congnoiftre qu'il
eft yffu de bien plus hault eftat que le noftre : or
ne fuis ie point marry qu'il deuienne varlet de
voftre filz Aftyle : car ce fera à vn beau & bon
maiftre, vn beau & bon feruiteur : mais ie ne
fçaurois fouffrir qu'il foit mené à la ville pour
feruir à la vilennie de Gnathon, lequel le veult
faire emmener à Mytilene pour en abufer comme
d'vne femme. Lamon ayant dict ces paroles, il fe
teut, & efpandit force larmes, & Gnathon fift du
courroucé, en le menaçant à battre : mais Dionyfophanes eftonné de ce qu'il auoit ouy dire à Lamon,
regarda Gnathon de trauers, & luy commanda
qu'il fe teuft : puis interroga de rechef Lamon,
luy enioignant de dire verité, fans aller controuuer des menteries, pour cuider retenir Daphnis
comme fon filz. Lamon le regarda franchement
entre deux yeulx fans fe troubler, iurant par tous

les Dieux que ce qu'il auoit dit eſtoit veritable,
& que s'il luy plaiſoit s'en informer, il trouueroit
qu'il n'eſtoit point menteur. Dionyſophanes adonc
ſe print à examiner en luy meſme ces paroles,
eſtant ſa femme aſſiſe aupres de luy : à quelle occaſion auroit Lamon controuué cecy, veu que pour
vn cheurier ie luy en veux donner deux, & comment eſt ce qu'vn rude païſant comme luy auroit
inuenté cela : car de prime face il ne luy ſembloit
pas du tout incroyable qu'vn tel enfant ne peuſt
bien eſtre né de ce vieillard & de ſa pauüre femme,
ſi penſa qu'il n'eſtoit point beſoing d'y ſonger d'a-
uantage, & qu'il failloit promptement veoir les
enſeignes de recognoiſſance, pour cognoiſtre ſi elles
monſtroyent qu'il fuſt yſſu comme il diſoit, de plus
hault eſtat que le ſien. Myrtale les alla incontinent
querir dedans vn vieil ſac, auquel ilz les gardoyent
ſoigneuſement : & toſt que Dionyſophanes apperceut vn petit mantelet d'eſcarlate auec vne boucle
d'or, & vne petite eſpée au manche d'yuoire, il
s'eſcria à haute voix : O Iupiter ! & appella ſa
femme pour les voir auſſi : ſi toſt qu'elle les vit,
elle s'eſcria ſemblablement, en diſant : O fatalles
déeſſes ! ne ſont ce point icy les ioyaux que nous
expoſaſmes auec noſtre enfant, quand nous l'en-
uoyaſmes expoſer par noſtre ſeruante Sophroſyne ?
il n'y a point de faulte, ce ſont ceux meſmes, mon
mary, l'enfant eſt noſtre. Daphnis eſt voſtre filz
& garde les cheures de ſon propre pere : ainſi
qu'elle parloit encore, & que Dionyſophanes iettant
grande abondance de larmes de la grand'ioye qu'il
auoit, baiſoit ces enſeignes de recognoiſſance,

Astyle entendant que Daphnis estoit son frere, posa
vistement sa robe, & s'encourut au berger, pour
le baiser le premier : mais Daphnis le voyant acourir
vers luy auecq'grande suitte de gens, en criant ietta
fluste & pennetiere, & s'en fuyt vers la mer, pour
se ietter dedans du hault d'vne roche couppée, cuidant que ce fust pour le prendre qu'ilz acouroyent
vers luy : & à l'aduenture estant retrouué par
autruy se fust il luy mesmes perdu (qui eust esté vn
cas fort estrange) si Astyle s'estant apperceu de la
caufe de sa fuitte ne luy eust crié de tout loing :
arreste, Daphnis, n'aye point de peur, ie suis ton
frere, & ceux que tu as pensé iufques icy estre tes
maistres, font tes pere & mere. Lamon nous a
maintenant compté comment vne cheure t'a nourry,
& nous a monstré les enseignes aufquelles on t'a
recogneu, regarde seulement en te retournant vers
nous comment chacun va apres toy en riant, mais
vien moy baiser le premier : ie te iure par les
Nymphes que ie ne te mens point. A peine s'ar-
resta Daphnis quand il eut ouy ce serment, & attendit Astyle qui acouroit les bras tenduz pour
l'embrasser & le baiser : ce pendant les seruiteurs
& chambrieres de la maison, le pere mesme & la
mere acoururent, qui l'embrasserent & le baiserent
en plorant de ioye, & luy de son costé fist aussi
principalement feste à son pere & à sa mere, comme
s'il les eust ia de long temps cogneuz, & les tint
embrassez fort longuement, à peine les pouuoyent
lascher, tant il estoit ayse de retrouuer & cognoistre
son sang, de sorte qu'il oublia presque Chloé,
tant il fut espris de ioye & liesse, si le remena lon

au logis, & luy bailla lon vne belle & riche robe
neuue : puis eſtant veſtu fut aſſis ioignant ſon
pere, qui luy commença vn tel propos : Mes enfans,
ie fuz marié bien ieune, & apres quelque temps
deuins pere bien eureux comme il me ſembloit
pour lors : car le premier enfant que ma femme
fiſt, fut vn filz : le ſecond vne fille, & le troiſieſme
fut Aſtyle : ie penſay en auoir aſſez de ces trois,
& fis expoſer ceſtuy petit enfant de maillot auec
ces ioyaux que ie luy baillai, non pas en intention
de le retrouuer, & le recognoiſtre vn temps aduenir : mais afin que celuy qui le trouueroit euſt
dequoy l'enſeuelir, toutesfois fortune en auoit autrement diſpoſé : car mon filz aiſné & ma fille
moururent tous deux d'vne meſme maladie & en
vn meſme iour, & toy, mon filz, par la bonne
prouidence des dieux es eſchappé, à celle fin que
nous euſſions plus de ſupport en noſtre vieilleſſe :
ſi te prie, mon filz Daphnis, que tu n'ayes point
de maltalent encontre moy, pource que ie t'ay
faiſt expoſer, car ie ne l'ay point faiſt voluntaire-
ment : & toy, Aſtyle, ne ſois point marry de ce
que tu n'auras que la moitié de ma ſucceſſion, là
ou tu eſperois auoir le tout : car tout bien conſi-
deré, il n'y a heritage au monde qui vaille vn bon
frere, pour tant aimez vous l'vn l'autre, car quant
aux biens vous en auez aſſez, voire pour eſtre
comparez aux plus riches de ce païs : ie vous
laiſſeray grandes terres, grand nombre de ſerfz
qui ſçauent tous quelque meſtier, de l'or, de l'argent, & de tous autres meubles autant qu'en ſçau-
royent auoir ceux que lon eſtime bien heureux :

mais ie veux que Daphnis en ſon partage ayt entre
autres choſes ceſt heritage cy, & que Lamon
& Myrtale ſoyent à luy, & les cheures auſſi qu'il
ſouloit mener paiſtre. Comme il parloit encore,
Daphnis ſauta en piedz & dit : vous m'en auez
faiƈt ſouuenir tout apoint, mon pere, ie m'en vois
mener boire mes cheures, leſquelles endurent
grand' ſoif, & ſont maintenant quelque part à
attendre le ſon de ma fluſte, pendant que ie ſuis
icy à ne rien faire. Toute l'aſſiſtence ſe print à rire
à bon eſcient de ce que Daphnis eſtant deuenu
maiſtre, cuydoit encore eſtre varlet : mais on enuoya quelque autre, pour gouuerner & traiƈter ſes
cheures, & fiſt on preparer au logis le ſacrifice
& le feſtin en l'honneur de Iupiter ſauueur : mais
Gnathon ne s'oſa trouuer au banquet, ains demoura tout le long du iour caché en la chapelle
de Bacchus, tenant l'autel comme vn ſuppliant
qui s'enfuyt en franchiſe, pour la peur qu'il auoit
de Daphnis. Le bruit fut incontinent eſpandu par
tout que Dionyſophanes auoit retrouué & recogneu
vn ſien filz, & que Daphnis le cheurier eſtoit deuenu ſeigneur & maiſtre de ſes cheures, & de tout
l'heritage : à l'occaſion dequoy tous les voyſins
païſans y acoururent de toutes pars : les vngs
pour ſe conioüyr auec Daphnis de la bonne fortune qui luy eſtoit aduenue, les autres pour faire
quelques preſens à ſon pere : le premier qui y vint
entre les autres fut Dryas le nourriſſier de Chloé,
& Dionyſophanes les retint tous pour eſtre au feſtin,
car il faiſoit appreſter force pain, force vin, & force
viande, des oyſeaux de mer, des petitz cochons de

laict, & force moutons que lon auoit immolez aux
Dieux patrons & protecteurs du païs : Daphnis
d'autre cofté amaſſa tous les meubles qu'il auoit,
pendant qu'il gardoit les beftes & les diftribua tous
aux Dieux : premierement il donna à Bacchus ſa
pennetiere & ſa peau de cheure auſſi, puis fiſt offrande de ſa flufte à Pan, il dedia ſa houlette aux
Nymphes, auec les tiroüers à tirer les cheures
qu'il auoit faictz luy mefme : mais en faifant
chacun offrande, il ne ſe pouoit tenir de plorer,
tant eft plus doux vn eftat pour petit qu'il ſoit,
quand on l'a acouftumé, qu'vne felicité non accouftumée : pource qu'il ſe deſſaiſiſſoit des meubles
à quoy il auoit prins ſi grand plaifir, de forte que
quand il vint à offrir ſes tiroüers, il voulut encore
premierement y tirer ſes cheures, & ne donna point
ſa pelice de peau de cheure qu'il ne l'euſt encore
vn coup veſtue, ny ſa flufte qu'il n'en euſt ioüé,
& ſi les baifa tous en les donnant, & diſt adieu à
ſes cheures, & appella les bouquins par leurs noms,
& bien ſouuent ſe defroba pour aller boire de l'eau
de la fontaine auec Chloé : mais il n'oſoit encore
defcouurir ſon amour, attendant quelque occaſion
propre pour ce faire. Or ce pendant que Daphnis
eſtoit apres ces oblations & ſacrifices, voicy comment il alla de Chloé : la pauure fille eſtoit ſeulette
aux champs, affife, en gardant ſes moutons,
& ploroit chaudement, en difant ce qui eſt vray
femblable que peut dire vne pauure bergerotte
comme elle : Daphnis m'a oubliée, il pretend
maintenant à quelques riches mariages : pourquoy
luy ay ie faict iurer ſes cheures au lieu des nym-

phes? il les a delaiſſees auſſi bien comme moy,
& n'a point eu de deſir de voir Chloé, en ſacrifiant
aux Nymphes & à Pan : il a par aduenture trouué
auec ſa mere de plus belles chambrieres que moy :
& bien de par Dieu, bon prou luy face : mais
quant à moy ie ne ſçaurois plus viure. Ainſi qu'elle
penſoit & diſoit telles choſes, le boutier Lapes
auec quelques autres ruſtaux de village la vindrent
enleuer, eſperant que Daphnis ne penſeroit plus à
l'eſpouſer, & que Dryas la luy donneroit voluntiers pour ſa femme : la pauure fille crioit piteuſement tant qu'elle pouuoit, ainſi comme on l'emportoit : & quel qu'vn qui vit ceſte violence s'en
courut viſtement en aduertir Nape, & elle Dryas,
& Dryas Daphnis, lequel à peine qu'il ne ſortit
du ſens, car il ne l'oſoit deſcouurir à ſon pere,
& ſi ne pouuoit ſupporter vn tel outrage, ſi ſe retira
dedans le verger, & là ſe proumenant tout ſeul,
fiſt ſes regrets & ſes plainctes en ceſte ſorte : ô
malheureux que ie ſuis d'auoir retrouué mes parens !
helas combien m'euſt eſté meilleur de garder les
beſtes aux champs ! combien plus eſtois ie content,
lors qu'eſtant ſerf, ie voyois Chloé à mon aiſe,
& maintenant Lapes qui l'a rauye s'en va à tout,
puis quand la nuict ſera venuë, il couchera auec
elle, ce pendant que ie m'amuſe icy à boire & à
faire bonne chere : i'ay doncques en vain iuré mes
cheures, le dieu Pan & les Nymphes. Or Gnathon
qui eſtoit caché dedans la chappelle du verger, entendit clairement ces complaintes de Daphnis,
& penſant que c'eſtoit vne bonne occaſion pour
faire ſa paix auec luy, il prit quelques ieunes varletz

d'Aſtyle, & s'en alla apres-Dryas, luy diſant, qu'il
les conduiſiſt en la maiſon de Lapes, ce qu'il fiſt,
& diligenterent ſi bien qu'ilz ſurprirent Lapes ainſi
comme il ne faiſoit que d'entrer en ſon logis auec
Chloé, laquelle il luy oſta d'entre les mains à force,
& dola tres bien les eſpaules de tous les ruſtaux,
qui luy auoyent aidé à faire ce rapt, à grandz
coupz de baſton, puis voulut prendre & lier Lapes,
pour l'amener priſonnier : mais il ſe ſauua de vis-
teſſe. Gnathon ayant faiĉt vn tel exploiĉt, s'en
retourna qu'il eſtoit ia nuiĉt toute noire, & trouua
Dionyſophanes ia couché en ſon liĉt dormant. Mais
le pauure Daphnis veilloit, & eſtoit encore dedans
le verger ou il ſe deſconfortoit & ploroit : ſi luy
amena Chloé, & la luy liurant entre ſes mains,
luy compta comme il auoit faiĉt, le priant au ſurplus de ne ſe vouloir point ſouuenir des parolles
qu'il luy auoit diĉtes, ains le tenir au nombre de
ſes ſeruiteurs, & ne le vouloir point debouter de ſa
table, ſans laquelle il luy ſeroit force mourir de
mallefain. Daphnis voyant Chloé, & la tenant
entre ſes bras, fut facile à faire appointement
auecques luy, & fit ſes excuſes enuers elle de ce
qu'il pouuoit ſembler l'auoir oubliée, & de commun
conſentement furent d'aduis de tenir encore leur
mariage ſecret, & que Chloé ne deſcouuriſt point
ſon amour qu'à Nape ſa nourriciere ſeullement :
mais Dryas ne le permit point, ains le voulut dire
luy meſme au pere de Daphnis, ſe faiſant fort de
luy faire bien accorder, ſi prit le lendemain (auſſi
toſt qu'il fut iour) les enſeignes de recongnoiſſance
qu'il auoit trouuées auec Chloé, & s'en alla vers

Dionyſophanes, qu'il trouua dedans ſon verger
aſſis auec Cleariſte ſa femme, & ſes deux enfans
Aſtyle & Daphnis, ſi luy commença à dire : Ne-
ceſſité me contrainct de vous declarer, ſire, vn
pareil ſecret que celuy de Lamon, lequel ie n'ay
encore dict à perſonne, c'eſt que ie n'ay engendré
ne nourry le premier ceſte ieune fille Chloé : autre
que moy l'a engendrée, & l'vne de mes brebis l'a
allaictée dedans la cauerne des Nymphes ou elle
auoit eſté expoſée : & là ou ie l'ay moy méſme
trouuée, & depuis nourrie & eſleuée iuſques icy :
ſa beaulté teſmoigne aſſez qu'elle n eſt point ma
fille, car elle ne reſſemble ny à moy ny à ma
femme : auſſi font les enſeignes de recongnoiſſance
que ie trouuay auec elle, leſquelles font plus riches
que ne porte l'eſtat d'vn pauure paſteur : voyez
les & cherchez ceux qui ſont ſes vrays parens,
pour voir ſi elle ſeroit point ſortable pour eſtre
femme de Daphnis. Dryas ne ietta point ceſte
parolle en vain, ny Dionyſophanes ne la y receu
pas auſſi, ains prenant garde au viſage de Daphnis,
& le voyant changé de couleur, & ſe deſtourner
pour plorer, congneut bien incontinent qu'il y
auoit des amourettes entre eux deux : & eſtant
ſoigneux de ſon filz, plus que de la fille d'autruy,
examina le plus diligemment qu'il peut la parolle
de Dryas : & quant encores il euſt veu les marques de recongnoiſſance qui auoyent eſté expoſées
auec elle, c'eſt aſſauoir des patins dorez, des
chauſſes brodées, & vne coiffe d'or, adonc appella
il Chloé, & luy diſt qu'elle fiſt bonne chere pource
que ia elle auoit trouué vn mary, & bien toſt apres

trouueroit fon vray pere & fa mere. Clearifte
deflors la prit auec elle, la veftit & acouftra comme
femme de fon filz, mais Dionyfophanes appella
Daphnis apart & luy demanda fi elle eftoit encore
pucelle. Daphnis luy iura qu'elle ne luy. auoit rien
efté de plus pres que du baifer, & du ferment par
lequel ilz auoient promis mariage l'vn à l'autre.
Dionyfophanes fe prit à rire de ce ferment, & les
fit tous deux difner auec luy : là euft on peu clairement veoir combien vn bel acouftrement fert à
vne naturelle beauté : car Chloé eftant richement
veftuë, proprement coiffée, & monftrant au vifage
vn taint de gaye penfée, fembla à vn chafcun fi
belle par deffus le paffé, que Daphnis mefmes à
peine la recongniffoit, & quiconque l'euft veuë en
tel eftat, n'euft point faiƈt de doubte d'affermer
par ferment qu'elle n'eftoit point fille de Dryas,
lequel toutefois eftoit à la table comme les autres
auec fa femme Nape, & Lamon & Myrtale auffi.
Quelques iours apres on fift derechef des facrifices
aux dieux, pour l'amour de Chloé, comme lon
auoit faiƈt pour Daphnis, & fift on femblablement
le feftin de fa recongnoiffance, & elle de fon cofté
diftribua fes meubles de bergerie aux dieux, fa
pennetiere, fa flufte, & fes tiroirs ou elle tiroit les
brebis, & efpandit dedans la fonteine qui eftoit en
la cauerne des Nymphes, du vin, à caufe qu'elle
auoit efté trouuée & nourrie aupres d'icelle fonteine,
& fema des chappeletz, & du bouquet de fleurs,
la fepulture de la brebis que Dryas luy enfeigna,
& ioua encore de fa flufte, pour refiouyr fes brebis,
faifant prieres aux Nymphes, que ceux qui feroyent

trouuez ſes naturelz parens fuſſent dignes d'eſtre
allyez de Daphnis. Apres qu'ilz eurent faict aſſez
de feſte & de bonne chere aux champs, ilz delibererent de s'en retourner à la ville, afin de chercher les parens de Chloé, pour ne differer plus les
nopces : parquoy dès le matin firent trouſſer tout
leur bagage, & donnerent à Dryas encore autres
trois cens eſcuz, & à Lamon la moitié des fruictz
de toutes les terres & vignes qu'il tenoit, les
cheures auec leurs cheuriers, quatre paires de bœufz,
des robbes fourrées pour l'hyuer, & par deſſus
tout cela liberté : puis cheminerent vers Mytilene
auec grand train de cheuaux & de chariotz. Or
ce iour la pour ce qu'ilz arriuerent le ſoir bien
tard, les autres citoyens de la ville n'en ſceurent
rien. Mais le lendemain au plus matin, le bruict
en eſtant couru par tout, il s'aſſembla au logis de
Dionyſophanes grande multitude d'hommes & de
femmes, les hommes pour s'eſiouir auec le pere
de ce qu'il auoit retrouué ſon filz, meſmement
apres qu'ilz eurent veu comment il eſtoit beau
& gentil, & les femmes pour s'eſiouir auſſi auec
Cleariſte de ce que non ſeulement elle auoit recouuré ſon filz, mais auſſi trouué vne fille digne
d'eſtre ſa femme : car Chloé les eſtonna toutes,
quand elles virent en elle vne ſi parfaicte beauté, qu'il
n'eſtoit poſſible d'en veoir vne plus belle : brief
toute la ville ne parloit d'autre choſe que de ce
ieune filz, & ceſte ieune fille, & diſoit chacun
que lon n'euſt ſceu choiſir vne plus belle couple :
ſi prioyent tous aux dieux que la parenté de la
fille fuſt trouuée coreſpondante à ſa beauté : & y

eut plufieurs femmes de riches maifons, qui fou-
haiterent en elles mefmes, & dirent : Pleuft aux
dieux que lon penfaft affurément qu'elle fuft ma
fille : mais Dionyfophanes, apres auoir quelque
efpace de temps penfé à fes affaires, fe r'endormit
bien ferré fur le matin, & en dormant luy vint vn
tel fonge, qu'il luy fut aduis que les Nymphes
prioyent amour de parfaire & accomplir à la fin
le mariage qu'il leur auoit promis, & qu'amour
desbendant fon petit arc, & le mettant à terre
aupres de fon carquoys, commenda à Dionyfophanes qu'il enuoyaft le lendemain femondre tous
les plus gros & plus riches perfonnages de la ville,
pour venir foupper en fon logis, & quand on
feroit au deffert, qu'il fift apporter fur la table les
enfeignes de recongnoiffance, qui auoyent efté
trouuées auec Chloé, & qu'il les monftraft à tous
les conuyez, puis cela faict qu'ilz chantaffent la
chanfon nuptialle de hymenée. Dionyfophanes ayant
eu cefte vifion en dormant, fe leua de bon matin,
& commanda à fes gens que lon preparaft vn beau
feftin, ou il y euft de toutes les plus delicates
viandes que lon treuue, tant en terre qu'en mer,
es lacz & es riuieres, & enuoya quant & quant
prier de foupper chez luy les plus apparentz de la
ville. Quand la nuict fut venue, que le banquet fut
acheué, lon apporta fur table la couppe, en laquelle
on a accouftumé à la fin du feftin, de boire en l'honneur de Mercure, & lors vn feruiteur de la maifon
apporta dedans vn bacin d'argent ces enfeignes,
& les montra de ranc à chacun des conuyez : il n'y
eut perfonne des autres qui les recongneuft, fors vn

nommé Megacles, qui pour fa vieilleſſe eſtoit au
bout de la table, lequel ſi toſt qu'il les apperceut,
les recongneut incontinent, & s'eſcria tout hault :
ô dieux, que voy-ie la! ma pauure fille, qu'es tu
deuenuë! es tu en vie, ou ſi quelque paſteur a
enleué ces enſeignes, qu'il a par fortune trouuées
en ſon chemin : ie te prie, Dionyſophanes, de mé
dire dont tu les as recouurées : n'aye point d'enuie
que ie retrouue ma fille, comme tu as recouuré
Daphnis. Dionyſophanes voulut premierement qu'il
comptaſt deuant la compagnie comment il auoit
faiɛ̂t expoſer ſon enfant : adonc le vieillard Megacles
d'vne voix encore vigoreuſe ſe print à dire : ie
me trouuay il y a quelque temps auec peu de biens,
pource que i'auois deſpendu les miens à faire
ioüer des ieux publiques, & à faire equipper des
nauires de guerre, & lors que ceſte perte m'aduint,
il me naſquit vne fille, laquelle ie ne vouluz point
nourrir en la pauureté ou i'eſtois, & pourtant la
fis expoſer auec ces marques de recognoiſſance,
ſachant qu'il y a pluſieurs gens qui ne pouans
auoir des enfans naturelz deſirent eſtre peres en
ceſte ſorte à tout le moins d'enfans trouuez. L'enfant fut portée en la cauerne des Nymphes,
& laiſſée en la proteɛ̂tion & ſauuegarde d'icelles :
depuis les biens me ſont venuz par chacun iour en
grande affluence, & n'ay nul heritier de mon corps
à qui ie les puiſſe laiſſer, car depuis ie n'ay pas
eu l'heur de pouoir auoir vne fille ſeulement :
mais les Dieux comme s'ilz ſe vouloyent mocquer
de moy, m'enuoyent ſouuent des ſonges, leſquelz
me promettent qu'vne brebis me fera pere. Dio-

nyſophanes à ce mot s'eſcria encore plus fort que
n'auoit fait Megacles, & ſe leuant de la table,
alla querir Chloé qu'il amena veſtue & accouſtrée
fort honeſtement, & la mettant entre les mains
de Megacles, luy diſt : voicy l'enfant que tu as
faiɛt expoſer, Megacles, vne brebis par la prouidence des Dieux te l'a nourrie comme vne cheure
m'a nourry Daphnis : prens la auecq' ces enſeignes :
& la prenant rebaille la en mariage à Daphnis :
nous les auons tous deux expoſez, & tous deux
les auons retrouuez : ilz ont eſté tous deux nourriz enſemble, & tout de meſmes ont eſté reſeruez
par les Nymphes, par le Dieu Pan, & par Amour.
Megacles s'y accorda incontinent, & enuoya querir
ſa femme, qui auoit nom Rhode, tenant ce pendant touſiours ſa fille Chloé entre ſes bras, & demourerent tous chez Dionyſophanes au coucher,
pource que Daphnis auoit iuré qu'il ne ſouffriroit
emmener Chloé à perſonne, non pas à ſon propre
pere : & le lendemain au matin ilz prierent tous
deux leurs peres & meres qu'ilz leurs permiſſent
de s'en retourner aux champs, par ce qu'ilz ne ſe
pouuoyent accouſtumer aux façons de faire de la
ville, & auſſi qu'ilz vouloyent faire des nopces
paſtorales, ce qu'il leur fut permis : ſi s'en retournerent au logis de Lamon, & preſenterent au bon
homme Megacles le nourricier de Chloé, Dryas, & ſa
femme Nape à la mere Rhode. Le feſtin nuptial
fut ſumptueuſement preparé, & Megacles de rechef deuoüa ſa fille Chloé aux Nymphes, & aultre
pluſieurs autres offrandes leur donna les enſeignes
auſquelles elle auoit été recogneuë, & donna encore

bonne fomme d'argent à Dryas. Dionyfophanes
pour ce que le iour eftoit beau & ferein, fift
dreffer des tables dedans la cauerne mefme des
Nymphes, & y fift faire des fieges de verde ramée,
là ou il feftoya tous les païfans de là al'entour.
Lamon & Myrtale y eftoyent : Dryas & Nape, les
parens de Dorcon, les enfans de Philetas, Chronis
& Lycœnion. Lapes mefme y vint apres qu'on luy
eut pardonné, & là comme entre villageois tout
s'y difoit & faifoit à la villageoife : l'vn chantoit
les chanfons que chantent les moiffonneurs au
temps de moiffons, l'autre difoit des brocards
que lon a accouftumé de dire en foulant la vendange. Philetas ioüa de fa flufte, Lapes du flageollet : & ce pendant Daphnis & Chloé fe baifoyent
l'vn l'autre : les cheures mefmes paiffoyent là aupres, comme fi elles euffent efté participantes de
la bonne chere des nopces, & Daphnis en appellant
aucunes par leurs propres noms leur donnoit de la
fueillée verde à brouter, & les prenant par les
cornes, les baifoit, & non pas lors feulement, mais
en tout le refte de leur vie pafferent le plus du
temps & la meilleure partie de leurs iours en eftat
de pafteurs : car ilz acquirent force trouppeaux de
cheures & de brebis, eurent toufiours en finguliere
reuerence les Nymphes & le dieu Pan, & ne trouuerent point à leur gouft de meilleure viande ny
plus fauoureufe nourriture que du fruiƈt & du laiƈt,
& qui plus eft firent teter à leur premier enfant,
qui fut vn filz, vne cheure : & au fecond, qui fut
vne fille, firent prendre le pis d'vne brebis, & le
nommerent Philopoemen, c'eft adire aymant les

bergers, & la fille Agelée, qui fignifie prenant plaifir aux trouppeaux : mais oultre tout cela, firent honorablement accouftrer la cauerne des nymphes, ilz y dedierent de belles ymages, & y edifierent vn autel d'amour paftoral, & à Pan, au lieu qui eftoit à defcouuert foubz vn pin, firent faire vn temple, qu'ilz appellerent le temple de Pan le guerroyeur : mais tout cela fut faict long temps apres. Et ce iour là quand la nuict fut venue, tout le monde les conuoya iufques en leur chambre nuptiale, les vns ioüans de la flufte, les autres du flageolet, & aucuns portans des fallotz & flambeaux allumez deuant eux : puis quand ilz furent à l'huis de la chambre, commencerent à chanter Hymenée d'vne voix rude & afpre, comme fi auecq' vne marfe ou vn pic ilz euffent voulu fendre la terre. Ce pendant Daphnis & Chloé fe coucherent entre deux draps, là ou ilz s'entrebaiferent & s'entrembrafferent, fans clorre l'œil de toute la nuict, non plus que chahuans, & fift alors Daphnis ce que Lycœnion luy auoit aprins : à quoy Chloé cogneut bien que ce qu'ilz faifoyent parauant dedans les bois, & emmy les champs, n'eftoyent que ieux de petitz enfans.

LES PASTORALES

DE LONGUS

ou

DAPHNIS ET CHLOÉ

TRADUCTION

DE MESSIRE J. AMYOT

EN SON VIVANT ÉVÊQUE D'AUXERRE ET GRAND AUMONIER
DE FRANCE
REVUE, CORRIGÉE, COMPLÉTÉE
DE NOUVEAU REFAITE EN GRANDE PARTIE

PAR PAUL-LOUIS COURIER

Vigneron

Membre de la Légion d'honneur, ci-devant canonnier à cheval

PRÉFACE DU TRADUCTEUR

L A version faite par Amyot des Pastorales de Longus, bien que remplie d'agrément, comme tout le monde sait, est incomplète et inexacte; non qu'il ait eu dessein de s'écarter en rien du texte de l'auteur, mais c'est que d'abord il n'eut point l'ouvrage grec entier, dont il n'y avoit en ce temps-là que des copies fort mutilées. Car tous les anciens manuscrits de Longus ont des lacunes et des fautes considérables, et ce n'est que depuis peu qu'en en comparant plusieurs, on est parvenu à suppléer l'un par l'autre, et à donner de cet auteur un texte lisible. Puis, Amyot, lorsqu'il entreprit cette traduction, qui fut de ses premiers ouvrages, n'étoit pas aussi habile qu'il le devint dans la suite, et cela se voit en beaucoup d'endroits où il ne rend point le sens de l'auteur, par-tout assez clair et facile, faute de l'avoir entendu. Il y a aussi des passages qu'il a entendus

et n'a point voulu traduire. Enfin, il a fait ce
travail avec une grande négligence, et tombe à
tous coups dans des fautes que le moindre degré
d'attention lui eût épargnées. De sorte qu'à vrai
dire, il s'en faut de beaucoup qu'Amyot n'ait
donné en françois le roman de Longus; car ce
qu'il en a omis exprès, ou pour ne l'avoir point
trouvé dans son manuscrit, avec ce qu'il a mal
rendu par erreur ou autrement, fait en somme
plus de la moitié du texte de l'auteur, dont sa
version ne représente que certaines parties, des
phrases, des morceaux bien traduits parmi beaucoup de contre-sens, et quelques passages rendus
avec tant de grâce et de précision, qu'il ne se peut
rien de mieux. Aussi s'est-on appliqué à conserver
avec soin dans cette nouvelle traduction jusqu'aux
moindres traits d'Amyot conformes à l'original,
en suppléant le reste d'après le texte tel que nous
l'avons aujourd'hui, et il semble que c'étoit là
tout ce qui se pouvoit faire. Car de vouloir dire
en d'autres termes ce qu'il avoit si heureusement
exprimé dans sa traduction, cela n'eût pas été
raisonnable, non plus que d'y respecter ces longues traînées de langage, comme dit Montaigne,
dans lesquelles, croyans développer la pensée de
son auteur, car il n'eut jamais d'autre but, il dit
quelquefois tout le contraire, ou même ne dit
rien du tout. Si quelques personnes toutefois
n'approuvent pas qu'on ose toucher à cette version,
depuis si longtemps admirée comme un modèle

de grâce et de naïveté, on les prie de considérer que, telle qu'Amyot l'a donnée, personne ne la lit maintenant. Le Longus d'Amyot, imprimé une seule fois il y a plus de deux siècles, n'a reparu depuis qu'avec une foule de corrections et de pages entières de suppléments, ouvrage des nouveaux éditeurs, qui, pour en remplir les lacunes et remédier aux contre-sens les plus palpables d'Amyot, se sont aidés comme ils ont pu d'une foible version latine, et ainsi ont fait quelque chose qui n'est ni Longus ni Amyot. C'est là ce qu'on lit aujourd'hui. Le projet n'est donc pas nouveau de retoucher la version d'Amyot; et si on le passe à ceux-là qui n'ont pu avoir nulle idée de l'original, en fera-t-on un crime à quelqu'un qui, voyant les fautes d'Amyot changées plutôt que corrigées par ses éditeurs, aura entrepris de rétablir dans cette traduction, avec le vrai sens de l'auteur, les belles et naïves expressions de son interprète? Un ouvrage, une composition, une œuvre créée, ne se peut finir ni retoucher que par celui qui l'a conçue; mais il n'en va pas ainsi d'une traduction, quelque belle qu'elle soit; et cette Vénus qu'Apelle laissa imparfaite, on auroit pu la terminer, si c'eût été une copie, et la corriger même d'après l'original.

Nous ne savons rien de l'auteur de ce petit roman : son nom même n'est pas bien connu. On le trouve diversement écrit en tête des vieux exemplaires, et il n'en est fait nulle mention dans les

notices que Suidas et Photius nous ont laissées de
beaucoup d'anciens écrivains : silence d'autant
plus surprenant, qu'ils n'ont pas négligé de nommer les froids imitateurs de Longus, tels qu'A-
chilles Tatius et Xénophon d'Éphèse. Ceux-ci,
contrefaisant son style, copiant toutes ses phrases
et ses façons de dire, témoignent assez en quelle
estime il étoit de leur temps. On n'imite guère
que ce qui est généralement approuvé. Nicétas
Eugénianus, dont l'ouvrage se trouve dans quelques bibliothèques, n'a presque fait que mettre
en vers la prose de Longus. Mais le plus malheureux de tous ceux qui ont tenté de s'approprier
son langage et ses expressions, c'est Eumathius,
l'auteur du roman des Amours d'Ismène et d'Is-
ménias. Quant à Héliodore, ce qu'il a de commun avec notre auteur se réduit à quelques traits
qu'ils ont pu puiser aux mêmes sources, et ne
suffit pas pour prouver que l'un d'eux ait imité
l'autre. Quoi qu'il en soit, on voit que le style de
Longus a servi de modèle à la plupart de ceux
qui ont écrit en grec de ces sortes de fables que
nous appelons romans. Il avoit lui-même imité
d'autres écrivains plus anciens. On ne peut douter
qu'il n'ait pris des poëtes érotiques, qui étoient
en nombre infini, et de la nouvelle Comédie, ainsi
qu'on l'appeloit, la disposition de son sujet, et
beaucoup de détails, dont même quelques-uns se
reconnoissent encore dans les fragments de Mé-
nandre et des autres comiques. Il a su choisir

avec goût et unir habilement tous ces matériaux, pour en composer un récit où la grâce de l'expression et la naïveté des peintures se font admirer dans l'extrême simplicité du sujet. Aussi aura-t-on peine à croire qu'un tel ouvrage ait pu paroître au milieu de la barbarie du siècle de Théodose, ou même plus tard, comme quelques savants l'ont conjecturé.

LES PASTORALES

LONGUS

—————

LIVRE PREMIER.

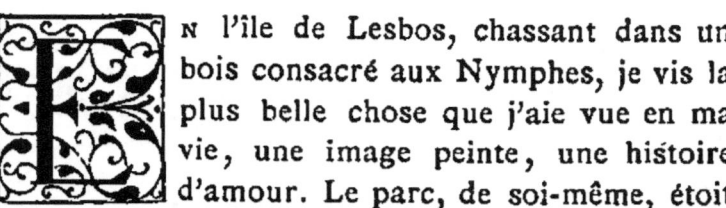

N l'île de Lesbos, chassant dans un
bois consacré aux Nymphes, je vis la
plus belle chose que j'aie vue en ma
vie, une image peinte, une histoire
d'amour. Le parc, de soi-même, étoit
beau : fleurs n'y manquoient, arbres épais, fraîche
fontaine qui nourrissoit et les arbres et les
fleurs ; mais la peinture, plus plaisante encore que
tout le reste, étoit d'un sujet amoureux et de merveilleux artifice ; tellement que plusieurs, même
étrangers, qui en avoient ouï parler, venoient là
dévots aux Nymphes, et curieux de voir cette
peinture. Femmes s'y voyoient accouchant, autres
enveloppant de langes des enfants, de petits pou-

pards exposés à la merci de fortune, bêtes qui les
nourrissoient, pâtres qui les enlevoient, jeunes
gens unis par amour, des pirates en mer, des
ennemis à terre qui couroient le pays, avec bien
d'autres choses, et toutes amoureuses, lesquelles je
regardai en si grand plaisir, et les trouvai si belles,
qu'il me prit envie de les coucher par écrit. Si
cherchai quelqu'un qui me les donnât à entendre
par le menu ; et ayant le tout entendu, en com-
posai ces quatre livres, que je dédie comme une
offrande à Amour, aux Nymphes et à Pan, espérant que le conte en sera agréable à plusieurs
manières de gens, pour ce qu'il peut servir à guérir
le malade, consoler le dolent, remettre en mémoire
de ses amours celui qui autrefois aura été amoureux, et instruire celui qui ne l'aura encore point
été. Car jamais ne fut ni ne sera qui se puisse
tenir d'aimer, tant qu'il y aura beauté au monde,
et que les yeux regarderont. Nous-mêmes, veuille
le Dieu que sages puissions ici parler des autres !

Mitylène est ville de Lesbos, belle et grande,
coupée de canaux par l'eau de la mer qui flue
dedans et tout à l'entour, ornée de ponts de pierre
blanche et polie ; à voir, vous diriez non une ville,
mais comme un amas de petites îles. Environ
huit ou neuf lieues loin de cette ville de Mitylène,
un riche homme avoit une terre : plus bel héritage
n'étoit en toute la contrée ; bois remplis de gibier,
coteaux revêtus de vignes, champs à porter froment, pâturages pour le bétail, et le tout au long
de la marine, où le flot lavoit une plage étendue de
sable fin.

En cette terre un chevrier nommé Lamon, gar-

dant son troupeau, trouva un petit enfant qu'une
de ses chèvres allaitoit, et voici la manière comment. Il y avoit un hallier fort épais de ronces
et d'épines, tout couvert par-dessus de lierre, et
au-dessous, la terre feutrée d'herbe menue et délicate, sur laquelle étoit le petit enfant gisant. Là
s'en couroit cette chèvre, de sorte que bien souvent on ne savoit ce qu'elle devenoit, et abandon-
nant son chevreau, se tenoit auprès de l'enfant.
·Pitié vint à Lamon du chevreau délaissé. Un jour
il prend garde par où elle alloit ; sur le chaud du
midi, la suivant à la trace, il voit comme elle
entroit sous le hallier doucement et passoit ses
pattes tout beau par-dessus l'enfant, peur de lui
faire mal ; et l'enfant prenoit à belles mains son
pis comme si c'eût été mamelle de nourrice. Sur-
pris, ainsi qu'on peut penser, il approche, et
trouve que c'étoit un petit garçon, beau, bien fait,
et en plus riche maillot que convenir ne sembloit à
tel abandon ; car il étoit enveloppé d'un mantelet
de pourpre avec une agrafe d'or ; près de lui avoit
un petit couteau à manche d'ivoire.

Si fut entre deux d'emporter ces enseignes de
reconnoissance, sans autrement se soucier de l'enfant ; puis, ayant honte de ne se montrer du moins
aussi humain que sa chèvre, quand la nuit fut
venue il prend tout, et les joyaux, et l'enfant et la
chèvre qu'il conduisit à sa femme Myrtale, laquelle,
ébahie, s'écria si à cette heure les chèvres faisoient
de petits garçons ? et Lamon lui conta tout, comme
il l'avoit trouvé gisant et la chèvre le nourrissant,
et comment il avoit eu honte de le laisser périr.

Elle fut bien d'avis que vraiment il ne l'avoit pas
dû faire; et tous deux d'accord de l'élever, ils ser-
rèrent ce qui s'étoit trouvé quant et lui, disant par-
tout qu'il est à eux, et afin que le nom même sentît
mieux son pasteur, l'appelèrent Daphnis.

A quelques deux ans de là, un berger des envi-
rons, qui avoit nom Dryas, vit une toute pareille
chose et trouva semblable aventure. Un antre
étoit en ce canton, qu'on appeloit l'antre des
Nymphes, grande et grosse roche creuse par le
dedans, toute ronde par le dehors, et dedans y
avoit les figures des Nymphes, taillées de pierre,
les pieds sans chaussures, les bras nus jusques
aux épaules, les cheveux épars autour du col,
ceintes sur les reins, toutes ayant le visage riant
et la contenance telle comme si elles eussent ballé
ensemble. Du milieu de la roche et du plus creux
de l'antre sourdoit une fontaine, dont l'eau, qui
s'épandoit en forme de bassin, nourrissoit là au
devant une herbe fraîche et touffue, et s'écouloit à
travers le beau pré verdoyant. On voyait attachées
au roc force seilles à traire le lait, force flûtes et
chalumeaux, offrandes des anciens pasteurs.

En cette caverne une brebis, qui naguères avoit
agnelé, alloit si souvent, que le berger la crut perdue plus d'une fois. La voulant châtier, afin qu'elle
demeurât au troupeau, comme · devant, à paître
avec les autres, il coupe un scion de franc osier,
dont il fit un collet en manière de lacs courant, et
s'en venoit pour l'attraper au creux du rocher.
Mais quand il y fut, il trouva autre chose : il voit
la brebis donner son pis à un enfant, avec amour

et douceur telles que mère autrement n'eût su faire;
et l'enfant, de sa petite bouche belle et nette, pource
que la brebis lui léchoit le visage après qu'étoit
saoul de tetter, prenoit sans un seul cri puis l'un
puis l'autre bout du pis, de grand appétit. Cet
enfant étoit une fille, et avec elle aussi, pour marques à la pouvoir un jour connoître, on avoit
laissé une coiffe de réseau d'or, des patins dorés
et des chaussettes brodées d'or.

Dryas estimant cette rencontre venir expressé-
ment des Dieux, et instruit à la pitié par l'exemple
de sa brebis, enlève l'enfant dans ses bras, met
les joyaux dans son bissac, non sans faire prière
aux Nymphes qu'à bonne heure pût-il élever leur
pauvre petite suppliante; puis, quand vint l'heure
de remener son troupeau au tect, retournant au lieu
de sa demeurance champêtre, conte à sa femme ce
qu'il avoit vu, lui montre ce qu'il avoit trouvé,
disant qu'elle ne feroit que bien si elle vouloit de
là en avant tenir cet enfant pour sa fille, et
comme sienne la nourrir, sans rien dire de telle
aventure. Napé, c'étoit le nom de la bergère, Napé,
de ce moment, fut mère à la petite créature et tant
l'aima qu'elle paroissoit proprement jalouse de sur-
passer en cela sa brebis, qui toujours l'allaitoit de son
pis : et pour mieux faire croire qu'elle fût sienne,
lui donna aussi un nom pastoral, la nommant
Chloé.

Ces deux enfants en peu de temps devinrent
grands, et d'une beauté qui sembloit autre que
rustique. Et sur le point que l'un fut parvenu à
l'âge de quinze ans, et l'autre de deux moins,

Lamon et Dryas en une même nuit songèrent tous
deux un tel songe. Il leur fut avis que les Nymphes, celles-là mêmes de l'antre où étoit cette fontaine, et où Dryas avoit trouvé la petite fille,
livroient Daphnis et Chloé aux mains d'un jeune
garçonnet fort vif et beau à merveille, qui avoit
des ailes aux épaules, portoit un petit arc et de
petites flèches, et, les ayant touchés tous deux
d'une même flèche, commandoit à l'un paître de là
en avant les chèvres, et à l'autre les brebis. Telle
vision aux bons pasteurs présageant le sort à venir
de leurs nourrissons, bien leur fâchoit qu'ils fussent aussi destinés à garder les bêtes. Car jusque
là ils avoient cru que les marques trouvées quant
et eux leur promettoient meilleure fortune, et aussi
les avoient élevés plus délicatement qu'on ne fait
les enfants des bergers, leur faisant apprendre
les lettres, et tout le bien et honneur qui se pouvoit en un lieu champêtre; si résolurent toutefois
d'obéir aux Dieux touchant l'état de ceux qui par
leur providence avoient été sauvés, et, après avoir
communiqué leurs songes ensemble, et sacrifié en
la caverne à ce jeune garçonnet qui avoit des ailes
aux épaules (car ils n'en eussent su dire le nom),
les envoyèrent aux champs, leur enseignant toutes
choses que bergers doivent sçavoir, comment il
faut faire paître les bêtes avant midi, et comment
après que le chaud est passé; à quelle heure con-
vient les mener boire, à quelle heure les ramener
au tect; à quoi il est besoin user de la houlette, à
quoi de la voix seulement. Eux prirent cette charge
avec autant de joie comme si c'eût été quelque grande

seigneurie, et aimoient leurs chèvres et brebis trop
plus affectueusement que n'est la coutume des bergers, pour ce qu'elle se sentoit tenue de la vie à
une brebis, et lui de sa part se souvenoit qu'une
chèvre l'avoit nourri.

Or étoit-il lors environ le commencement du
printemps, que toutes fleurs sont en vigueur, celles
des bois, celles des prés, et celles des montagnes.
Aussi jà commençoit à s'ouïr par les champs bour-
donnement d'abeilles, gazouillement d'oiseaux,
bêlement d'agneaux nouveaux nés. Les troupeaux
bondissoient sur les collines, les mouches à miel
murmuroient par les prairies, les oiseaux faisoient
résonner les buissons de leur chant. Toutes choses
adonc faisant bien leur devoir de s'égayer à la saison nouvelle, eux aussi tendres, jeunes d'âge, se
mirent à imiter ce qu'ils entendoient et voyoient.
Car entendant chanter les oiseaux, ils chantoient;
voyant bondir les agneaux, ils sautoient à l'envi;
et, comme les abeilles, alloient cueillant des fleurs,
dont ils jetoient les unes dans leur sein, et des
autres arrangeoient des chapelets pour les Nymphes;
et toujours se tenoient ensemble, toute besogne
faisoient en commun, paissant leurs troupeaux l'un
près de l'autre. Souventefois Daphnis alloit faire
revenir les brebis de Chloé, qui s'étoient un peu
loin écartées du troupeau ; souvent Chloé retenoit les
chèvres trop hardies voulant monter au plus haut
des rochers droits et coupés ; quelquefois l'un
tout seul gardoit les deux troupeaux, pendant
le temps que l'autre vaquoit à quelque jeu. Leurs
jeux étoient jeux de bergers et d'enfants. Elle, s'en

allant dès le matin cueillir quelque part du menu
jonc, en faisoit une cage à cigale, et cependant ne
se soucioit aucunement de son troupeau ; lui d'autre
côté ayant coupé des roseaux, en pertuisoit les
jointures, puis les colloit ensemble avec de la cire
molle, et s'apprenoit à en jouer bien souvent
jusques à la nuit. Quelquefois ils partageoient
ensemble leur lait ou leur vin, et de tous vivres
qu'ils avoient portés du logis se faisoient part l'un
à l'autre. Bref, on eût plutôt vu les brebis dispersées paissant chacune à part, que l'un de l'autre
séparés, Daphnis et Chloé.

Or, parmi tels jeux enfantins, Amour leur
voulut donner du souci. En ces quartiers y
avoit une louve, laquelle ayant naguères lou-
veté, ravissoit des autres troupeaux de la proie
à foison, dont elle nourrissoit ses louveteaux ; et
pour ce, gens assemblés des villages d'alentour
faisoient la nuit des fosses d'une brasse de largeur
et quatre de profondeur, et la terre qu'ils en
tiroient, non toute, mais la plupart, l'épandoient
au loin ; puis étendant sur l'ouverture des verges
longues et grêles, les couvroient en semant par-
dessus le demeurant de la terre, afin que la place
parût toute plaine et unie comme devant ; en sorte
que s'il n'eût passé par-dessus qu'un lièvre en
courant, il eût rompu les verges, qui étoient, par
manière de dire, plus foibles que brins de paille,
et lors eût-on bien vu que ce n'étoit point terre
ferme, mais une feinte seulement. Ayant fait plusieurs telles fosses en la montagne et en la plaine,
ils ne purent prendre la louve, car elle sentit l'em-

bûche ; mais furent cause que plusieurs chèvres et
brebis périrent, et presque Daphnis lui-même par
tel inconvénient.

Deux boucs s'échauffèrent de jalousie à cosser
l'un contre l'autre, et si rudement se heurtèrent
que la corne de l'un fut rompue ; de quoi sentant
grande douleur, celui qui étoit écorné se mit en
bramant à fuir, et le victorieux à le poursuivre,
sans le vouloir laisser en paix. Daphnis fut marri
de voir ce bouc mutilé de sa corne ; et, se cour-
rouçant à l'autre, qui encore n'étoit content de
l'avoir ainsi laidement accoutré, si prend en son
poing sa houlette et s'en court après ce poursuivant.
De cette façon le bouc fuyant les coups, et lui le
poursuivant en courroux, guères ne regardoient
devant eux ; et tous deux tombèrent dans un de
ces piéges, le bouc le premier et Daphnis après,
ce qui l'engarda de se faire mal, pour ce que le
bouc soutint sa chute. Or au fond de cette fosse,
il attendoit si quelqu'un viendroit point l'en retirer
et pleuroit. Chloé ayant de loin vu son accident,
accourt, et voyant qu'il étoit en vie, s'en va vite
appeler au secours un bouvier de là auprès. Le
bouvier vint : il eût bien voulu avoir une corde à
lui tendre, mais ils n'en trouvèrent brin. Par quoi
Chloé déliant le cordon qui entouroit ses cheveux,
le donne au bouvier, lequel en dévale un bout à
Daphnis, et tenant l'autre avec Chloé, tant firent-
ils eux deux en tirant de dessus le bord de la
fosse, et lui en s'aidant et grimpant du mieux
qu'il pouvoit, que finablement ils le mirent hors
du piége. Puis retirant par le même moyen le

bouc, dont les cornes en tombant s'étoient rom-
pues toutes deux (tant le vaincu avoit été bien et
promptement vengé), ils en firent don au bouvier
pour sa récompense, et entre eux convinrent de
dire au logis, si on le demandoit, que le loup
l'avoit emporté.

Revenus ensuite à leurs troupeaux, les ayant
trouvés qui paissoient tranquillement et en bon
ordre, chèvres et brebis, ils s'assirent au pied
d'un chêne et regardèrent si Daphnis étoit point
quelque part blessé. Il n'y avoit en tout son corps
trace de sang ni mal quelconque, mais bien de la
terre et de la boue parmi ses cheveux et sur lui.
Si délibéra de se laver, afin que Lamon et Myrtale
ne s'aperçussent de rien. Venant donc avec Chloé
à la caverne des Nymphes, il lui donna sa panetière et son sayon à garder, et se mit au bord de
la fontaine à laver ses cheveux et son corps.

Ses cheveux étoient noirs comme ébène, tombant sur son col bruni par le hâle ; on eût dit que
c'étoit leur ombre qui en obscurcissoit la teinte.
Chloé le regardoit, et lors elle s'avisa que Daphnis
étoit beau ; et comme elle ne l'avoit point jusque-
là trouvé beau, elle s'imagina que le bain lui
donnoit cette beauté. Elle lui lava le dos et les
épaules, et en le lavant sa peau lui sembla si fine et
si douce, que plus d'une fois sans qu'il en vit rien,
elle se toucha elle-même, doutant à part soi qui
des deux avoit le corps plus délicat. Comme il se
faisoit tard pour lors, étant déjà le soleil bien bas,
ils ramenèrent leurs bêtes aux étables, et de là en
avant Chloé n'eut plus autre chose en l'idée que

de revoir Daphnis se baigner. Quand ils furent le lendemain de retour au pâturage, Daphnis, assis sous le chêne à son ordinaire, jouoit de la flûte et regardoit ses chèvres couchées, qui sembloient prendre plaisir à si douce mélodie. Chloé pareillement assise auprès de lui, voyoit paître ses brebis ; mais plus souvent elle avoit les yeux sur Daphnis jouant de la flûte, et alors aussi elle le trouvoit beau ; et pensant que ce fût la musique qui le faisoit paroître ainsi, elle prenoit la flûte après lui, pour voir d'être belle comme lui. Enfin, elle voulut qu'il se baignât encore, et pendant qu'il se baignoit elle le voyoit tout nu, et le voyant elle ne se pouvoit tenir de le toucher ; puis le soir, retournant au logis, elle pensoit à Daphnis nu, et ce penser-là étoit commencement d'amour. Bientôt elle n'eut plus souci ni souvenir de rien que de Daphnis, et de rien ne parloit que de lui. Ce qu'elle éprouvoit, elle n'eût su dire ce que c'étoit, simple fille nourrie aux champs, et n'ayant ouï en sa vie le nom seulement d'amour. Son âme étoit oppressée ; malgré elle bien souvent ses yeux s'emplissoient de larmes. Elle passoit les jours sans prendre de nourriture, les nuits sans trouver de sommeil : elle rioit et puis pleuroit ; elle s'endormoit et aussitôt se réveilloit en sursaut ; elle pâlissoit et au même instant son visage se coloroit de feu. La génisse piquée du taon n'est point si follement agitée. De fois à autre elle tomboit en une sorte de rêverie, et toute seulette discouroit ainsi : « A « cette heure je suis malade, et ne sais quel est « mon mal. Je souffre, et n'ai point de blessure.

« Je m'afflige, et si n'ai perdu pas une de mes bre-
« bis. Je brûle, assise sous une ombre si épaisse.
« Combien de fois les ronces m'ont égratignée!
« et je ne pleurois pas. Combien d'abeilles m'ont
« piquée de leur aiguillon! et j'en étois bientôt
« guérie. Il faut donc dire que ce qui m'atteint au
« cœur cette fois est plus poignant que tout cela.
« De vrai Daphnis est beau, mais il ne l'est pas
« seul. Ses joues sont vermeilles, aussi sont les
« fleurs; il chante, aussi font les oiseaux; pour-
« tant quand j'ai vu les fleurs ou entendu les
« oiseaux, je n'y pense plus après. Ah! que ne
« suis-je sa flûte, pour toucher ses lèvres! que ne
« suis-je son petit chevreau, pour qu'il me prenne
« dans ses bras! O méchante fontaine qui l'as
« rendu si beau, ne peux-tu m'embellir aussi? O
« Nymphes! vous me laissez mourir, moi que vous
« avez vue naître et vivre ici parmi vous! Qui
« après moi vous fera des guirlandes et des bou-
« quets, et qui aura soin de mes pauvres agneaux,
« et de toi aussi, ma jolie cigale, que j'ai eu tant
« de peine à prendre? Hélas! que te sert main-
« tenant de chanter au chaud du midi? Ta voix
« ne peut plus m'endormir sous les voûtes de ces
« antres; Daphnis m'a ravi le sommeil. » Ainsi
disoit et soupiroit la dolente jouvencelle, cherchant
en soi-même que c'étoit d'amour, dont elle sentoit
les feux, et si n'en pouvoit trouver le nom.

Mais Dorcon, ce bouvier qui avoit retiré de la
fosse Daphnis et le bouc, jeune gars à qui le premier poil commençoit à poindre, étant jà dès cette
rencontre féru de l'amour de Chloé, se passionnoit

de jour en jour plus vivement pour elle, et tenant
peu de compte de Daphnis qui lui sembloit un
enfant, fit dessein de tout tenter, ou par présents,
ou par ruse, ou à l'aventure par force, pour avoir
contentement, instruit qu'il étoit, lui, du nom et
aussi des œuvres d'amour. Ses présents furent
d'abord, à Daphnis une belle flûte ayant ses cannes
unies avec du laiton au lieu de cire, à la fillette une
peau de faon toute marquetée de taches blanches,
pour s'en couvrir les épaules. Puis croyant par de
tels dons s'être fait ami de l'un et de l'autre, bientôt il négligea Daphnis ; mais à Chloé chaque jour
il apportoit quelque chose. C'étoient tantôt fromages
gras, tantôt fruits en maturité, tantôt chapelets de
fleurs nouvelles, ou bien des oiseaux qu'il prenoit
au nid : même une fois il lui donna un gobelet
doré sur les bords, et une autre fois un petit veau
qu'il lui porta de la montagne. Elle, simple et sans
défiance, ignorant que tous ces dons fussent amorce
amoureuse, les prenoit bien volontiers, et en montroit grand plaisir ; mais son plaisir étoit moins
d'avoir que donner à Daphnis.

Et un jour Daphnis (car si falloit-il qu'il connût aussi la détresse d'amour) prit querelle avec
Dorcon. Ils contestoient de leur beauté, devant
Chloé, qui les jugea, et un baiser de Chloé fut
le prix destiné au vainqueur ; là où Dorcon le
premier parla : « Moi, dit-il, je suis plus grand
« que lui. Je garde les bœufs, lui les chèvres ;
« or autant les bœufs valent mieux que les
« chèvres, d'autant vaut mieux le bouvier que le
« chevrier. Je suis blanc comme le lait, blond

« comme gerbe à la moisson, frais comme la
« feuillée au printemps. Aussi est-ce ma mère, et
« non pas quelque bête, qui m'a nourri enfant. Il
« est petit lui, chétif, n'ayant de barbe non plus
« qu'une femme, le corps noir comme peau de
« loup. Il vit avec les boucs, ce n'est pas pour
« sentir bon. Et puis, chevrier, pauvre hère, il n'a
« pas vaillant tant seulement de quoi nourrir un
« chien. On dit qu'il a tété une chèvre ; je le crois,
« ma fy, et n'est pas merveille si, nourrisson de
« bique, il a l'air d'un biquet. »

Ainsi dit Dorcon ; et Daphnis : « Oui, une
« chèvre m'a nourri de même que Jupiter, et je
« garde les chèvres, et les rends meilleures que ne
« seront jamais les vaches de celui-ci. Je mène
« paître les boucs, et si n'ai rien de leur senteur,
« non plus que Pan, qui toutefois a plus de bouc
« en soi que d'autre nature. Pour vivre je me con-
« tente de lait, de fromage, de pain bis, et de vin
« clairet, qui sont mets et boissons de pâtres
« comme nous, et les partageant avec toi, Chloé,
« il ne me soucie de ce que mangent les riches. Je
« n'ai point de barbe, ni Bacchus non plus ; je suis
« brun, l'hyacinthe est noire, et si vaut mieux
« pourtant Bacchus que les Satyres, et préfère-
« t-on l'hyacinthe au lis. Celui-là est roux comme
« un renard, blanc comme une fille de la ville,
« et le voilà tantôt barbu comme un bouc. Si
« c'est moi que tu baises, Chloé, tu baiseras ma
« bouche ; si c'est lui, tu baiseras ces poils qui lui
« viennent aux lèvres. Qu'il te souvienne, pas-
« tourelle, qu'à toi aussi une brebis t'a donné

« son lait, et cependant tu es belle. » A ce mot
Chloé ne put le laisser achever : mais, en partie pour le plaisir qu'elle eut de s'entendre louer,
et aussi que de longtemps elle avoit envie de
le baiser, sautant en pieds, d'une gentille et toute
naïve façon, elle lui donna le prix. Ce fut bien un
baiser innocent et sans art ; toutefois c'étoit assez
pour enflammer un cœur dans ses jeunes années.

Dorcon se voyant vaincu, s'enfuit dans le bois
pour cacher sa honte et son déplaisir, et depuis
cherchoit autre voie à pouvoir jouir de ses amours.
Pour Daphnis, il étoit comme s'il eût reçu non pas
un baiser de Chloé, mais une piqûre envenimée.
Il devint triste en un moment, il soupiroit, il
frissonnoit, le cœur lui battoit, il pâlissoit quand
il regardoit sa Chloé, puis tout à coup une rougeur lui couvroit le visage. Pour la première fois
alors il admira le blond de ses cheveux, la douceur de ses yeux et la fraîcheur d'un teint plus
blanc que la jonchée du lait de ses brebis. On eût
dit que de cette heure il commençoit à voir et qu'il
avoit été aveugle jusque-là. Il ne prenoit plus de
nourriture que comme pour en goûter, de boisson
seulement que pour mouiller ses lèvres. Il étoit
pensif, muet, lui auparavant plus babillard que les
cigales ; il restoit assis, immobile, lui qui avoit
accoutumé de sauter plus que ses chevreaux. Son
troupeau étoit oublié ; sa flûte par terre abandonnée ; il baissoit la tête comme une fleur qui se
penche sur sa tige ; il se consumoit il séchoit
comme les herbes au temps chaud, n'ayant plus de
joie, plus de babil, fors qu'il parlât à elle ou d'elle.

19

S'il se trouvoit seul aucune fois, il alloit devisant
en lui-même : « Dea, que me fait donc le baiser
« de Chloé? Ses lèvres sont plus tendres que roses,
« sa bouche plus douce qu'une gauffre à miel, et
« son baiser est plus amer que la piqûre d'une
« abeille. J'ai bien baisé souvent mes chevreaux ;
« j'ai baisé de ses agneaux à elle, qui ne faisoient
« encore que naître ; et aussi ce petit veau que lui
« a donné Dorcon ; mais ce baiser ici est tout
« autre chose. Le pouls m'en bat ; le cœur m'en
« tressaut ; mon âme en languit, et pourtant je
« désire la baiser derechef. O mauvaise victoire !
« O étrange mal dont je ne saurois dire le nom !
« Chloé avoit-elle goûté de quelque poison avant que
« de me baiser? Mais comment n'en est-elle point
« morte? Oh! comme les arondelles chantent,
« et ma flûte ne dit mot! Comme les chevreaux
« sautent, et je suis assis! Comme toutes fleurs sont
« en vigueur, et je n'en fais point de bouquets ni
« de chapelets ! La violette et le muguet florissent,
« Daphnis se fane. Dorcon à la fin paroîtra plus
« beau que moi. » Voilà comment se passionnoit le
pauvre Daphnis, et les paroles qu'il disoit, comme
celui qui lors premier expérimentoit les étincelles
d'amour.

Mais Dorcon, ce gars, ce bouvier amoureux
aussi de Chloé, prenant le moment que Dryas
plantoit un arbre pour soutenir quelque vigne,
comme il le connoissoit déjà, d'alors que lui Dryas
gardoit les bêtes aux champs, le vient trouver avec
de beaux fromages gras, et d'abord il lui donna
ses fromages ; puis commençant à entrer en pro-

pos par leur ancienne connoissance, fit tant qu'il
tomba sur les termes du mariage de Chloé, disant
qu'il la veut prendre à femme, lui promet pour lui
de beaux présents, comme bouvier ayant de quoi.
Il lui vouloit donner, dit-il, une couple de bœufs
de labour, quatre ruches d'abeilles, cinquante pieds
de pommiers, un cuir de bœuf à semeler souliers,
et par chacun an un veau tout prêt à sevrer ; tellement que touché de son amitié, alléché par ses
promesses, Dryas lui cuida presque accorder le
mariage. Mais songeant puis après que la fille étoit
née pour bien plus grand parti, et craignant qu'un
jour si elle venoit à être reconnue, et ses parents à
savoir que pour la friandise de tels dons il l'eût
mariée en si bas lieu, on ne lui en voulût mal de
mort, il refusa toutes ses offres, et l'éconduisit en
le priant de lui pardonner.

Par ainsi Dorcon, se voyant pour la deuxième
fois frustré de son espérance, et encore qu'il avoit
pour néant perdu ses bons fromages gras, délibéra,
puisqu'autrement ne pouvoit, la première fois qu'il
la trouveroit seule à seul, mettre la main sur Chloé.
Pour à quoi parvenir, s'étant avisé qu'ils menoient
l'un après l'autre boire leurs bêtes, Chloé un jour,
et Daphnis l'autre, il usa d'une finesse de jeune
pâtre qu'il étoit. Il prend la peau d'un grand loup
qu'un sien taureau, en combattant pour la défense
des vaches, avoit tué avec ses cornes, et se l'étend
sur le dos, si bien que les jambes de devant lui
couvroient les bras et les mains, celles de derrière
lui pendoient sur les cuisses jusqu'aux talons, et
la hure le coiffoit en la forme même et manière

du cabasset d'un homme de guerre. S'étant ainsi
fait loup tout au mieux qu'il pouvoit, il s'en vient
droit à la fontaine, où buvoient chèvres et brebis
après qu'elles avoient pâturé. Or étoit cette fontaine en une vallée assez creuse, et toute la place à
l'entour pleine de ronces et d'épines, de chardons.
et bas genevriers, tellement qu'un vrai loup s'y
fût bien aisément caché. Dorcon se musse là dedans
entre ces épines, attendant l'heure que les bêtes
vinssent boire ; et avoit bonne espérance qu'il
effrayeroit Chloé sous cette forme de loup, et la
saisiroit au corps pour en faire à son plaisir.

Tantôt après elle arriva. Elle amenoit les deux
troupeaux, ayant laissé Daphnis coupant de la
plus tendre ramée verte pour ses chevreaux après
pâture. Les chiens qui leur aidoient à la garde
des bêtes suivoient ; et comme naturellement ils
chassent mettant le nez par-tout, ils sentirent
Dorcon se remuer voulant assaillir la fillette : si se
prennent à aboyer, se ruent sur lui comme sur un
loup, et l'environnant qu'il n'osoit encore, tant il
avoit de peur, se dresser tout-à-fait sur ses pieds,
mordent en furie la peau de loup, et tiroient à
belles dents. Lui, d'abord honteux d'être reconnu,
et défendu quelque temps de cette peau qui le
couvroit, se tenoit tapi contre terre dans le
hallier, sans dire mot ; mais quand Chloé apperce-
vant à travers de ces broussailles oreille droite et
poil de bête, appela toute épouvantée Daphnis au
secours, et que les chiens lui ayant arraché sa peau
de loup, commencèrent à le mordre lui-même à
bon escient, lors il se prit à crier si haut qu'il

put, priant Chloé et Daphnis qui jà étoit accouru,
de lui vouloir être en aide ; ce qu'ils firent, et
avec leur sifflement accoutumé, eurent incontinent
apaisé les chiens ; puis amenèrent à la fontaine le
malheureux Dorcon, qui avoit été mors et aux cuisses
et aux épaules, lui lavèrent ses blessures où les
dents l'avoient atteint, et puis lui mirent dessus
de l'écorce d'orme mâchée, étant tous deux si peu
rusés et si peu expérimentés aux hardies entre-
prises d'amour, qu'ils estimèrent que cette embûche
de Dorcon avec sa peau de loup ne fût que jeu seulement, au moyen de quoi ils ne se courroucèrent
point à lui, mais le reconfortèrent et le reconvoyè-
rent quelque espace de chemin, en le menant par
la main ; et lui, qui avoit été en si grand danger de
sa personne, et que l'on avoit recous de la gueule,
non du loup, comme il se dit communément, mais
des chiens, s'en alla panser les morsures qu'il avoit
par tout le corps.

Daphnis et Chloé cependant, jusques à nuit
close, travaillèrent après leurs chèvres et brebis,
qui, effrayées de la peau du loup, effarouchées
d'ouïr si fort aboyer les chiens, fuyoient, les unes
à la cime des plus hauts rochers, les autres au
plus bas des plages de la mer, toutes au demeurant bien apprises de venir à la voix de leurs
pasteurs, se ranger au son du flageolet, s'amasser ensemble en oyant seulement battre des mains ;
mais la peur leur avoit alors fait tout oublier ;
et après les avoir suivies à la trace comme des
lièvres, et à grand'peine retrouvées, les ramenèrent toutes au tect ; puis s'en allèrent aussi repo-

ser ; là où ils dormirent cette seule nuit de bon
sommeil. Car le travail qu'ils avoient pris leur
fut un remède pour l'heure au mésaise d'amour :
mais revenant le jour, ils eurent même passion
qu'auparavant, joie à se revoir, peine à se quitter ;
ils souffroient, ils vouloient quelque chose, et ne
savoient ce qu'ils vouloient. Cela seulement savoient-
ils bien, l'un que son mal étoit venu d'un baiser,
l'autre, d'un baigner.

Mais plus encore les enflammoit la saison de
l'année. Il étoit jà environ la fin du printemps et
commencement de l'été, toutes choses en vigueur ;
et déjà montroient les arbres leurs fruits, les blés
leurs épis ; et aussi étoit la voix des cigales plaisante à ouïr, tout gracieux le bêlement des brebis,
la richesse des champs admirable à voir, l'air tout
embaumé soève à respirer ; les fleuves paroissoient
endormis, coulant lentement et sans bruit ; les
vents sembloient orgues ou flûtes, tant ils soupiroient doucement à travers les branches des pins. On
eût dit que les pommes d'elles-mêmes se laissoient
tomber enamourées, que le soleil amant de beauté
faisoit chacun dépouiller. Daphnis de toutes parts
échauffé se jetoit dans les rivières, et tantôt se
lavoit, tantôt s'ébattoit à vouloir saisir les poissons, qui glissant dans l'onde se perdoient sous sa
main ; et souvent buvoit, comme si avec l'eau il eût
dû éteindre le feu qui le brûloit. Chloé, après avoir
trait toutes ses brebis, et la plupart aussi des
chèvres de Daphnis, demeuroit long-temps empê-
chée à faire prendre le lait et à chasser les mouches,
qui fort la molestoient, et les chassant la piquoient ;

cela fait, elle se lavoit le visage, et, couronnée des
plus tendres branchettes de pin, ceinte de la peau
de faon, elle emplissoit une sébile de vin mêlé avec
du lait, pour boire avec Daphnis.

Puis quand ce venoit sur le midi, adonc étoient-ils
tous deux plus ardemment épris que jamais, pource
que Chloé, voyant en Daphnis entièrement nu une
beauté de tout point accomplie, se fondoit et péris-
soit d'amour, considérant qu'il n'y avoit en toute
sa personne chose quelconque à redire ; et lui, la
voyant, avec cette peau de faon et cette couronne
de pin, lui tendre à boire dans sa sébile, pensoit voir
une des Nymphes mêmes qui étoient dans la
caverne ; si accouroit incontinent, et lui ôtant sa
couronne qu'il baisoit d'abord, se la mettoit sur la
tête, et elle, pendant qu'il se baignoit tout nu, prenoit sa robe et se la vêtissoit, la baisant aussi premièrement. Tantôt ils s'entre-jetoient des pommes,
tantôt ils aornoient leurs têtes et tressoient leurs
cheveux l'un à l'autre, disant Chloé que les cheveux
de Daphnis ressembloient aux grains de myrte,
pource qu'ils étoient noirs, et Daphnis accomparant
le visage de Chloé à une belle pomme, pource qu'il
étoit blanc et vermeil. Aucune fois il lui apprenoit à
jouer de la flûte, et quand elle commençoit à souffler dedans, il la lui ôtoit ; puis il en parcouroit des
lèvres tous les tuyaux d'un bout à l'autre, faisant
ainsi semblant de lui vouloir montrer où elle avoit
failli, afin de la baiser à demi, en baisant la flûte
aux endroits que quittoit sa bouche.

Ainsi comme il étoit après à en sonner joyeusement sur la chaleur de midi, pendant que leurs

troupeaux étaient tapis à l'ombre, Chloé ne se donna
garde qu'elle fût endormie : ce que Daphnis apercevant, pose sa flûte pour à son aise la regarder
et contempler, n'ayant alors nulle honte, et disoit
à part soi ces paroles tout bas : « Oh ! comme
« dorment ses yeux ! Comme sa bouche respire !
« Pommes ni aubépines fleuries n'exhalent un air
« si doux. Je ne l'ose baiser toutefois ; son baiser
« pique au cœur et fait devenir fou, comme le
« miel nouveau. Puis, j'ai peur de l'éveiller. O
« fâcheuses cigales ! elles ne la laisseront jà dormir,
« si haut elles crient. Et d'autre côté ces bouc-
« quins ici ne cesseront aujourd'hui de s'entre-
« heurter avec leurs cornes. O loups, plus couards
« que renards, où êtes-vous à cette heure, que vous
« ne les venez happer ? »

Ainsi qu'il étoit en ces termes, une cigale poursuivie par une arondelle se vint jeter d'aventure
dedans le sein de Chloé ; pourquoi l'arondelle ne
la put prendre, ni ne put aussi retenir son vol,
qu'elle ne s'abattît jusqu'à toucher de l'aile le
visage de Chloé, dont elle s'éveilla en sursaut, et
ne sachant que c'étoit, s'écria bien haut : mais
quand elle eut vu l'arondelle voletant encore autour
d'elle, et Daphnis riant de sa peur, elle s'assura,
et frottoit ses yeux qui avoient encore envie de
dormir ; et lors la cigale se prend à chanter entre
les tetins mêmes de la gente pastourelle, comme si
dans cet asile elle lui eût voulu rendre grâce de
son salut, dont Chloé de nouveau surprise, s'écria
encore plus fort, et Daphnis de rire ; et usant de
cette occasion, il lui mit la main bien avant dans

le sein, d'où il retira la gentille cigale, qui ne se pouvoit jamais taire, quoiqu'il la tînt dans la main. Chloé fut bien aise de la voir, et l'ayant baisée, la remit chantant toujours dans son sein.

Une autre fois ils entendirent du bois prochain un ramier, au roucoulement duquel Chloé ayant pris plaisir, demanda à Daphnis que c'étoit qu'il disoit, et Daphnis lui fit le conte qu'on en fait communément. « Ma mie, dit-il, au temps passé « y avoit une fille belle et jolie, en fleur d'âge « comme toi. Elle gardoit les vaches et chantoit « plaisamment ; et, tant ses vaches aimoient son « chant ! elle les gouvernoit de la voix seulement ; « jamais ne donnoit coup de houlette ni piqûre « d'aiguillon ; mais assise à l'ombre de quelque « beau pin, la tête couronnée de feuillage, elle « chantoit Pan et Pitys ; dont ses vaches étoient « si aises qu'elles ne s'éloignoient point d'elle. Or y « avoit-il non guère loin de là un jeune garçon qui « gardoit les bœufs, beau lui-même, chantant bien « aussi, lequel étrivoit à chanter à l'encontre d'elle, « d'un chant plus fort, comme étant mâle, et aussi « doux, comme étant jeune ; tellement qu'il attire « à travers le bocage et emmène avec soi huit des « plus belles vaches qu'elle eût en son troupeau. « La pauvrette adonc déplaisante autant de son « troupeau diminué comme d'avoir été vaincue au « chanter, demandoit aux Dieux d'être oiseau « avant que de retourner ainsi à la maison. Les « Dieux accomplirent son désir, et en firent un « oiseau de montagne, qui aime toujours à chanter « comme quand elle étoit fille, et encore aujour-

« d'hui se plaint de sa déconvenue, et va disant
« qu'elle cherche ses vaches égarées. »

.Tels étoient les plaisirs que l'été leur donnoit.
Mais la saison d'automne venue, au temps que la
grappe est pleine, certains corsaires de Tyr s'étant
mis sur une fûte du pays de Carie, afin qu'on ne pensât
que ce fussent barbares, vinrent aborder en cette
côte, et, descendant à terre armés de corselets et
d'épées, pillèrent ce qu'ils purent trouver, comme
vin odorant, force grain, miel en rayons, et même
emmenèrent quelques bœufs et vaches de Dorcon.
Or en courant çà et là, ils rencontrèrent de male
aventure Daphnis qui s'alloit ébattant le long du
rivage de la mer, seul ; car Chloé, comme simple
fille, crainte des autres pasteurs, qui eussent pu en
folâtrant lui faire quelque déplaisir, ne sortoit si
matin du logis, et ne menoit qu'à haute heure
paître les brebis de Dryas Eux voyant ce jeune
garçon grand et beau, et de plus de valeur que ce
qu'ils eussent pu davantage ravir par les champs,
ne s'amusèrent plus ni à poursuivre les chèvres,
ni à chercher à dérober autre chose de ces cam-
pagnes, mais l'entraînèrent dans leur fûte, pleurant
et ne sachant que faire, sinon qu'il appeloit à haute
voix Chloé tant qu'il pouvoit crier.

Or ne faisoient-ils guère que remonter en leur
esquif et mettre les mains aux rames, quand Chloé
vint, qui apportoit une flûte neuve à Daphnis. Mais
voyant çà et là les chèvres dispersées, et entendant
sa voix, qui l'appeloit toujours de plus fort en plus
fort, elle jette la flûte, laisse là son troupeau, et
s'en va courant vers Dorcon, pour le faire venir

au secours. Elle le trouva étendu par terre, tout
taillé de grands coups d'épée que lui avoient donnés
les brigands, et à peine respirant encore, tant il
avoit perdu de sang; mais lorsqu'il entrevit Chloé,
le souvenir de son amour le ranimant quelque peu :
« Chloé, ma mie, lui dit-il, je m'en vas tout-à-
« l'heure mourir. J'ai voulu défendre mes bœufs,
« ces méchants larrons de corsaires m'ont navré
« comme tu vois. Mais toi, Chloé, sauve Daphnis ;
« venge-moi; fais-les périr. J'ai accoutumé mes
« vaches à suivre le son de ma flûte, et de si loin
« qu'elles soient, venir à moi dès qu'elles en
« entendent l'appel. Prends-la, va au bord de la
« mer, joue cet air que j'appris à Daphnis et qu'il
« t'a montré. Au demeurant laisse faire ma flûte et
« mes bœufs sur le vaisseau. Je te la donne, cette
« flûte, de laquelle j'ai gagné le prix contre tant
« de bergers et bouviers; et pour cela, seulement,
« je te prie, baise-moi avant que je meure, pleure-
« moi quand je serai mort, et à tout le moins,
« lorsque tu verras vacher gardant ses bêtes aux
« champs, aie souvenance de moi. »

Dorcon, achevant ces paroles et recevant d'elle
un dernier baiser, laissa sur ses lèvres, avec le baiser, la voix et la vie en même temps. Chloé prit la
flûte, la mit à sa bouche, et sonnant si haut qu'elle
pouvoit, les vaches qui l'entendent reconnoissent
aussitôt le son de la flûte et la note de la chanson,
et toutes d'une secousse se jettent en meuglant dans
la mer; et comme elles prirent leur élan toutes du
même bord, et que par leur chute la mer s'entrou-
vrit, l'esquif renversé, l'eau se refermant, tout

fut submergé. Les gens plongés en la mer revinrent bientôt sur l'eau, mais non pas tous avec même espérance de salut. Car les brigands avoient leurs épées au côté, leurs corselets au dos, leurs bottines à mi-jambe, tandis que Daphnis étoit tout déchaux, comme celui qui ne menoit ses chèvres que dans la plaine, et quasi nu au demeurant; car il faisoit encore chaud. Eux donc, après avoir duré quelque temps à nager, furent tirés à fond et noyés par la pesanteur de leurs armes; mais Daphnis eut bientôt quitté si peu de vêtements qu'il portoit, et encore se lassoit-il à force, n'ayant coutume de nager que dans les rivières. Nécessité toutefois lui montra ce qu'il devoit faire. Il se mit entre deux vaches, et se prenant à leurs cornes avec les deux mains, fut par elles porté sans peine quelconque, aussi à son aise comme s'il eût conduit un chariot. Car le bœuf nage beaucoup mieux et plus long-temps que ne fait l'homme; et n'est animal au monde qui en cela le surpasse, si ce ne sont oiseaux aquatiques, ou bien encore poissons; tellement que jamais bœuf ni vache ne se noyeroient, si la corne de leurs pieds ne s'amollissoit dans l'eau, de quoi font foi plusieurs détroits en la mer, qui jusques aujourd'hui sont appelés Bosphores, c'est-à-dire trajets ou passages de bœufs.

Voilà comment se sauva Daphnis, et contre toute espérance échappant deux grands dangers, ne fut ni pris ni noyé. Venu à terre là où étoit Chloé sur la rive, qui pleuroit et rioit tout ensemble, il se jette dans ses bras, lui demandant pourquoi

elle jouoit ainsi de la flûte; et Chloé lui conta tout :
qu'elle avoit été pour appeler Dorcon, que ses
vaches étoient apprises à venir au son de la flûte,
qu'il lui avoit dit d'en jouer, et qu'il étoit mort.
Seulement oublia-t-elle, ou possible ne voulut dire
qu'elle l'eût baisé.

Adonc tous deux délibérèrent d'honorer la mémoire de celui qui leur avoit fait tant de bien, et
s'en allèrent, avec ses parents et amis, ensevelir le
corps du malheureux Dorcon, sur lequel ils jetèrent force terre, plantèrent à l'entour des arbres
stériles, y pendirent chacun quelque chose de ce
qu'il recueilloit aux champs, versèrent du lait sur
sa tombe, y épreignirent des grappes, y brisèrent
des flûtes. On ouït ses vaches mugir et bramer
piteusement; on les vit çà et là courir comme bêtes
égarées; ce que ces pâtres et bouviers déclarèrent
être le deuil que les pauvres bêtes menoient du
trépas de leur maître.

Finies en cette manière les obsèques de Dorcon,
Chloé conduisit Daphnis à la caverne des Nymphes
où elle le lava, et lors elle-même pour la première
fois en présence de Daphnis lava aussi son beau
corps blanc et poli, qui n'avoit que faire de bain pour
paroître beau; puis cueillant ensemble des fleurs que
portoit la saison, en firent des couronnes aux images
des Nymphes, et contre la roche attachèrent la flûte
de Dorcon pour offrande. Cela fait ils retournèrent
vers leurs chèvres et brebis, lesquelles ils trouvèrent tapies contre terre sans paître ni bêler, pour
l'ennui et regret qu'elles avoient, ainsi qu'on peut
croire, de ne voir plus Daphnis ni Chloé. Mais

sitôt qu'elles les aperçurent, et qu'eux se mirent
à les appeler comme de coutume et à leur jouer
du flageolet, elles se levèrent incontinent, et se
prirent les brebis à paître, et les chèvres à sauteler
en bêlant, comme pour fêter le retour de leur
chevrier.

Mais quoi qu'il y eût, Daphnis ne se pouvoit
éjouir à bon escient depuis qu'il eut vu Chloé nue,
et sa beauté à découvert, qu'il n'avoit point encore
vue. Il s'en sentoit le cœur malade ne plus ne
moins que d'un venin qui l'eût en secret consumé.
Son souffle aucune fois étoit fort et hâté, comme si
quelque ennemi l'eût poursuivi prêt à l'atteindre,
d'autres fois faible et débile, commé d'un à qui
manquent tout-à-coup la force et l'haleine, et lui
sembloit le bain de Chloé plus redoutable que la
mer dont il étoit échappé. Bref, il lui étoit avis que
son âme fût toujours entre les brigands, tant il
avoit de peine, jeune garçon nourri aux champs,
qui ne savoit encore que c'est du brigandage
d'amour.

LIVRE SECOND

TANT jà l'automne en sa force et le
temps des vendanges venu, chacun
aux champs étoit en besogne à faire
ses apprêts; les uns racoutroient les
pressoirs, les autres nettoyoient les
jarres; ceux-ci émouloient leurs serpettes, ceux-là
se tissoient des paniers; aucuns mettoient à point
la meule à pressurer les raisins écrasés, d'autres
apprêtoient l'osier sec dont on avoit ôté l'écorce
à force de le battre, pour en faire flambeaux à
tirer le moût pendant la nuit; et à cette cause
Daphnis et Chloé, cessant pour quelques jours de
mener leurs bêtes aux champs, prêtoient aussi à
tels travaux l'œuvre et labeur de leurs mains. Il
portoit lui la vendange dedans une hotte et la fouloit en la cuve, puis aidoit à remplir les jarres;

elle d'autre côté préparoit à manger aux vendangeurs, et leur versoit du vin de l'année précédente;
puis elle se mettoit à vendanger aussi les plus
basses branches des vignes où elle pouvoit avenir.
Car les vignes de Lesbos sont basses pour la
plupart, au moins non élevées sur arbres fort
hauts, et les branches en pendent jusque contre
terre, s'étendant çà et là comme lierre, si qu'un
enfant hors du maillot, par manière de dire, attein-
droit aux grappes.

Et comme la coutume est en telle fête de Bacchus, à la naissance du vin, on avoit appelé des
champs de là entour bon nombre de femmes pour
aider, lesquelles jetoient toutes les yeux sur Daphnis, et en le louant disoient qu'il étoit aussi beau
que Bacchus ; et y en eut une d'elles, plus éveillée
que les autres, qui le baisa, dont il fut bien aise ;
mais non Chloé qui en avoit de la jalousie. Les
hommes, d'autre part, dans les cuves et pressoirs,
jetoient à Chloé plusieurs paroles à la traverse, et
en la voyant trépignoient comme des Satyres à la
vue de quelque Bacchante, disant que de bon
cœur ils deviendroient moutons, pour être menés
et gardés par telle bergère ; à quoi Chloé prenoit
plaisir, mais Daphnis en avoit de l'ennui. Tellement que l'un et l'autre souhaitoient que les vendanges fussent bientôt finies, pour pouvoir retourner
aux champs en la manière accoutumée, et, au lieu
du bruit et des cris de ces vendangeurs, entendre
le son de la flûte ou le bêlement des troupeaux.

En peu de jours tout fut achevé, le raisin
cueilli, la vendange foulée, le vin dans les jarres,

si qu'il ne fut plus besoin d'en empêcher tant de gens; au moyen de quoi ils recommencèrent à mener leurs bêtes aux champs comme devant, et portant aux Nymphes des grappes pendantes encore au sarment pour prémices de la vendange, les vinrent en grande joie honorer et saluer, de quoi faire ils n'avoient par le passé jamais été paresseux. Car et le matin dès que leurs troupeaux commençoient à paître, ils les venoient d'abord saluer, et le soir retournant de pâture, les alloient derechef adorer; et jamais n'y alloient qu'ils ne leur portassent quelque offrande, tantôt des fleurs, tantôt des fruits, une fois de la ramée verte, et une autre fois quelque libation de lait; dont puis après ils reçurent des déesses bien ample récompense. Mais pour lors ils folâtroient comme deux jeunes levrons, ils sautoient, ils flûtoient ensemble, ils chantoient, luttoient bras à bras l'un contre l'autre, à l'envi de leurs béliers et bouquins.

Et ainsi comme ils s'ébattoient, survint un vieillard portant grosse cape de poil de chèvre, des sabots en ses pieds, panetière à son col, vieille aussi sa panetière. Se séant auprès d'eux, il se prit à leur dire : « Le bon homme Philétas, enfants, c'est moi, qui « jadis ai chanté maintes chansons à ces Nymphes, « maintefois ai joué de la flûte à ce Dieu Pan que « voici, grand troupeau de bœufs gouvernois avec « la seule musique, et m'en viens vers vous à cette « heure, vous déclarer ce que j'ai vu et annoncer « ce que j'ai ouï.

« Un jardin est à moi, ouvrage de mes mains, « que j'ai planté moi-même, affié, accoutré depuis

« le temps que pour ma vieillesse, je ne mène plus
« les bêtes aux champs. Toujours y a dans ce jar-
« din tout ce qu'on y sauroit souhaiter selon la
« saison ; au printemps des roses, des lis, des vio-
« lettes simples et doubles ; en été du pavot, des
« poires, des pommes de plusieurs espèces ; main-
« tenant qu'il est automne, du raisin, des figues,
« des grenades, des myrtes verts ; et y viennent
« chaque matin à grandes volées toutes sortes
« d'oiseaux, les uns pour y trouver à repaître, les
« autres pour y chanter ; car il est couvert d'om-
« brage, arrosé de trois fontaines, et si épais
« planté d'arbres, que qui en ôteroit la muraille
« qui le clôt, on diroit à le voir que ce seroit un
« bois.

« Aujourd'hui environ midi, j'y ai vu un jeune
« garçonnet sous mes myrtes et grenadiers, qui
« tenoit en ses mains des grenades et des grains
« de myrte, blanc comme lait, rouge comme feu;
« poli et net comme ne venant que d'être lavé. Il
« étoit nu, il étoit seul, et se jouoit à cueillir de
« mes fruits comme si le verger eût été sien. Si
« m'en suis couru pour le tenir, crainte, comme il
« étoit frétillant et remuant, qu'il ne me rompît
« quelque arbuste ; mais il m'est légèrement échappé
« des mains, tantôt se coulant entre les rosiers,
« tantôt se cachant sous les pavots, comme feroit
« un petit perdreau. J'ai autrefois eu bien affaire à
« courir après quelques chevreaux de lait, et sou-
« vent ai travaillé voulant attraper de jeunes veaux
« qui sautoient autour de leur mère ; mais ceci
« est toute autre chose, et n'est pas possible au

« monde de le prendre. Par quoi me trouvant
« bientôt las, comme vieux et ancien que je suis,
« et m'appuyant sur mon bâton, en prenant garde
« qu'il ne s'enfuît, je lui ai demandé à qui il
« étoit de nos voisins, et à quelle occasion il venoit
« ainsi cueillir les fruits du jardin d'autrui. Il ne
« m'a rien répondu, mais s'approchant de moi,
« s'est pris à me sourire fort délicatement, en me
« jetant des grains de myrte, ce qui m'a, ne sais
« comment, amolli et attendri le cœur, de sorte
« que je n'ai plus su me courroucer à lui. Si l'ai
« prié de s'en venir à moi sans rien craindre,
« jurant par mes myrtes que je le laisserois aller
« quand il voudroit, avec des pommes et des gre-
« nades que je lui donnerois, et lui souffrirois
« prendre des fruits de mes arbres, et cueillir de
« mes fleurs autant comme il voudroit, pourvu
« qu'il me donnât un baiser seulement.

« Et adonc se prenant à rire avec une chère
« gaie, et bonne et gentille grace, m'a jeté une
« voix si aimable et si douce, que ni l'arondelle,
« ni le rossignol, ni le cygne, fût-il aussi vieux
« comme je suis, n'en sauroit jeter de pareille,
« disant : Quant à moi, Philétas, ce ne me seroit
« point de peine de te baiser; car j'aime plus être
« baisé que tu ne désires, toi, retourner en ta jeu-
« nesse : mais garde que ce que tu me demandes
« ne soit un don mal séant et peu convenable à
« ton âge, pource que ta vieillesse ne t'exemptera
« point de me vouloir poursuivre, quand tu
« m'auras une fois baisé; et n'y a aigle ni faucon,
« ni autre oisèau de proie, tant ait-il l'aile vite et

« légère, qui me pût atteindre. Je ne suis point
« enfant, combien que j'en aie l'apparence ; mais
« suis plus ancien que Saturne, plus ancien même
« que le temps. Je te connois dès-lors qu'étant en
« la fleur de ton âge, tu gardois en ce prochain
« pâtis un si beau et gras troupeau de vaches, et
« étois près de toi quand tu jouois de la flûte sous
« ces hêtres, amoureux d'Amaryllide. Mais tu ne
« me voyois pas, encore que je fusse avec ton
« amie, laquelle je t'ai enfin donnée, et tu en as
« eu de beaux enfants, qui maintenant sont bons
« laboureurs et bouviers ; et pour le présent je
« gouverne Daphnis et Chloé ; et après que je
« les ai le matin mis ensemble, je m'en viens
« en ton verger ; là où je prends plaisir aux arbres
« et aux fleurs, et me lave en ces fontaines ; qui
« est la cause que toutes les plantes et les fleurs
« de ton jardin sont si belles à voir, pour ce que
« mon bain les arrose. Regarde si tu verras pas
« une branche d'arbre rompue, ton fruit aucune-
« ment abattu ou gâté, aucun pied d'herbe ou de
« fleur foulée, ni jamais tes fontaines troublées ; et
« te répute bien heureux de ce que toi seul entre
« les hommes, dans ta vieillesse, tu es encore bien
« voulu de cet enfant.

   « Cela dit, il s'est enlevé sur les myrtes ne plus ne
« moins que feroit un petit rossignol, et sautelant
« de branche en branche par entre les feuilles, est
« enfin monté jusques à la cime. J'ai vu ses
« petites ailes, son petit arc et ses flèches en
« écharpe sur ses épaules, puis ai été tout ébahi
« que je n'ai plus vu ni ses flèches ni lui. Or, si

« je n'ai pour néant vécu tant d'années, et diminué
« de sens en avançant d'âge, mes enfants, je vous
« assure que vous êtes tous deux dévoués à l'Amour,
« et qu'Amour a soin de vous. »

Ils furent aussi aises d'ouïr ce propos comme
si on leur eût conté quelque belle et plaisante fable.
Si lui demandèrent ce que c'étoit qu'Amour ; s'il
étoit oiseau ou enfant, et quel pouvoir il avoit.
Adonc Philétas se prit derechef à leur dire :
« Amour est un Dieu, mes enfants. Il est jeune,
« beau, a des ailes ; pourquoi il se plaît avec la
« jeunesse, cherche la beauté et ravit les ames,
« ayant plus de pouvoir que Jupiter même. Il
« règne sur les astres, sur les éléments, gouverne
« le monde, et conduit les autres Dieux comme
« vous avec la houlette menez vos chèvres et
« brebis. Les fleurs sont ouvrage d'Amour ; les
« plantes et les arbres sont de sa facture ; c'est par
« lui que les rivières coulent, et que les vents souf-
« flent. J'ai vu les taureaux amoureux ; ils mugis-
« soient ne plus ne moins que si le taon les eût
« piqués ; j'ai vu le bouquin aimer sa chèvre, et
« il la suivoit par-tout. Moi-même j'ai été jeune,
« et j'aimois Amaryllide ; mais lors il ne me sou-
« venoit de manger ni de boire, ni ne prenois
« aucun repos ; mon âme souffroit ; mon cœur
« palpitoit ; mon corps tressailloit ; je pleurois, je
« criois comme qui m'eût battu ; je ne parlois non
« plus que si j'eusse été mort ; je me jetois dans
« les rivières comme si un feu m'eût brulé ; j'invo-
« quois Pan, qui fut aussi blessé de l'amour de
« Pytis ; je remerciois Echo, qui appeloit Amaryl-

« lide après moi, et de dépit rompois ma flûte de
« ce qu'elle savoit bien mener mes vaches, et ne
« me pouvoit faire venir mon Amaryllide. Car il
« n'est remède, ni breuvage quelconque, ni charme,
« ni chant, ni paroles qui guérissent le mal
« d'amour, sinon le baiser, embrasser, coucher
« ensemble nue à nu. »

Philétas, après les avoir ainsi enseignés, se
départit d'avec eux, emportant pour son loyer quelques fromages et un chevreau daguet, qu'ils lui
donnèrent. Mais quand il s'en fut allé, eux demeurés
tous seuls et ayant alors pour la première fois
entendu le nom d'amour, se trouvèrent en plus
grande détresse qu'auparavant, et retournés en leurs
maisons, passèrent la nuit à comparer ce qu'ils
sentoient en eux-mêmes avec les paroles du vieillard : « Les amants souffrent, nous souffrons ; ils
« ne font compte de boire ni de manger, aussi
« peu en faisons-nous ; ils ne peuvent dormir, ni
« nous clore la paupière ; il leur est avis qu'ils
« brûlent, nous avons le feu au-dedans de
« nous ; ils désirent s'entrevoir, las ! pour autre
« chose ne prions que le jour revienne bien-
« tôt. C'est cela sans point de doute qu'on appelle
« amour ; tous deux sommes énamourés, et si ne
« le savions pas. Mais si c'est amour ce que nous
« sentons, je suis aimé ; que me manque-t-il donc ?
« Et pourquoi sommes-nous ainsi mal à notre
« aise ? A quoi faire nous entre-cherchons-nous ?
« Philétas nous dit vrai ; ce jeune garçonnet qu'il a
« vu en son jardin, c'est lui-même qui jadis appa-
« rut à nos pères et leur dit en songe qu'ils nous

« envoyassent garder les bêtes aux champs. Com-
« ment le pourra-t-on prendre? Il est petit et s'en-
« fuira ; de lui échapper n'est possible, car il a
« des ailes et nous atteindra. Faut-il avoir recours
« aux Nymphes? Pan n'aida de rien Philétas quand
« il aimoit Amaryllide. Essayons les remèdes qu'il
« a dit, baiser, accoler, coucher nue à nu. Vrai est
« qu'il fait froid ; mais nous l'endurerons. » Ainsi
leur étoit la nuit une seconde école en laquelle ils
recordoient les enseignements de Philétas.

Le lendemain au point du jour ils menèrent leurs
bêtes aux champs, s'entrebaisèrent l'un l'autre
aussitôt qu'ils se virent, ce qu'ils n'avoient oncques
fait encore, et croisant leurs bras s'accolèrent ;
mais le dernier remède..., ils n'osoient, se dépouiller et coucher nus. Aussi eût-ce été trop hardiment
fait, non pas seulement à jeune bergère telle qu'étoit
Chloé, mais même à lui chevrier. Il ne purent
donc la nuit suivante reposer non plus que l'autre,
et n'eurent ailleurs la pensée qu'à remémorer ce
qu'ils avoient fait, et regretter ce qu'ils avoient
omis à faire, disant ainsi en eux-mêmes : « Nous
« nous sommes baisés, et de rien ne nous a servi ;
« nous nous sommes l'un l'autre accolés, et rien
« ne nous en est amendé. Il faut donc dire que
« coucher ensemble est le vrai remède d'amour ;
« il le faut donc essayer aussi. Car pour sûr il y
« doit avoir quelque chose plus qu'au baiser. »

Après semblables pensers, leurs songes, ainsi
qu'on peut croire, furent d'amour et de baisers,
et ce qu'ils n'avoient point fait le jour, ils le faisoient lors en songeant, couchés nue à nu. Dès le

fin matin donc ils se levèrent plus épris encore
que devant, et chassant avec le sifflet leurs bêtes
aux champs, leur tardoit qu'ils ne se trouvoient
pour répéter leurs baisers, et de si loin qu'ils se
virent, coururent en souriant l'un vers l'autre, puis
s'entre-baisèrent, puis s'entre-accolèrent ; mais le
troisième point ne pouvoit venir ; car Daphnis
n'osoit en parler, ni ne vouloit Chloé commencer,
jusqu'à ce que l'aventure les conduisit à ce faire
en cette manière.

Ils étoient sous le chêne assis l'un près de
l'autre, et ayant goûté du plaisir de baiser, ne se
pouvoient saouler de cette volupté. L'embrasse-
ment suivoit quant et quant pour baiser plus
serré, et en ce point comme Daphnis tira sa prise
un peu trop fort, Chloé sans y penser se coucha
sur un côté, et Daphnis en suivant la bouche de
Chloé pour ne perdre l'aise du baiser, se laissa de
même tomber sur le côté, et reconnaissant tous
deux en cette contenance la forme de leur songe,
longtemps demeurèrent couchés de la sorte, se
tenant bras à bras aussi étroitement comme s'ils
eussent été liés ensemble, sans y chercher rien
davantage : mais pensant que ce fût le dernier
point de jouissance amoureuse, consumèrent en
ces vaines étreintes la plus grande partie du jour,
tant que le soir les y trouva ; et lors en maudissant
la nuit, ils se séparèrent et ramenèrent leurs troupeaux au tect. Et peut-être enfin eussent-ils fait
quelque chose à bon escient, n'eût été un tel
tumulte qui survint en la contrée.

Des jeunes gens riches de Méthymne voulant

passer joyeusement le temps des vendanges et
s'aller ébattre quelque peu au loin, tirèrent un
bateau en mer, mirent leurs valets à la rame, et
s'en vinrent dans les parages du territoire de
Mitylène; pour ce qu'il y a par-tout bons abris
pour se retirer, belle plage pour se baigner, et est
bordée de beaux édifices, avec jardins, parcs et
bois que les uns nature a produits, les autres la
main de l'homme. En voguant ainsi au long de la
côte, et descendant ci et là, où désir leur en prenoit, ils ne faisoient mal quelconque ni déplaisir
à personne, mais s'ébattoient entre eux à divers
passetemps. Tantôt avec des hameçons attachés
d'un brin de fil au bout de quelque long roseau,
ils pêchoient, de dessus un écueil jeté fort avant en
la mer, des poissons qui hantent autour des
rochers; tantôt prenoient avec leurs chiens et leurs
filets les lièvres qui fuyoient des vignes pour le
bruit des vendangeurs; ou bien ils tendoient aux
oiseaux, trouvant temps et lieux favorables, et
avec des lacs courants, prenoient des oies sau-
vages, des halbrans, des outardes et autre tel
gibier de plaine, dont ils avoient, outre le plaisir, de
quoi fournir à leur repas. S'il leur falloit quelque
chose plus, ils l'achetoient au prochain village,
payant le prix et au-delà. Il ne leur falloit que le
pain et le vin, et le logis aussi; car ils ne trouvoient pas qu'il fût sûr, étant la saison de l'automne, de coucher en mer, et à cette cause ils
tiroient la nuit leur bateau à terre, peur de la
tourmente pendant qu'ils dormoient.

Mais quelque paysan de là entour ayant affaire

22

d'une corde dont on suspend la meule à presser le
raisin, étant la sienne par aventure usée ou rompue, s'en vint de nuit au bord de la mer, et trouvant le bateau sans garde, délia la corde qui le
lioit, l'emporta en son logis et s'en servit à son
besoin. Le matin ces jeunes gens cherchèrent par-
tout leur corde; mais nul ne confessoit l'avoir
prise : par quoi, après qu'ils eurent un peu querellé
avec leurs hôtes, ils tirèrent outre, et ayant fait
environ deux lieues, vinrent aborder à ces champs
où se tenoient Daphnis et Chloé, pour ce qu'il y
avoit, ce leur sembla, belle plaine à courir le lièvre.
Or n'avoient-ils plus de corde pour attacher leur
bateau, et à cette cause prirent du franc osier vert,
le plus long qu'ils purent finer, le tordirent et en
firent une hart, dont ils lièrent leur bateau à terre,
puis lâchant leurs chiens, se mirent à chasser et
tendirent leurs toiles aux passages qu'ils trouvèrent
plus à propos. Ces chiens en courant çà et là, et
aboyant, effrayèrent les chèvres de Daphnis, lesquelles abandonnèrent incontinent les coteaux,
et s'enfuirent vers la marine, là où ne trouvant
rien à brouter parmi le sable, aucunes plus hardies
que les autres s'approchèrent du bateau, et ron-
gèrent la hart d'osier vert dont il étoit attaché.

La mer étoit un peu émue d'un vent de terre
qui se levoit; le bateau une fois délié, les vagues
le poussèrent, l'éloignèrent du bord et le portoient
en mer; de quoi les chasseurs s'étant aperçus, les
uns accoururent au rivage, les autres rappelèrent
leurs chiens, et tous ensemble menoient tel bruit
que les gens de là entour, pâtres, vignerons, labou-

reurs, les entendant, vinrent de toutes parts; mais
ils n'y purent que faire. Car le vent fraîchissant
toujours de plus en plus, mena la barque au gré
du flot si roide et si loin, qu'elle fut tantôt hors
de vue.

Par quoi ces jeunes gens dolents outre mesure,
perdant leur bateau, biens et tout, cherchèrent le
chevrier qui devoit garder les chèvres, et trouvant
là Daphnis parmi les regardants, en chaude colère
commencèrent à le battre et à le vouloir dépouiller;
même y en eut un d'entre eux qui détacha la laisse
dont il menoit son chien, et prit les deux mains à
Daphnis pour les lui lier derrière le dos. Lui,
comme ils le battoient, crioit, imploroit l'aide d'un
chacun, mais sur tous appeloit à son secours
Lamon et Dryas, lesquels accourus, tous deux
verts vieillards, ayant les mains rudes, endurcies
du labeur des champs, prirent très-bien sa défense
contre les jeunes Méthymniens, en leur remontrant
qu'il falloit entendre du moins ce garçon, pour
voir s'il avoit tort, et que chacun dît ses raisons.
Ceux de Méthymne le voulurent, et d'un commun
accord on élut pour arbitre le bouvier Philétas, à
cause que c'étoit le plus ancien qui se trouvât là
présent, et qu'entre ceux de son village, il avoit le
bruit d'être homme de grande foi et loyauté. Adonc
les jeunes gens prenant la parole, firent en termes
courts et clairs leur plainte de telle sorte, devant
le juge bouvier :

« Nous étions descendus en ces champs pour
« chasser, et avions attaché notre barque au rivage
« avec une hart d'osier vert, puis nous nous étions

« mis en quête avec nos chiens, et cependant les
« chèvres de celui-ci sont venues, ont mangé l'osier
« dont notre bateau étoit attaché, et par ainsi l'ont
« détaché. Vous-mêmes l'avez pu voir emporté en
« pleine mer. Et ce qu'il y a dedans perdu pour
« nous, combien pensez-vous qu'il vaille? Com-
« bien d'habits et d'équipages? Combien de beaux
« harnois pour nos chiens! et de l'argent plus
« qu'il n'en faudroit pour acheter tous ces champs!
« En récompense de quoi, nous voulons emmener
« ce méchant chevrier-ci, lequel entend si mal le
« métier dont il se mêle, que de hanter avec ses
« chèvres au long des plages de la mer, comme
« s'il étoit marinier. »

Voilà ce que dirent les Méthymniens. Daphnis
étoit tout moulu des coups qu'il avoit reçus; mais
voyant Chloé présente, il ne s'étonna de rien, et
leur répondit franchement : « Je garde bien mes
« chèvres et n'y a personne en tout le village qui
« se soit jamais plaint que pas une d'elles ait rien
« brouté en son jardin, ni rompu ou gâté un bour-
« geon dans sa vigne. Mais ceux-ci eux-mêmes sont
« mauvais chasseurs, et ont des chiens mal appris,
« qui ne font que courir çà et là, et aboyer tant et
« si fort, qu'ils ont effarouché mes chèvres, et les
« ont chassées de la plaine et de la montagne vers
« la mer, comme eussent pu faire des loups. Or
« à présent elles ont mangé quelque osier; pou-
« voient-elles emmi ces sables brouter le thym ou
« le serpolet? Leur bateau est péri en mer; qu'ils
« s'en prennent à la tourmente, mes chèvres n'en
« sont pas cause. Voire mais il y avoit dedans

« tant de biens, des habits, de l'argent? Et qui
« seroit si sot de croire qu'un bateau portant tout
« cela, n'eût pour l'attacher qu'une hart d'osier? »

En disant ces paroles il se prit à pleurer et fit
grande pitié à tous les assistants; tellement que
Philétas, qui devoit donner sa sentence, jura le
dieu Pan et les Nymphes que Daphnis n'avoit
point de tort, ni ses chèvres non plus, et que la
faute, si faute y avoit, étoit aux vents et à la mer,
desquels il n'étoit pas juge pour la leur faire réparer.
Ce néanmoins le bon Philétas ne sut si bien dire
que les Méthymniens s'en contentassent; mais
derechef en grande fureur prirent Daphnis, et le
vouloient lier pour l'emmener, n'eût été que les
paysans, de ce mutinés, se ruèrent, en criant, sur
eux, comme une volée d'étourneaux, et leur ôtèrent
des mains Daphnis, qui se défendoit bien aussi et
à son tour les chargeoit. Si qu'à grands coups de
pierres et de bâtons, il chassèrent les Méthymniens,
et ne cessèrent de les poursuivre, qu'ils ne les
eussent menés battant hors de leur territoire.
Daphnis et Chloé restés seuls, elle eut tout loisir
de le conduire en la caverne des Nymphes, où elle
lui lava le visage tout souillé du sang qui lui étoit
coulé du nez; puis tirant de sa panetière un peu
de fromage et du tourteau, elle lui en fit manger,
et qui plus le conforta, lui donna de sa tendre
bouche un baiser plus doux que miel.

Ainsi échappa Daphnis de ce danger; mais la
chose n'en demeura pas là. Car ces jeunes gens de
Méthymne, retournés chez eux à pied, au lieu
qu'ils étoient venus en un beau bateau, blessés et

mal menés, au lieu qu'ils étoient partis gais et bien
délibérés, firent assembler le conseil de la ville,
auquel ils requirent, en habits et contenance de
suppliants, être vengés de l'outrage qu'ils avoient
souffert, ne disant de vrai pas un mot, de peur
que s'ils eussent conté le fait comme il étoit allé,
on ne se fût moqué d'eux de s'être ainsi laissé
battre par des paysans, mais. accusant hautement
les Mityléniens de les avoir pillés, et pris leur
bateau sans autre forme de procès, comme en
guerre ouverte.

Ceux de Méthymne ajoutèrent aisément foi à leur
dire, pour autant mêmement qu'ils les voyoient
blessés ; et quant et quant estimant chose juste et
raisonnable de venger un tel outrage fait aux
enfants des plus nobles maisons de leur ville, dé-
cernèrent sur-le-champ la guerre contre les Mityléniens, sans leur envoyer ni héraut ni déclaration,
et commandèrent à leur capitaine qu'il mît promptement en mer dix galères pour aller faire du pis
qu'il pourroit en toute leur côte. Ils pensèrent que
ce ne seroit pas sûrement ni sagement fait de
hasarder plus grosse flotte à l'approche de l'hiver.

Le capitaine dès le lendemain eut dressé son
équipage, et usant pour moins d'embarras de ses
soldats mêmes au lieu de rameurs, alla fourrager
toutes les terres des Mityléniens qui étoient voisines
de la mer, là où il prit force bétail, force grain,
vin en quantité, pour ce qu'il n'y avoit guère que
vendanges étoient faites, et grand nombre de prisonniers, gens qui travailloient à ces champs ; et
aussi s'en vint débarquer où gardoient leurs bêtes

Daphnis et Chloé, courut le pays, ravit et pilla tout ce qu'il y trouva. Daphnis pour lors n'étoit pas avec son troupeau; il étoit dans le bois à cueillir la ramée verte pour donner l'hiver aux chevreaux, et voyant du haut des arbres les ennemis dans la plaine, se cacha au creux d'un vieux chêne. Chloé, qui étoit demeurée avec les troupeaux, se cuida sauver de vitesse, et se jeta comme en un asile dans l'antre des Nymphes, poursuivie jusqu'au lieu même, et là, prioit au nom des Nymphes ces soldats de ne vouloir faire déplaisir ni à elle ni à ses bêtes; mais en vain. Car les gens de Méthymne, après avoir fait plusieurs vilenies et moqueries aux images des Nymphes, l'emmenèrent elle et ses bêtes, en la chassant devant eux à coups de houssine comme une chèvre ou une brebis, et voyant qu'ils avoient déjà plein leurs vaisseaux de toute sorte de butin, ne voulurent plus tirer outre, mais reprirent la route de leurs maisons, craignant l'hiver et les ennemis.

Ainsi s'en alloient les Méthymniens à force de rames, faisant peu de chemin; car le temps fut si calme, qu'il ne tiroit ni vent ni haleine quelconque; et Daphnis sorti de son creux, après que tout ce bruit fut passé, s'en vint dans la plaine où leurs bêtes avoient coutume de pâturer, et n'y voyant plus ni ses chèvres, ni les brebis, ni Chloé, mais seulement les champs tout seuls, et la flûte de laquelle Chloé se souloit ébattre jetée là, se prit à crier et pleurer, et en soupirant amèrement, s'en couroit tantôt sous le fouteau à l'ombre duquel ils avoient accoutumé de se scoir, tantôt au rivage de

la mer, pour voir s'il la trouveroit point, et tantôt
dans l'antre des Nymphes où il l'avoit vue fuir,
et là, se jetant par terre devant leurs images, se
complaignit à elles, disant qu'elles lui avoient
bien failli au besoin. « Chloé, disoit-il, vient d'être
« arrachée de vos autels, et vous avez bien eu le
« cœur de le voir et l'endurer! elle qui vous a fait
« tant de beaux chapelets de fleurs! elle qui vous
« offroit toujours du premier lait! elle qui vous a
« donné ce flageolet même que je vois ici pendu!
« Jamais loup ne me ravit une seule de mes
« chèvres, et les ennemis m'ont maintenant ravi le
« troupeau entier et ma compagne bergère aussi.
« Mes chèvres, ils les tueront et écorcheront in-
« continent; les brebis, ils en feront des sacrifices
« aux Dieux; et Chloé demeurera en quelque ville
« loin de moi. Comment oserai-je à cette heure
« m'en aller devers mon père et ma mère, sans
« mes chèvres, sans Chloé, pour être désormais
« misérable manœuvre; car il n'y a plus chez nous
« de bêtes que je pusse garder. Mais non, je ne
« bougerai d'ici, attendant la mort ou d'autres
« ennemis qui m'emmènent aussi. Hélas! Chloé,
« es-tu en même peine que moi? te souvient-il de
« ces champs? as-tu point de regret aux Nymphes
« et à moi? ou si te reconfortent nos brebis et
« nos chèvres prisonnières avec toi? ».

Comme il achevoit ces paroles, le cœur gros de
chagrin, de pleurs, le voilà pris d'un profond
somme, et lui apparoissent les trois Nymphes,
en guise de belles et grandes femmes, demi-nues,
les pieds sans chaussure, les cheveux épars, en

tout semblables aux images. Si lui fut avis,
dès l'abord, qu'elles avoient pitié de lui; puis
d'elles trois la plus âgée lui dit en le reconfortant : « Ne te plains point de nous, Daphnis;
« nous avons plus de souci de Chloé que tu n'as
« toi-même. Nous en prîmes pitié dès-lors qu'elle
« venoit de naître, et abandonnée en cet antre,
« l'avons fait élever et nourrir. Car afin que tu le
« saches, rien n'a de commun Chloé avec Dryas
« et ses brebis, ni toi non plus avec Lamon. Et
« quant à ce qui est d'elle, nous y avons déjà
« pourvu. Elle n'ira point prisonnière avec ces
« soldats à Méthymne, ni ne sera partie de leur
« butin. Pan, qui est là sous ce pin, et que vous
« n'honorez jamais seulement de quelques fleu-
« rettes, c'est lui que nous avons prié de vouloir
« secourir Chloé, parce qu'il fréquente volontiers
« entre gens de guerre, et lui-même a conduit des
« guerres, quittant le repos des champs. Il marche
« dès cette heure, dangereux ennemi, contre ceux
« de Méthymne. Pourtant ne t'afflige point, mais
« te lève et t'en va consoler Lamon et Myrtale,
« qui sont jetés à terre comme toi, croyant que tu
« aies été pris et emmené sur les vaisseaux. De-
« main reviendra ta Chloé avec vos brebis et vos
« chèvres; et si les garderez encore et jouerez de
« la flûte ensemble. Au demeurant Amour aura
« soin de vous. »

Daphnis ayant ouï et vu telles choses, s'é-
veilla soudain en sursaut, et pleurant autant de
joie que de tristesse, adora les Nymphes pros-
terné devant leurs images, et leur promit, si Chloé

retournoit à sauveté, de leur sacrifier la plus grasse
de ses chèvres ; et courant au pin sous lequel
étoit le dieu Pan représenté avec les pieds d'un
bouc, deux cornes en la tête, qui d'une main
tenoit sa flûte, et de l'autre arrêtoit un bouquin,
l'adora aussi, et le pria qu'il lui plût faire promptement revenir Chloé, lui promettant semblablement de lui sacrifier un bouc ; et jusques au soir
environ le soleil couchant, à peine cessa-t-il ses
larmes et ses vœux pour le retour de Chloé. Enfin
ramassant sa feuillée, il s'en retourna au logis,
où il ôta de grand émoi Lamon et Myrtale, et les
remplit de liesse ; puis mangea un petit et s'en alla
dormir ; mais ce ne fut pas sans pleurer, ni sans
faire prière aux Nymphes qu'elles lui apparussent
encore, et que le jour revînt bientôt, et avec le
jour, selon leur promesse, Chloé. Jamais nuit ne
lui fut si longue. Or voici comme il en alla.

Le capitaine de Méthymne ayant navigué à la
rame environ cinq quarts de lieue, voulut un petit
rafraîchir ses gens las d'avoir couru le pays, et
trouvant un promontoire assez avancé en mer,
dont l'extrémité présentoit deux pointes en manière
de croissant, abrit aussi sûr qu'aucun port, il y
jeta l'ancre sous une roche haute et droite, sans
autrement aborder, afin que de la côte à toute aventure on ne lui pût faire nul déplaisir, et ainsi
permit à ses gens de se traiter et réjouir en pleine
assurance. Eux ayant à bord foison de tous vivres
qu'ils avoient pillés, se mirent à manger, boire
et faire fête, comme on fait pour une victoire.
Mais dès que le jour fut failli, et que la nuit eut

mis fin à leur bonne chère, il leur fut avis soudainement que la terre étoit toute en feu, et vers
la haute mer entendirent un bruissement dans le
lointain, comme des rames d'une grosse flotte qui
fût venue contre eux. L'un crioit aux armes, l'autre
appeloit ses compagnons ; l'un pensoit être jà
blessé, l'autre croyoit voir un homme mort gisant
devant lui. Bref, y avoit tout tel tumulte comme
en un combat de nuit ; et si n'y avoit point d'ennemis.

Après une nuit si terrible, le jour vint qui les
effraya encore davantage. Car ils virent les boucs
de Daphnis et ses chèvres, les cornes toutes en-
tortillées de rameaux de lierre avec leurs grappes ;
ils entendirent les brebis et béliers de Chloé qui
hurloient comme loups ; elle-même on la vit couronnée de branchages de pin. Et en la mer se faisoient aussi choses étranges à conter. Car quand
ils pensoient lever les ancres, elles tenoient au
fond ; quand ils cuidoient abattre leurs rames pour
voguer, elles se rompoient. Les dauphins sautant
autour des vaisseaux et les battant de leur queue,
en décousoient les jointures. Et entendoit-on du
haut de la roche le son d'une flûte à sept cannes
telle qu'en ont les bergers ; mais ce son n'étoit
point plaisant à ouïr, comme seroit le son d'une
flûte ordinaire, ains épouvantoit ceux qui l'entendoient comme l'éclat imprévu d'une trompette de
guerre : de quoi ils étoient tous en merveilleux
effroi, et couroient aux armes, disant que c'étoient
les ennemis qui les venoient attaquer, et ne savoit-
on par où ; et lors désiroient que la nuit revînt,

comme s'ils eussent dû avoir trève quand elle seroit
venue.

Or n'étoit celui parmi eux conservant tant soit
peu de sens, qui ne connût clairement que tous
ces prodiges venoient du dieu Pan irrité contre
eux pour quelque méfait, mais ils n'en pouvoient
deviner la cause, n'ayant touché chose qu'ils
sussent appartenir à Pan ; jusqu'à ce qu'environ
midi le capitaine, non sans expresse ordonnance
divine, s'endormit, et lui apparut Pan lui-même
disant telles paroles : « O méchants sacriléges!
« comme avez-vous été si forcenés que d'oser,
« emplir d'alarme les champs que j'aime unique-
« ment, ravir les troupeaux qui sont en ma pro-
« tection, et arracher par force d'un lieu saint
« une jeune fille de laquelle Amour veut faire une
« histoire singulière, et n'avez point eu de crainte
« ni de révérence aux Nymphes qui le vous ont
« vu faire, ni à moi aussi qui suis le dieu Pan!
« Jamais vous ne verrez Méthymne, si vous y pré-
« tendez porter un tel butin, ni jamais n'échapperez
« le son de cette mienne flûte, qui vous a naguère
« effrayés. Je vous ferai tous abymer au fond de
« la mer et manger aux poissons, si tu ne rends,
« et bientôt, Chloé aux Nymphes à qui vous l'avez
« enlevée, et quant et elle ses brebis et tout le
« troupeau des chèvres. Pourtant lève-toi sans
« délai, et la remets à terre avec ce que je t'ai dit,
« et je vous conduirai tous deux en vos maisons,
« elle par terre et toi par mer. »

A ces paroles tout troublé, le capitaine Bryaxis
(car ainsi avoit-il nom) s'éveilla en sursaut, et de

chaque galère aussitôt faisant appeler les chefs,
commanda qu'on cherchât entre les prisonniers
Chloé jeune bergère, et fut fait; et n'eurent pas
de peine à la trouver, car elle étoit assise la tête
couronnée de pin. Si la mènent au capitaine; et
lui, connoissant bien à cela que c'étoit pour elle
qu'il avoit eu cette apparition en dormant, la
conduisit lui-même à terre dans la galère capitainesse, dont elle ne fut pas plutôt hors, que du
haut de la roche aussitôt on entend un nouveau
son de flûte, non plus épouvantable en manière de
l'alarme, mais tel que bergers ont coutume de
sonner quand c'est pour mener leurs bêtes aux
champs; et brebis aussitôt de sortir du navire courant par l'escale sans broncher, et les chèvres
encore mieux, comme celles qui savoient jà gravir
et descendre tous lieux escarpés. Puis chèvres et
brebis à terre entourèrent Chloé, bondissant, sautelant et bêlant, et sembloient s'éjouir avec elle de
leur commune délivrance.

Mais les troupeaux des autres bergers et chevriers demeurèrent où on les avoit mis, et ne
bougèrent de dessous le tillac des galères, comme
n'étant point pour eux le son de la flûte; de quoi
tout le monde s'émerveilla grandement, et en loua
la puissance et bonté de Pan. Et encore vit-on de
plus étranges merveilles en l'un et en l'autre élé-
ment. Car les galères des Méthymniens démarrèrent
d'elles-mêmes, avant qu'on eût levé les ancres, et
y avoit un dauphin qui les conduisoit sautant hors
de l'eau devant la capitainesse; et sur terre un fort
doux et plaisant son de flûte conduisoit les deux

troupeaux, sans que l'on pût voir qui en jouoit ;
si que les brebis et les chèvres marchoient et paissoient en même temps, avec très-grand plaisir d'ouïr
telle mélodie.

C'étoit environ l'heure qu'on ramène les bêtes
aux champs après midi. Daphnis apercevant de
tout loin, d'une vedette élevée, Chloé avec les
deux troupeaux, ô Nymphes ! ô Pan ! s'écria-t-il ;
et descendu dans la plaine, court à elle, se jette
dans ses bras, épris de si grande joie qu'il en
tomba tout pâmé. A peine purent le ranimer les
baisers même de Chloé qui le pressoit contre son
sein. Ayant enfin repris ses esprits, il s'en fut avec
elle sous le hêtre, là où s'étant tous deux assis,
il ne faillit à lui demander comme elle avoit pu
échapper des mains de tant d'ennemis, et Chloé
lui conta tout, son enlèvement dans la grotte, son
départ sur le vaisseau, et le lierre venu aux
cornes de ses chèvres, et la couronne de feuillage
de pin sur sa tête ; ses brebis qui avoient hurlé,
le feu sur la terre, le bruit en la mer, les deux
sortes de son de flûte, l'un de paix, l'autre de
guerre, la nuit pleine d'horreur, et comme une
certaine mélodie musicale l'avoit conduite tout le
chemin sans qu'elle en vît rien.

Adonc reconnoissant Daphnis le secours mani-
feste de Pan et l'effet de ce que les Nymphes lui
avoient promis, conta de sa part à Chloé tout ce
qu'il avoit ouï, tout ce qu'il avoit vu, et comme se
mourant d'amour et de regret, il avoit été par les
Nymphes rendu à la vie. Puis il l'envoya quérir
Dryas et Lamon, et quant et quant tout ce qui fait

besoin pour un sacrifice, et lui-même cependant prit la plus grasse chèvre qui fût en son troupeau, de laquelle il entortilla les cornes avec du lierre, en la même sorte et manière que les ennemis les avoient vues, et après lui avoir versé du lait entre les cornes, la sacrifia aux Nymphes, la pendit et l'écorcha, et leur en consacra la peau attachée au roc. Puis quand Chloé fut revenue, amenant Dryas et Lamon et leurs femmes, il fit rôtir une partie de la chair et bouillir le reste ; mais avant tout il mit à part les prémices pour les Nymphes, leur épandit de la cruche pleine une libation de vin doux, et ayant accommodé de petits lits de feuillage et verde ramée pour tous les convives, se mit avec eux à faire bonne chère, et néanmoins avoit toujours l'œil sur les troupeaux, crainte que le loup survenant d'emblée ne fît son coup pendant ce temps-là. Puis tous ayant bien repu, se mirent à chanter des hymnes aux Nymphes que d'anciens pasteurs avoient composées. La nuit venue ils se couchèrent en la place même emmi les champs, et le lendemain eurent aussi souvenance de Pan. Si prirent le bouc chef du troupeau, et couronné de branchages de pin le menèrent au pin sous lequel étoit l'image du Dieu, et louant et remerciant la bonté de Pan, le lui sacrifièrent, le pendirent, l'écorchèrent, puis firent bouillir une partie de la chair et rôtir l'autre, et le tout étendirent emmi le beau pré sur verde feuillade. La peau avec les cornes fut au tronc de l'arbre attachée tout contre l'image de Pan, offrande pastorale à un Dieu pastoral ; et ne s'oublièrent non plus de lui mettre à part les prémices, et si

firent en son honneur les libations accoutumées.
Chloé chanta, Daphnis joua de la flûte, et chacun
prit place à table.

Ainsi qu'ils faisoient chère lie, survint de cas
d'aventure le bon homme Philétas, apportant à
Pan quelques chapelets de fleurs, et des moissines
avec les grappes et la pampre encore au sarment;
et quant et lui amenoit son plus jeune fils Tityre,
jeune petit gars ayant cheveux blonds et couleur
vermeille, air vif et malin, et qui en courant sau-
toit ne plus ne moins qu'un chevreau. Dès qu'ils
aperçurent Philétas, ils se levèrent tous, allèrent
avec lui couronner l'image de Pan, et suspendirent
les moissines du bon Philétas aux branches du pin,
puis, lui faisant place parmi eux, le convièrent à
leur repas. Or quand ces vieillards eurent un peu bu,
adonc commencèrent-ils à conter de leurs jeunes
ans, comme ils gardoient leurs bêtes aux champs,
comme ils étoient échappés de plusieurs dangers
et surprises d'écumeurs de mer et de larrons.
L'un se vantoit qu'il avoit une fois tué un loup,
l'autre qu'après Pan il n'y avoit homme qui sût si
bien jouer de la flûte que lui. C'étoit Philétas qui
se donnoit cette louange. Daphnis et Chloé le
prièrent qu'il leur voulût de grâce montrer un
petit de sa science, et qu'en ce sacrifice fait à
Pan, il honorât avec sa flûte le Dieu amateur de
tels sons. Philétas y consentit, encore que pour sa
vieillesse il se plaignît de n'avoir plus guère
d'haleine, et prit la flûte de Daphnis. Mais elle se
trouva trop petite pour y pouvoir montrer beaucoup
de savoir et d'artifice, comme celle de quoi jouoit

un jeune garçon seulement; par quoi il envoya
Tityre en son logis, distant d'environ demi-lieue,
pour lui apporter la sienne. L'enfant jette là son
hocqueton, et s'en court comme un faon de biche;
et cependant Lamon se mit à leur conter la fable
de Syringe, pour laquelle apprendre il avoit donné
à un chevrier de Sicile, qui en savoit la chanson,
un bouc et une flûte.

« Cette Syringe, leur dit-il, aujourd'hui flûte
« pastorale, jadis étoit une belle fille ayant voix
« mélodieuse et grande science de musique. Elle
« gardoit les chèvres, chantoit et se jouoit avec les
« Nymphes. Pan qui la voyoit aux champs garder
« ses bêtes, jouer, chanter, un jour vient à elle et
« la prie de ce qu'il vouloit, lui promettant faire
« que ses chèvres porteroient toutes deux che-
« vreaux à chaque portée. Elle se moqua de son
« amour, et dit que jamais elle n'auroit ami, non
« seulement tel comme lui, qui sembloit propre-
« ment un bouc, mais ni autre quel qu'il fût. Pan la
« voulut prendre à force; elle s'enfuit; il la pour-
« suivit; tant que pieds la purent porter, elle
« courut; mais lasse à la fin de courir, elle se
« jette en un marais, et là se perd dans les roseaux.
« Pan coupe les cannes en courroux, et n'y trouvant
« point la pucelle, connut son inconvénient, et lors
« unissant avec de la cire les roseaux taillés inégaux,
« en signe d'amour non égale, il en fit cet instru-
« ment. Ainsi elle qui paravant étoit belle jeune fille,
« depuis a été un plaisant instrument de musique. »

Lamon à peine achevoit son conte, et · bon
Philétas de le louer, disant n'avoir ouï en sa vie

24

chanson si jolie que cette fable, quand Tityre
arriva portant la flûte de son père, grande à merveille, composée des plus grosses cannes que l'on
trouve, accoutrée de laiton par dessus la cire. On
eût dit que c'étoit celle-là même que Pan fit la
première. Philétas adonc se leva, et assis sur son
lit de feuillage, premièrement il essaya tous les
chalumeaux voir si rien empêchoit le vent, et
voyant que chaque tuyau rendoit le son convenable,
souffla dedans à bon escient. Si sembloit proprement un air de plusieurs flageolets jouants ensemble, tant menoient de bruit ces pipeaux : puis
petit à petit diminuant la force du vent, ramena
son jeu en un son tout-à-fait doux et plaisant, et
leur montrant tout l'artifice de la musique pastorale pour bien mener et faire paître les bêtes aux
champs, leur fit voir comment il falloit souffler
pour un troupeau de bœufs, quel son est mieux
séant à un chevrier, quel jeu aiment les brebis et
moutons ; celui des brebis étoit gracieux, fort et
grave celui des bœufs, celui des chèvres clair et
aigu ; et une seule flûte imitoit toutes ces diverses
flûtes du berger, du bouvier, et du chevrier.

La compagnie à table écoutoit sans mot dire,
couchée sur le feuillage, prenant très grand plaisir
d'ouïr si bien jouer Philétas, jusqu'à ce que Dryas
se levant, le pria de jouer quelque gaie chanson en
l'honneur de Bacchus, et lui cependant leur dansa
une danse de vendange, faisant les gestes comme
s'il eût, tantôt cueilli la grappe au cep, tantôt
porté le raisin dans la hotte, puis les mines d'un
qui foule la vendange, qui verse le vin dans les

jarres, et d'un qui hume à bon escient la liqueur
nouvelle. Toutes lesquelles choses il fit si proprement et de si bonne grace, approchant du naturel,
qu'ils pensoient voir devant leurs yeux la vigne,
le pressoir, et les jarres, et Dryas buvant le vin
doux.

Ayant ainsi le troisième vieillard. bien et gentiment fait son devoir de danser, à la fin alla baiser
Daphnis et Chloé, lesquels incontinent se levèrent
et dansèrent le conte de Lamon. Daphnis contre-
faisoit le Dieu Pan, Chloé la belle Syringe; il lui
faisoit sa requête, et elle s'en rioit; elle s'enfuyoit,
lui la poursuivoit, courant sur le bout des orteils
pour mieux contrefaire les pieds de bouc; elle
feignoit d'être lasse et de ne pouvoir plus courir,
et au lieu des roseaux s'alloit cacher dans le bois.

Et Daphnis alors prenant la grande flûte de
Philétas, en tira d'abord un son douloureux,
comme Pan qui se fût plaint de la jouvencelle;
puis un son passionné, comme la priant d'amour;
puis un son de rappel, comme cherchant par-tout
ce qu'elle étoit devenue. Si que le bon homme lui-
même Philétas tout émerveillé accourut le baiser,
et après l'avoir baisé lui fit présent de sa flûte, en
priant aux Dieux que Daphnis la laissât un jour
à pareil successeur que lui. Daphnis donna la sienne
petite à Pan, et ayant baisé Chloé comme revenue
et retrouvée d'une véritable fuite, ramena jouant
de la flûte ses bêtes aux étables, pource qu'il étoit
déjà tard; et aussi fit Chloé les siennes au son
des mêmes chalumeaux. Les chèvres marchoient
côte-à côte des brebis, et Chloé tout joignant

Daphnis, de sorte qu'à chaque pas ils se baisoient
l'un l'autre, et durèrent ainsi jusques à nuit close,
et en se quittant complotèrent ensemble de ramener
paître leurs troupeaux le lendemain au plus matin,
comme ils firent. Car incontinent que le jour
commença à poindre, ils revinrent au pâturage, et
ayant premièrement salué les Nymphes, puis après
Pan, s'allèrent asseoir dessous le chêne, où ils
jouèrent de la flûte ensemble, s'entrebaisèrent,
s'embrassèrent, se couchèrent l'un près de l'autre,
et sans y faire rien davantage, se relevèrent. Ensuite ils songèrent à manger ; et ils buvoient en
même sébile du vin mêlé avec du lait.

Or échauffés et rendus plus hardis par toutes
ces choses, ils contestoient entre eux d'amour, et en
vinrent jusqu'à se vouloir assurer par serment l'un
de l'autre. Daphnis allant dessous le pin, jura par
le Dieu Pan qu'il ne vivroit jamais un seul jour
sans Chloé; et Chloé dans l'antre des Nymphes,
jura devant leurs images de vivre et mourir avec
Daphnis. Mais elle, comme une jeune et innocente
fillette, fut si simple de vouloir que Daphnis au
sortir de l'antre lui jurât un autre serment. Si lui
dit : « Ce Dieu Pan, Daphnis, est un Dieu volage
« auquel il n'y a point de fiance ; il a aimé Pitys,
« il a aimé Syringe; il ne cesse de pourchasser les
« Nymphes Épimélides, et on le voit toujours
« après les Dryades. Si tu me fausses la foi que
« tu m'as jurée, il ne s'en fera que rire, voire quand
« tu aurois plus de maîtresses qu'il n'a de chalu-
« meaux en sa flûte. Et comment te puniroit-il,
« lui qui chaque jour fait amour nouvelle? Jure-

« moi par ton troupeau, et par la chèvre qui te
« nourrit et allaita, que jamais tu ne laisseras
« Chloé tant qu'elle te sera fidéle ; et là où elle te
« fera faute et aux Nymphes qu'elle a jurées,
« fuis-la ou la hais ou la tue, comme tu ferois un
« loup. »

Daphnis prit plaisir à ce doute, et debout au
milieu de son troupeau, tenant d'une main un
bouc et de l'autre une chèvre, jura qu'il aimeroit
Chloé tant qu'il en seroit aimé, et que si elle en
aimoit un autre, il se tueroit au lieu d'elle ; dont elle
fut bien aise, et s'en assura plus que du premier
serment, croyant les brebis et les chèvres être Dieux
propres aux bergers et aux chevriers.

LIVRE TROISIÈME.

AIS les Mityléniens apprenant comme
ceux de Méthymne avoient envoyé dix
galères à leur dommage, et mêmement
étant informés, par gens qui venoient
de la campagne, comme on avoit couru
leurs terres et pillé leurs biens, estimèrent que
ce seroit lâcheté d'endurer un tel outrage des
Méthymniens, et délibérèrent promptement prendre
les armes contre eux. Si levèrent incontinent trois
mille hommes de pied et cinq cents chevaux, et
envoyèrent par terre leur capitaine général Hippase,
craignant de les mettre sur mer en temps approchant de l'hyver.

Le capitaine, parti aussitôt avec ses gens, ne
fourragea point les terres des Méthymniens, ni
n'emmena le bétail des laboureurs et paysans,

parce qu'il estimoit cela être le fait d'un larron et
non pas d'un capitaine; ains tira droit vers la
ville, espérant la surprendre les portes ouvertes et
sans garde. Mais quand il en fut près environ six
lieues, un héraut lui vint au-devant, qui lui
demanda trève au nom des Méthymniens. Car
ayant entendu depuis par leurs prisonniers, que
ceux de Mitylène ne savoient du tout rien de ce
qui s'étoit passé, mais que c'étoit une querelle
entre paysans et jeunes gens, où ceux-ci avoient
eu des coups pour quelque insolence par eux faite,
ils regrettoient fort d'avoir si à la légère offensé
leurs voisins, et n'avoient autre désir que de
rendre et restituer ce qui auroit été pris, pour
pouvoir trafiquer et hanter comme devant les uns
avec les autres sans crainte ni danger. Hippase
envoya le héraut porter ces paroles au Sénat des
Mityléniens, combien qu'il eût tout pouvoir et
autorité absolue, et cependant alla camper à demi-
lieue de Méthymne, attendant les ordres de sa
ville. De là à deux jours ordre lui vint de rece-
voir les restitutions, et s'en retourner sans faire
nul dommage. Car ayant le choix de la paix ou
de la guerre, ils avoient pensé que la paix valoit
mieux. Ainsi se termina la guerre entre Méthymne
et Mitylène, finie comme elle fut commencée par
soudaine résolution.

Et là-dessus survint l'hyver plus fâcheux que la
guerre à Daphnis et à sa Chloé. Car incontinent
la neige, tombant en grande abondance, couvrit
les chemins et enferma les laboureurs en leurs
maisons; les torrents impétueux tomboient aval

du haut des montagnes, l'eau se gęloit, les arbres
sembloient morts, on ne voyoit plus la terre,
sinon alentour des fontaines et de quelques ruis-
seaux ; ainsi ne se pouvoient plus mener les bêtes
aux champs, ni n'osoient les gens mettre seulement le nez hors la porte ; mais demeurant tous
au logis, faisoient un grand feu, alentour duquel, dès que les coqs avoient chanté le matin,
chacun venoit faire sa besogne. Les uns retor-
doient du fil, les autres tissoient du poil de chèvre,
ou faisoient des collets à prendre les oiseaux. Le
soin qu'il falloit lors avoir des bœufs, étoit de
leur donner de la paille à manger en la bouverie,
aux chèvres et brebis de la feuillée en la bergerie,
aux pourceaux de la faîne et du gland en la
porcherie.

Étant ainsi chacun contraint de garder la maison pour la rudesse du temps, les autres, tant
laboureurs que pasteurs, en étoient aises, parce
qu'ils avoient un peu de relâche en leurs travaux,
faisoient bons repas et long somme, tellement que
l'hyver leur sembloit plus doux que non pas l'été,
ni l'automne, ni le printemps avec. Mais Daphnis
et Chloé se souvenant des plaisirs passés, comme
ils s'entrebaisoient, comme ils s'entr'embrassoient,
et de leurs joyeux passetemps emmi ces champs
et ces prairies, toute nuit soupiroient en grande
peine sans pouvoir dormir, attendant la saison
nouvelle ne plus ne moins qu'une seconde vie
après la mort. Chaque fois qu'ils trouvoient sous
leur main la panetière dont ils souloient tirer
leur manger, cela leur mettoit deuil au cœur ;

apercevant la sebile où ils étoient coutumiers de
boire l'un après l'autre, ou bien la flûte, qui étoit
un don d'amourette, jetée à terre quelque part
sans que l'on en tînt compte, cela renouveloit leur
regret. Si prioient aux Nymphes et à Pan qu'ils
les délivrassent de ces maux, et leur remontrassent ·
enfin à eux et à leurs bêtes le soleil beau et clair,
et quant et quant faisant ces prières aux Dieux,
cherchoient quelque invention par laquelle ils se
pussent entrevoir. Chloé de soi n'y eût su que
faire, et aussi n'avoit guère moyen ; car celle qu'on
estimoit sa mère étoit tout le jour après elle, lui
montrant à carder la laine et à tourner le fuseau,
et lui parlant de la marier ; mais Daphnis, comme
celui qui avoit plus de loisir et plus de sens aussi
que la fillette, trouva pour la voir une telle
finesse.

Devant le logis de Dryas, tout contre le mur de
la cour, étoient deux grands myrtes et un lierre ;
les myrtes bien près l'un de l'autre et quasi joints
par le pied, tellement que le lierre les embrassant
tous deux, et s'étendant en guise de vigne sur l'un
et sur l'autre, y faisoit une manière de loge fort
couverte, tant les feuilles étoient épaisses et
tissues, s'il faut ainsi dire, les unes avec les
autres ; par dedans pendoient force grappes noires,
comme raisins à la treille ; à l'occasion de quoi y
avoit toujours, mêmement l'hyver, grande multitude d'oiseaux qui lors ne trouvoient rien ailleurs,
force merles, force grives, force ramiers, force
bisets, et de tous autres oiseaux aimant à manger
grains de lierre. Daphnis sortit de la maison sous

couleur d'aller tendre à ces oiseaux, ayant plein
son bissac de fouaces et de gâteaux au miel, et
portant aussi, afin qu'on le crût mieux, de la glu
et des collets. La distance de l'une des maisons à
l'autre étoit d'environ demi-lieue, et la neige non
encore durcie par le froid, lui eût fait avoir bien
de la peine, n'eût été qu'Amour passe par-tout et
franchit le feu, l'eau, la neige, voire même celle
de la Scythie. Daphnis fit le chemin tout d'une
course, et arrivé devant la demeure de Dryas,
secoua la neige qu'il avoit aux pieds, tendit ses
collets, englua de longues verges, puis se mit en
aguet là auprès, épiant quand viendroient les
oiseaux et à l'aventure Chloé.

Or, quant aux oiseaux, il en vint grande compagnie, et en prit tant qu'il avoit assez affaire à
les amasser, à les tuer, et à les plumer, mais de
la maison ne sortoit personne, homme ni femme,
ni coq, ni poule ; ains se tenoient tous au-dedans
clos et cois au long du feu, dont le pauvre Daphnis
étoit en grand émoi d'être venu si mal à point et
à heure si malheureuse. Si osa bien penser de
trouver un prétexte pour tout droit entrer léans,
discourant en lui-même quelle couleur seroit la
plus croyable. « Je viens querir du feu. Comment ?
« n'avez-vous point de plus proches voisins ? Je
« demande du pain. Ton bissac est plein de
« vivres. Du vin. Il n'y a que trois jours que
« vous avez fait vendanges. Le loup m'a pour-
« suivi. Et où en est la trace ? Je suis venu chasser
« aux oiseaux. Que ne t'en vas-tu donc après que
« tu en as assez pris ? Je veux voir Chloé. » Telle

chose ne se pouvoit bonnement confesser à un
père et à une mère. Ainsi n'y avoit-il pas une de
toutes ces occasions-là qui ne portât quelque
soupçon. « Mieux vaut, disoit-il, que je m'en
« àille. Je la reverrai au printemps : non cet hyver,
« puisque les Dieux, comme je crois, ne veulent
« pas. » Ayant fait en lui-même ces devis, et
serrant jà ce qu'il avoit pris de grives et autres
oiseaux, il s'en alloit partir. Mais comme si expressé-
ment Amour eût eu pitié de lui, voici qu'il avint.

Dryas et sa famille à table, le pain et la viande
toute prête, chacun entendoit à boire et à manger,
et cependant un des chiens de la bergerie, voyant
qu'on ne se donnoit point de garde de lui, happe
un lopin de chair et s'enfuit hors de la maison,
de quoi Dryas courroucé, pour autant mêmement
que c'étoit sa part, prend un bâton et court après.
En le poursuivant il vint à passer au long de ce
lierre où Daphnis avoit tendu ses gluaux, et le
vit comme il chargeoit déjà sa prise sur ses
épaules, prêt à s'en retourner ; et sitôt qu'il l'aperçut, oubliant et chair et chien : Dieu te gard,
mon fils, s'écria-t-il ; puis le vient accoler et
baiser, le prend par la main et le mène en sa
maison.

Quand ils se virent l'un l'autre, à peine qu'ils
ne tombèrent tous deux, de grande aise qu'ils
eurent. Ils se forcèrent toutefois de se tenir sur
leurs pieds, s'entr'appelèrent, se donnèrent le bon
jour, et se baisèrent, ce qui leur fut comme un
étai et appui qui leur vint à point pour les engar-
der de tomber.

Ayant ainsi Daphnis contre son espérance vu, et davantage ayant baisé sa Chloé, s'assit auprès du feu et déchargea sur la table ses grives et ses ramiers, contant à la compagnie comment, ennuyé de tant demeurer à la maison, il s'en étoit venu chasser aux oiseaux, et comment il en avoit pris aucuns avec des collets, d'autres avec des gluaux, ainsi qu'ils venoient aux grains de lierre et de myrte. Ceux de la maison le louèrent grandement de son bon esprit, et le prièrent de manger à bonne chère de ce que le mâtin leur avoit laissé, commandant à Chloé qu'elle leur versât à boire, ce qu'elle fit bien volontiers, à tous les autres premièrement, et puis à Daphnis le dernier ; car elle faisoit semblant d'être fâchée contre lui, de ce qu'étant venu si près, il s'en étoit voulu aller sans la voir ni parler à elle ; et néanmoins avant que lui présenter à boire, elle but un trait en la tasse, puis lui bailla le demeurant, et lui, encore qu'il eût grand'soif, but lentement et à longue haleine, pour en avoir tant plus de plaisir.

Si fut tantôt la table vide de pain et de chair, et lors assis, ils lui demandèrent nouvelles de Myrtale et Lamon, disant qu'ils étoient bien heureux d'avoir un tel bâton de leur vieillesse ; desquelles loùanges Daphnis n'étoit pas marri, mêmement qu'on les lui donnoit en présence de sa Chloé. Mais quand ils lui dirent qu'ils le retenoient ce jour et celui d'après, à cause qu'ils devoient le lendemain faire un sacrifice à Bacchus, peu s'en fallut qu'ils ne les adorât au lieu de Bacchus. Si tira de son bissac force gâteaux et des

oiseaux qu'ils habillèrent pour le souper. Ainsi fut
derechef le feu allumé, le vin tiré, la table dressée,
et sitôt qu'il fut nuit close se mirent à manger,
après quoi ils passèrent le temps, partie à faire de
plaisants contes, et partie à chanter, jusqu'à ce que
sommeil leur vint; et lors ils s'en allèrent coucher,
Chloé avec sa mère, Daphnis avec Dryas. Chloé
n'eut autre bien la nuit que de penser à son
Daphnis, qu'elle verroit le lendemain tout le jour,
et lui se repaissoit d'une vaine volupté, tenant à
grand heur de coucher seulement avec le père de
sa Chloé; de sorte que plus d'une fois il l'embrassa
et baisa, croyant en rêve embrasser et baiser
Chloé.

Le matin il fit un froid extrême, et tira un vent
de bise si âpre qu'il brûloit et perçoit tout. Quand
ils furent levés, Dryas sacrifia à Bacchus un chevreau d'un an, alluma un grand feu et apprêta le
dîner. Adonc, cependant que Napé entendoit à
cuire le pain, et Dryas à faire bouillir le chevreau,
Chloé et Daphnis étant de loisir, sortirent tous
deux de la maison et s'en allèrent sous le lierre,
où ils dressèrent des collets, tendirent des gluaux
et prirent encore grand nombre d'oiseaux, en
s'entre-baisant parmi continuellement, et tenant
tels propos d'amoureux : « Je suis venu pour toi,
« Chloé. Je sais bien, Daphnis. A cause de toi,
« belle, je tue ces pauvres oiseaux. Qu'est-il de
« nos amours? m'as-tu point oublié? Non, par les
« Nymphes que je t'ai jurées, dans cette grotte
« où nous nous reverrons, dès que la neige sera
« fondue. Ah! Chloé, qu'elle est haute cette neige!

« ne fondrai-je point moi-même avant èlle? Ne te
« soucie, Daphnis; le soleil sera chaud, mais que
« vienne prime-vère. Ah ! le fût-il déjà comme le
« feu qui brûle mon cœur? Badin, tu te moques
« de moi, et tu me trompéras quelque jour.
« Non ferai, par mes chèvres que tu m'as fait
« jurer. »

Ainsi que Chloé répondoit en cette sorte à son
Daphnis ne plus ne moins que l'écho, Napé les
appela : ils s'y en coururent, portant avec eux
leur prise bien plus grande que celle de la veille,
et après avoir fait des libations à Bacchus, se
mirent à manger, ayant sur leurs têtes des couronnes de lierre; et à la fin ayant bien repu et
chanté l'hymne à Bacchus , renvoyèrent Daphnis
en lui garnissant très bien son bissac de pain et
de chair, et si lui rendirent ses grives et ramiers,
disant que quant à eux ils en prendroient bien
toujours quand ils voudroient, tant que dureroit
l'hiver, et que les grappes ne faudroient au lierre.
Ainsi se partit Daphnis, en les baisant tous premier que Chloé, afin que son baiser lui restât pur
et net. Depuis il y revint plusieurs fois par autres
subtilités, de sorte que l'hiver ne se passa point
tout pour eux sans quelque plaisir amoureux.

Et sur le commencement du printemps, que la
neige se fondoit, la terre se découvroit et l'herbe
dessous poignoit, les bergers alors sortirent et
menèrent leurs bêtes aux champs, mais devant
tous Daphnis et Chloé, comme ceux qui servoient
eux-mêmes à un bien plus grand pasteur; et
d'abord s'en coururent droit aux Nymphes dans

la caverne, ensuite à Pan sous le pin, puis sous
le chêne, où ils s'assirent en regardant paître leurs
troupeaux et s'entre-baisant quant et quant; puis
allèrent chercher des fleurs pour en faire des couronnes aux Dieux. Mais les fleurs à peine commençoient d'éclore, par la douceur du petit béat de
zéphyre qui les ranimoit et la chaleur du soleil qui
les entrouvroit. Toutefois encore trouvèrent-ils de la
violette, des narcisses, du muguet, et autres telles
premières fleurs que produit la saison nouvelle,
dont ils firent des chapelets et en couronnèrent les
têtes aux images, en leur offrant du lait nouveau
de leurs brebis et de leurs chèvres, puis essayèrent
à jouer un peu de leurs chalumeaux, comme s'ils
eussent voulu provoquer les rossignols à chanter,
lesquels leur répondoient de dedans les buissons,
commençant petit à petit à lamenter encore Itys
et recorder leur ramage, qu'un long silence leur
avoit fait oublier.

Et alors aussi les brebis bêloient, les agneaux
sautoient et se courboient sous le ventre de leur
mère, les béliers poursuivoient les brebis qui
n'avoient point encore agnelé, et les ayant arrê-
tées, sailloient puis l'une puis l'autre; autant en
faisoient les boucs après les chèvres, sautant à
l'environ, combattant et se cossant fièrement pour
l'amour d'elles. Chacun avoit les siennes à soi,
et gardoit qu'autre ne fît tort à ses amours; toutes
choses dont la vue auroit en des vieillards éteints
rallumé le feu de Vénus, et trop mieux échauffoit
ces deux jeunes personnes, qui de long-temps
inquiets, pourchassant le dernier but du conten-

tement d'amour, brûloient et se consumoient de
tout ce qu'ils entendoient et voyoient, cherchant
quelque chose qu'ils ne pouvoient trouver outre le
baiser et l'embrasser. Mêmement Daphnis qui
devenu grand et en bon point, pour n'avoir bougé
tout l'hiver de la maison à ne rien faire, frissoit
après le baiser, et étoit gros, comme l'on dit,
d'embrasser, faisant toutes choses plus curieuse-
ment et plus hardiment que paravant, pressant
Chloé de lui accorder tout ce qu'il vouloit, et de
se coucher nue à nu avec lui plus longuement
qu'ils n'avoient accoutumé. « Car il n'y a, disoit-
« il, que ce seul point qui nous manque des ensei-
« gnements de Philétas, pour la dernière et seule
« médecine qui apaise l'amour. »

Et Chloé lui demandant ce qu'il y pouvoit avoir
outre se baiser, s'embrasser et se coucher tout
vêtus, et ce qu'il pensoit faire plus quand ils
seroient couchés nus? « Cela, lui dit-il, que les
« beliers font aux brebis et les boucs aux chèvres.
« Vois-tu comment après cela les brebis ne s'enfuient
« plus, ni les beliers ne se travaillent plus à courir
« après, mais paissent tous les deux amiablement
« ensemble comme étant l'un et l'autre assouvis
« et contents; et doit bien être quelque chose plus
« douce que ce que nous faisons, et dont la dou-
« ceur surpasse l'amour. Et mais, fit-elle, vois-tu
« pas que les beliers et les brebis, les boucs et les
« chèvres faisant ce que tu dis, se tiennent
« debout; les mâles montent dessus, les femelles
« soutiennent les mâles sur le dos. Et toi tu veux
« que je me couche avec toi à terre, et toute

« nue. Sont-elles donc pas plus vêtues de leur
« laine ou bien de leur poil que moi de ce qui me.
« couvre? ».

Il la crut, et comme elle voulut, se coucha
près d'elle, où il fut longtemps, ne sachant comment faire pour venir à bout de ce qu'il désiroit.
Il la fit relever, l'embrassa par derrière en imitant
les boucs; mais ils s'en trouva encore moins satisfait
que devant. Si se rassit à terre, et se prit à pleurer
de ce qu'il savoit moins que les belins accomplir
les œuvres d'amour.

Or y avoit-il non guère loin de là un qui culti-
voit son propre héritage et s'appeloit Chromis,
homme ayant jà passé le meilleur de son âge et
étant tout-à-l'heure cassé. Il tenoit avec soi certaine petite femme, jeune et belle, et délicate,
pour autant mêmement qu'elle étoit de la ville, et
avoit nom Lycenion; laquelle voyant passer tous
les matins Daphnis, qui menoit ses bêtes en pâture
et le soir les ramenoit au tect, eut envie de s'accointer de lui pour en faire son amoureux, et tant
le guetta, qu'une fois le trouvant seulet, elle lui
donna une flûte, une gauffre à miel, et une panetière de peau de cerf; mais elle n'osa lui rien
dire, se doutant qu'il aimoit Chloé, parce qu'il
étoit toujours avec elle; et néanmoins n'en savoit
autre chose, sinon qu'elle les avoit vus sourire
l'un à l'autre et se faire des signes. Si fit entendre
à Chromis, un matin, qu'elle s'en alloit voir une
sienne voisine en travail d'enfant, suivit les jeunes
gens pas à pas, et se cachant entre des buissons
pour n'être point aperçue, vit de là tout ce qu'ils

26

faisoient, entendit tout ce qu'ils disoient, et très
·bien sut remarquer comment et pour quelle cause
pleuroit le pauvre Daphnis. Par quoi ayant pitié
de leur peine, ·et quant et quant considérant que
double occasion de bien faire se présentoit à elle,
l'une de les instruire de leur bien, l'autre d'accomplir
son désir, elle usa d'une telle finesse.

Le lendemain, feignant d'aller voir sa voisine
qui travailloit d'enfant, elle vient droit au chêne
sous lequel étoit Daphnis avec Chloé, et, contrefaisant la marrie troublée : « Hélas! mon ami,
« dit-elle, Daphnis, je te prie, aide-moi. De mes
« vingt oisons, voilà un aigle qui m'en emporte le
« plus beau. Mais parce qu'il est trop pesant,
« l'aigle ne l'a pu enlever jusque sur cette roche là
« haut, où est son aire, ains est allé cheoir avec
« au fond du vallon, dedans ce bois ici : et pour
« ce, je te prie, mon Daphnis, viens-y avec moi,
« car toute seule j'ai peur, et m'aide à le recourir.
« Ne veuille souffrir que mon compte demeure
« imparfait. A l'aventure pourras-tu bien tuer
« l'aigle même, qui ainsi ne ravira plus vos
« agneaux ni vos chevreaux; et Chloé ce temps
« pendant gardera vos deux troupeaux. Tes chèvres
« la connoissent aussi bien comme toi; car vous
« êtes toujours ensemble. »

Daphnis, ne se doutant de rien, se leva incontinent, prit sa houlette en sa main, et s'en fut
avec Lycenion. Elle le mena loin de Chloé, dans
le plus épais du bois, près d'une fontaine, où
l'ayant fait seoir : « Tu aimes, lui dit-elle, Daph-
« nis, tu aimes la Chloé. Les Nymphes me l'ont

« dit cette nuit. Elles me sont venues, ces Nymphes,
« conter en dormant les pleurs que tu faisois hier,
« et si m'ont commandé que je t'ôtasse de cette
« peine, en t'apprenant l'œuvre d'amour, qui n'est
« pas seulement baiser et embrasser, ni faire comme
« les beliers et bouquins ; c'est bien autre chose,
« et bien plus plaisante que tout cela. Par quoi si
« tu veux être quitte du déplaisir que tu en as, et
« trouver l'aise que tu y cherches, ne fais seule-
« ment que te donner à moi apprenti joyeux et
« gaillard, et moi, pour l'amour des Nymphes, je
« te montrerai ce qui en est. »

Daphnis perdit toute contenance, tant il fut aise,
comme un pauvre garçon de village jeune et amoureux. Si se met à genoux devant Lycenion, la
priant à mains jointes de tôt lui montrer ce doux
métier, afin qu'il pût faire à Chloé ce qu'il désiroit ;
et comme si c'eût été quelque grand et merveilleux
secret, lui promit un chevreau de lait, des fromages
frais, de la crème, et plutôt la chèvre avec. Adonc
le voyant Lycenion plus naïf et plus simple encore
qu'elle n'avoit imaginé, se prit à l'instruire en cette
façon. Elle lui commanda de s'asseoir auprès d'elle,
puis de la baiser tout ainsi qu'ils avoient de coutume entre eux, et en la baisant de l'embrasser,
et finablement de se coucher à terre au long d'elle.
Comme il se fut assis, qu'il l'eut baisée, se fut
couché, elle, le trouvant en état, le souleva un
peu et se glissa sous lui, puis elle le mit dans le
chemin qu'il avoit jusque-là cherché, où chose ne
fit qui ne soit en tel cas accoutumée, nature elle-
même du reste l'instruisant assez.

Finie l'amoureuse leçon, Daphnis, aussi simple
que devant, s'en voulut courir vers Chloé pour lui
faire tout aussitôt ce qu'il venoit d'apprendre,
comme s'il eût eu peur de l'oublier. Mais Lycenion
le retint et lui dit : « Il faut que tu saches encore
« ceci, Daphnis ; c'est que comme j'étois déjà
« femme, tu ne m'as point fait mal à ce coup ; car
« un autre homme, il y a déjà quelque temps,
« m'enseigna cela que je te viens d'apprendre et en
« eut mon pucelage pour son loyer. Mais Chloé,
« lorsqu'elle luttera cette lutte avec toi, la première
« fois elle criera, elle pleurera, et si saignera,
« comme qui l'auroit tuée ; mais n'aye point de
« peur, et quand elle voudra se prêter à toi,
« amène-la ici, afin que si elle crie, personne ne
« l'entende, et si elle pleure, personne ne la voie,
« et si elle saigne, qu'elle se puisse laver en cette
« fontaine. Et te souvienne cependant que je t'ai
« fait homme premier que Chloé. »

Après lui avoir donné ces avis, Lycenion s'en
alla d'un autre côté du bois, faisant semblant de
chercher encore son oison, et Daphnis alors songeant à ce qu'elle lui avoit dit, ne savoit plus s'il
oseroit rien exiger de Chloé outre le baiser et
l'embrasser. Il ne vouloit point la faire crier, car
ce lui sembloit acte d'ennemi ; ni la faire pleurer,
car c'eût été signe qu'elle eût senti mal ; ou la
faire saigner, car étant novice, il craignoit ce
sang, et pensoit être impossible qu'il sortît du
sang sinon d'une blessure. Si s'en revint du bois
en résolution de prendre avec elle les plaisirs
accoutumés seulement, et venu à l'endroit où elle

étoit assise faisant un chapelet de violette, lui
controuva qu'il avoit arraché des serres mêmes de
l'aigle l'oison de Lycenion ; puis l'embrassant, la
baisa comme Lycenion l'avoit baisé durant le
déduit, car cela seul lui pouvoit-il, à son avis,
faire sans danger ; et Chloé lui mit sur la tête le
chapelet qu'elle avoit fait, et en même temps lui
baisoit les cheveux, comme sentant à son gré
meilleur que les violettes ; puis lui donna de sa
panetière à repaître du raisin sec et quelques pains,
et souventefois lui prenoit de la bouche un morceau et le mangeoit, elle, comme petits oiseaux
prennent la becquée du bec de leur mère.

Ainsi qu'ils mangeoient ensemble, ayant moins
de souci de manger que de s'entrebaiser, une
barque de pêcheurs parut, qui voguoit au long
de la côte. Il ne faisoit vent quelconque, et étoit
la mer fort calme, au moyen de quoi ils alloient à
rames et ramoient à la plus grande diligence qu'ils
pouvoient, pour porter en quelque riche maison
de la ville leur poisson tout frais pêché ; et ce que
tous mariniers ont accoutumé de faire pour alléger
leur travail, ceux-ci le faisoient alors ; c'est que
l'un d'eux chantoit une chanson marine, dont la
cadence régloit le mouvement des rames, et les
autres, de même qu'en un chœur de musique,
unissoient par intervalles leur voix à celle du
chanteur. Or, tant qu'ils voguèrent en pleine mer,
le son dans cette étendue, se perdoit, et la voix
s'évanouissoit en l'air ; mais quand ils vinrent à
passer la pointe d'un écueil et entrer en une baye
profonde en forme de croissant, on ouït bien plus

fort .le bruit des rames, et bien plus distinctement
le refrain de leur chanson; pource que le fond de
la baye se terminoit en un vallon creux, lequel
recevant le son, comme le vent qui s'entonne
dedans une flûte, rendoit un retentissement qui
représentoit à part le bruit des rames, et la voix
des chanteurs à part, chose plaisante à ouïr. Car
comme une voix venoit d'abord de la mer, celle
qui répondoit de terre résonnoit d'autant plus
tard, que plus tard avoit commencé l'autre.

Daphnis qui savoit que c'étoit de ce retentisse-
-ment, ne regardoit rien qu'en la mer, et prenoit
singulier plaisir à voir la barque voguer vite
comme voleroit un oiseau, tâchant à retenir quelque
chose de la chanson qu'il pût jouer après sur sa
flûte. Mais Chloé n'ayant jamais ouï ce résonne-
ment de la voix qu'on appelle écho, tournoit la
tête, tantôt du côté de la mer, lorsque les pêcheurs
chantoient, tantôt vers le bois, cherchant qui leur
répondoit. Eux passés, tout se tut en la mer et
dans le vallon, et Chloé demandoit à Daphnis
si derrière l'écueil y avoit point une autre mer,
une autre barque et d'autres rameurs qui chantassent. Il se prit doucement à sourire, et plus
doucement encore la baisa, puis lui mettant sur
la tête le chapelet de violettes, commença à lui
conter la fable d'Écho, lui demandant pour loyer
de lui faire ce beau conte, dix autres baisers. Si
lui dit : « Il y a, ma mie, plusieurs sortes de
« Nymphes; les unes sont Nymphes des bois,
« les autres des prés ou des eaux, toutes belles,
« toutes savantes en l'art de chanter; et fille d'une

« d'elles fut jadis Écho, mortelle, pource qu'elle
« étoit née d'un père mortel, belle comme fille de
« belle mère. Elle fut nourrie par les Nymphes
« et apprise par les Muses, qui lui montrèrent à
« jouer la flûte, à former des sons sur la lyre et
« sur la cithare, et lui enseignèrent toute sorte de
« chant ; si qu'étant jà venue en la fleur de son
« âge, elle dansoit avec les Nymphes et chantoit
« avec les Muses : mais elle fuyoit les mâles, au-
« tant les Dieux que les hommes, aimant la virgi-
« nité. Pan se courrouça contre elle, jaloux de ce
« qu'elle chantoit si bien, et dépité de ne pouvoir
« jouir de sa beauté. Il rendit furieux les pâtres
« et chevriers du pays, qui, comme loups ou
« chiens enragés, se jetèrent sur la pauvre fille,
« la déchirèrent, chantant encore, et çà et là dis-
« persèrent ses membres pleins d'harmonie. Terre
« les reçut en faveur des Nymphes, conserva son
« chant, retient sa musique, et depuis, par le vou-
« loir des Muses, imite les voix et les sons,
« représente, ainsi que faisoit la pucelle de son
« vivant, hommes, Dieux, bêtes, instruments et
« Pan quand il joue de la flûte, lequel entendant
« contrefaire son jeu, saute et court par les mon-
« tagnes, non pour autre envie, mais cherchant où
« est l'écolier qui se cache et répète son jeu, sans
« qu'il le voie ni connoisse. »

Daphnis ayant fait ce conte, Chloé le baisa,
non seulement dix fois, comme il avoit demandé,
mais beaucoup plus. Car Écho redit, peu s'en
faut, tout ce qu'il avoit dit, comme pour témoigner
qu'il n'avoit point menti.

La chaleur alloit tous les jours de plus en plus augmentant, parce que le printemps finissoit et l'été commençoit; et aussi avoient-ils de nouveaux passe temps convenables à la saison d'été. Daphnis nageoit dans les rivières, Chloé se baignoit dans les fontaines; il jouoit de la flûte à l'envi des pins que les vents faisoient résonner; elle chantoit à l'encontre des rossignols à qui mieux mieux. Ensemble ils chassoient aux cigales, prenoient des sauterelles, cueilloient les fleurs, crouloient les arbres, mangeoient les fruits; et à la fin se couchèrent tous deux sous une même peau de chèvre nue à nu; et lors eût Chloé facilement été faite femme, si Daphnis n'eût craint de lui faire sang; de quoi il avoit si belle peur, qu'appréhendant de n'être pas toujours maître de soi, souvent il empêchoit Chloé de se dépoüiller toute nue, tellement qu'elle-même s'en étonnoit; mais elle avoit honte de lui en demander la cause.

Il y eut durant cet été grande presse et pourchas amoureux autour de Chloé pour l'avoir en mariage, et venoit-on de tous côtés la demander à Dryas. Aucuns lui portoient des présents, et tous lui faisoient de grandes promesses, tellement que Napé, mue d'avarice, lui conseilloit de la marier, et ne tenir point plus long-temps une fille si grande en sa maison; que si on ne se hâtoit de lui donner mari, elle pourroit à l'aventure bientôt, en gardant ses bêtes par les champs, perdre son pucelage, et se marier pour des pommes ou des roses avec quelque berger; et, ce disoit Napé, valoit mieux, pour le bien d'elle et d'eux aussi, la faire maî-

tresse de la maison de quelque bon laboureur, et
prendre ce qu'on leur offroit qu'ils garderoient à
leur propre fils. Car non-guères auparavant leur
étoit né un petit garçon. Et Dryas lui-même quelquefois se laissoit aller à ces raisons; aussi que
chacun lui faisoit des offres bien au-delà de ce que
méritoit une simple bergère; mais considérant
puis après que la fille n'étoit pas née pour s'allier
en paysannerie, et que s'il arrivoit qu'un jour elle
retrouvât sa famille, elle les feroit tous heureux,
il différoit toujours d'en rendre certaine réponse,
et les remettoit d'une saison à l'autre, dont lui
venoit à lui cependant tout plein de présents qu'on
lui faisoit.

Ce que Chloé entendant en étoit fort déplaisante,
et toutefois fut long-temps sans vouloir dire à
Daphnis la cause de son ennui. Mais voyant qu'il
l'en pressoit et importunoit souvent, et s'ennuyoit
plus de n'en rien savoir qu'il n'auroit pu faire
après l'avoir su, elle lui conta tout : combien ils
étoient de poursuivants qui la demandoient, combien riches! les paroles que disoit Napé à celle
fin de la faire accorder, et comment Dryas n'y
avoit point contredit, mais remettoit le tout aux
prochaines vendanges. Daphnis oyant telles nouvelles, à peine qu'il ne perdit sens et entendement,
et se séant à terre, se prit à pleurer, disant qu'il
mourroit si Chloé cessoit de venir aux champs
garder les bêtes avec lui, et que non lui seulement,
mais que les brebis et moutons en mourroient de
déplaisir, s'ils perdoient une telle bergère. Puis y
ayant un peu pensé, il reprit courage et se mit en

tête qu'il la pourroit avoir lui-même, s'il la demandoit à son père, espérant facilement l'emporter
sur tous les autres, et leur être préféré. Une
chose pourtant le troubloit : Lamon n'étoit pas
riche ; ce seul point lui affoiblissoit fort son espérance. Toutefois il se résolut, quoi qu'il en pût
arriver, de la demander à femme, et Chloé même
en fut d'avis. Si n'en osa de prime abord rien
dire à Lamon, mais découvrit plus hardiment son
amour à Myrtale, et lui tint propos comme il
désiroit épouser Chloé.

Myrtale la nuit en parla à son mari. Mais Lamon
le trouva fort mauvais, et appela sa femme bête,
de vouloir marier à une fille de simples bergers,
tel gars, à qui elle savoit bien que les marques et
enseignes trouvées quant et lui, promettoient autre
fortune, et qui un jour ou l'autre étant reconnu
des siens, les pourroit, eux, non seulement
affranchir de servitude, mais les faire maîtres de
meilleure et plus grande terre que celles qu'ils
tenoient comme serfs. Myrtale toutefois craignant
que le garçon épris d'amour, s'il perdoit ainsi
tout espoir de ce que tant il désiroit, ne fût
capable de quelque funeste résolution, lui allégua
d'autres motifs et prétextes de refus : « Nous
« sommes, ce lui dit-elle, pauvres, mon enfant,
« et avons besoin d'une fille qui nous apporte,
« plutôt qu'à qui il faille donner : au contraire ils
« sont riches, eux, et si veulent avoir un mari
« qui leur donne. Mais va, fais tant envers Chloé,
« et elle envers son père, qu'il ne nous demande
« pas grand'chose et qu'il te la donne en mariage.

« Sans doute, elle t'aime aussi, et elle aimera bien
« mieux coucher avec toi pauvre et beau, qu'avec
« pas un de ceux-là, qui sont riches et laids
« comme marmots. »

Myrtale crut par ce moyen avoir doucement écon-
duit Daphnis, car elle tenoit pour tout assuré que
jamais Dryas n'y consentiroit, ayant en main de
plus riches partis qui lui offroient beaucoup de
biens. Daphnis quant à lui ne se pouvoit plaindre
de la réponse, mais se voyant si loin d'espérance,
fit ce que les amants qui sont pauvres ont accoutumé de faire; il se prit à pleurer, et invoqua les
Nymphes, lesquelles la nuit ensuivante, ainsi
qu'il dormoit, s'apparurent à lui, en même forme
et manière que la première fois; et lui dit la plus
âgée d'elles : « A un autre Dieu touche le soin du
« mariage de Chloé : nous te donnerons, nous, de
« quoi gagner Dryas. Le bateau des Méthymniens,
« dont tes chèvres broutèrent le lien l'année passée,
« fut ce jour-là par les vents emporté bien loin de
« terre : mais d'autres souffles la nuit le jetèrent
« contre la côte, où il périt et tout ce qui étoit
« dedans, sinon qu'avec le débris l'onde poussa
« sur la grève une bourse de trois cents écus, et
« est là couverte d'algue, près d'un dauphin mort,
« qui a été cause que nul passant ne s'en est
« encore approché, fuyant un chacun la puanteur
« de cette pourriture. Vas-y, prends la bourse, et
« la donne. Ce sera assez à cette heure pour mon-
« trer que tu n'es point pauvre : mais un temps
« viendra que tu seras riche. »

Aussitôt dites ces paroles, elles disparurent avec

la nuit, et, le jour commençant à poindre, Daphnis se leva tout joyeux, chassa ses bêtes aux champs
avec les sons accoutumés, et ayant baisé Chloé,
salué les Nymphes, s'en courut aux bords de la
mer, comme s'il eût voulu s'asperger d'eau marine.
Là se promenant sur le sable, il alloit par-tout
regardant s'il trouveroit point ces trois cents écus,
à quoi il n'eut pas grand peine ; car la mauvaise
odeur du dauphin corrompu lui donna incontinent
au nez, et lui servit de guide jusqu'au lieu, où
ayant écarté les algues, il trouva dessous la bourse
pleine, qu'il enleva, et l'emmena dans sa panetière. Mais il ne partit point de là qu'il n'eût
adoré et remercié les Nymphes, et même la mer ;
car tout berger qu'il étoit, il aimoit la mer alors,
et elle lui sembloit douce et bonne plus que la
terre, pource qu'elle l'aidoit à parvenir au mariage
de son amie. Étant saisi de cet argent, il n'attendit pas davantage ; ains s'estimant le plus riche,
non pas seulement de tous les paysans de là entour,
mais aussi de tous les vivants, s'en alla droit à
Chloé, lui conta le songe qu'il avoit eu, lui montra la bourse qu'il avoit trouvée, et lui dit de garder
leurs bêtes jusqu'à ce qu'il fût de retour ; puis
prit sa course vers Dryas, lequel il trouva battant
le bled dans l'aire avec sa femme Napé. Si lui
commença un brave propos, en lui disant ces
paroles :

    « Donne-moi Chloé en mariage. Je sais bien
« jouer de la flûte ; je sais bien besogner aux
« vignes et aux arbres, labourer la terre, vanner
« le bled au vent ; et comment je sais gouverner

« les bêtes, elle-même Chloé te le peut témoigner.
« On me bailla au commencement cinquante
« chèvres ; je les ai fait multiplier deux fois autant ;
« et si ai élevé de beaux et grands boucs jusqu'à
« dix, là où premièrement n'en ayant que deux,
« nous falloit la plupart du temps mener nos
« chèvres ailleurs ; et si suis jeune et votre voisin,
« de qui nul ne sauroit se plaindre. Une chèvre m'a
« nourri, comme Chloé une brebis ; et bien que
« pour tant de choses, je dusse être préféré aux
« autres qui la demandent, encore te donnerai-je
« plus qu'eux. Ils te donneront, eux, quelques
« chèvres, quelques moutons, quelque couple de
« bœufs galeux, du bled de quoy nourrir trois
« poules ; mais moi, voici trois cents écus. Seule-
« ment, je te prie que personne n'en sache rien,
« non pas même mon père Lamon. » En disant
ces mots, il lui délivra l'argent, et le baisa quant
et quant.

Dryas et Napé, voyant si grosse somme de
deniers, qu'ils n'en avoient jamais tant vu ensemble, lui promirent aussitôt qu'il auroit Chloé
pour sa femme, et dirent qu'ils feroient bien trouver
bon ce mariage à Lamon. Si demeurèrent Daphnis
et Napé à chasser les bœufs sur l'aire, et faire
sortir avec la herse le bled des épis, pendant que
Dryas, ayant premièrement serré la bourse et
l'argent, s'en alla devers Lamon et Myrtale, pour
leur demander, à vrai dire au rebours de la coutume, leur jeune garçon en mariage.

Il les trouva qu'ils mesuroient l'orge après
l'avoir vannée, et se plaignoient qu'à grand peine

en recueilloient-ils autant comme ils en avoient
semé. Il les reconforta, disant qu'ainsi étoit-il par-
tout; puis leur demanda Daphnis à mari pour
Chloé, et leur dit que combien que d'autres lui
offrissent et donnassent beaucoup pour l'accorder,
il ne vouloit d'eux rien avoir, ains plutôt étoit
prêt à leur donner du sien. Car ils ont, disoit-il,
été nourris ensemble, et gardant leurs bêtes aux
champs, se sont pris l'un l'autre en telle amitié,
qu'il seroit maintenant malaisé de les séparer ; et
si étoient bien d'âge tous deux pour coucher
ensemble. Il leur alléguoit ces raisons et assez
d'autres; comme celui qui pour loyer de les per-
suader, avoit reçu trois cents écus.

Lamon ne pouvant plus s'excuser sur sa pauvreté, puisque les parents même de la fille l'en
prioient, ni sur l'âge de Daphnis, car il étoit déjà
en son adolescence bien avant, n'osa néanmoins
dire encore à quoi tenoit qu'il n'y consentît, qui
étoit que tel parentage ne convenoit à Daphnis ; mais
après y avoir un peu de temps pensé, il lui répondit
en cette sorte : « Vous êtes gens de bien de préfé-
« rer vos voisins à des étrangers, et de n'aimer
« point plus la richesse que l'honnête pauvreté.
« Veuillent Pan et les Nymphes vous en récom-
« penser ! Et quant à moi, je vous promets que
« j'ai autant d'envie comme vous que ce mariage
« se fasse; autrement serois-je bien insensé, me
« voyant déjà sur l'âge et ayant plus besoin d'aide
« que jamais, si je n'estimois un grand heur
« d'être allié de votre maison; et si est Chloé telle
« que l'on la doit souhaiter, belle et bonne fille,

« et où il n'y a que redire. Mais étant serf comme
« je suis, je n'ai rien dont je puisse disposer, ains
« faut que mon maître le sache et qu'il y con-
« sente. Or donc, différons, je vous prie, les
« noces jusques aux vendanges, car il doit, au
« dire de ceux qui nous viennent de la ville, se
« trouver alors ici ; et lors ils seront mari et
« femme, et en attendant s'aimeront comme frère
« et sœur. Mais veux-tu que je te dise ? tu pré-
« tends pour gendre, Dryas, un qui vaut trop
« mieux que nous. » Cela dit, il le baisa et lui
présenta à boire ; car il étoit jà près de midi ; et
le convoya au retour quelque espace de chemin,
lui faisant caresses infinies.

Mais Dryas, qui n'avoit pas mis en oreille
sourde les dernières paroles de Lamon, s'en alloit
songeant en lui-même qui pouvoit être Daphnis :
« Une chèvre fut sa nourrice, les Dieux ont eu
« soin de lui. Il est beau et ne tient en rien de
« ce vieillard camus ni de sa femme pelée. Il a
« trouvé à son besoin ces trois cents écus ; à peine
« pourroit un chevrier finer autant de noisettes.
« N'auroit-il point été exposé comme Chloé ? Lamon
« l'auroit-il point trouvé, comme moi cette petite,
« avec telles marques et enseignes comme j'en
« trouvai quant et elle ? O Pan, et vous, Nymphes,
« veuillez qu'il soit ainsi ! A l'aventure un jour
« Daphnis, reconnu de ses parents, pourra bien
« faire connoître ceux de Chloé aussi. »

Dryas s'en alloit discourant et rêvant ainsi en
lui même jusques à son aire, où il trouva le gars
en grande dévotion d'ouïr quelles nouvelles il

apportoit. Si le reconforta en l'appelant de tout
loin son gendre, lui promit les noces sans faute
aux prochaines vendanges, lui donna la main, foi
de laboureur, que Chloé jamais ne seroit à autre
que lui. Daphnis aussitôt, sans vouloir ni boire
ni manger, s'en recourut vers elle, et l'ayant
trouvée qui tiroit ses brebis et faisoit des fromages,
il lui annonça la bonne nouvelle de leur futur
mariage, et de là en avant ne feignoit de la baiser
devant tout le monde, comme sa fiancée, et l'aider
en toutes ses besognes, tiroit les brebis dans les
seilles, faisoit prendre le lait pour en faire des
fromages, mettoit les agneaux sous leur mère,
comme aussi ses chevreaux à lui; puis quand tout
cela étoit fait, ils se baignoient, mangeoient,
buvoient, puis alloient en quête des fruits mûrs,
dont y avoit grande abondance, pource que c'étoit
après l'oût, dans la richesse de l'automne; force
poires de bois, force nèfles et azeroles, force pommes
de coing, les unes à terre tombées, les autres aux
branches des arbres. A terre elles avoient meilleure senteur, aux branches elles étoient plus fraî-
ches; les unes sentoient comme malvoisie, les
autres reluisoient comme or.

Parmi ces pommiers, un ayant été déjà tout
cueilli, n'avoit plus ni feuille ni fruit. Les branches étoient nues, et n'étoit demeuré qu'une seule
pomme à la cime de la plus haute branche. La
pomme belle et grosse à merveille, sentoit aussi
bon ou mieux que pas une; mais qui avoit cueilli
les autres n'avoit osé monter si haut, ou ne
s'étoit soucié de l'abattre; ou possible une si belle

pomme étoit réservée pour un pasteur amoureux.
Daphnis ne l'eut pas sitôt vue qu'il se mit en
devoir de l'aller cueillir. Chloé l'en voulut garder ;
mais il n'en tint compte : pourquoi elle peureuse
et dépite de n'être point écoutée, s'en fut où
étoient leurs troupeaux, et Daphnis montant au
fin faite de l'arbre, atteignit la pomme qu'il cueil-
lit et la lui porta, et la voyant mal contente, lui
dit telles paroles : « Cette pomme, Chloé ma mie,
« les beaux jours d'été l'ont fait naître, un bel
« arbre l'a nourrie ; puis mûrie par le soleil, for-
« tune l'a conservée. J'eusse été aveugle vraiment
« de ne la pas voir là, et sot l'ayant vue de l'y
« laisser, pour qu'elle tombât à terre, et fût foulée
« aux pieds des bêtes, ou envenimée de quelque
« serpent qui eût frayé au long ; ou bien demeu-
« rant là-haut, regardée, admirée, enviée, eût été
« gâtée par le temps. Une pomme fut donnée à
« Vénus comme à la plus belle ; tu mérites aussi
« bien le prix. Ayant même beauté l'une et l'autre,
« vous avez juges pareils. Il étoit berger lui ; moi
« je suis chevrier. »

Disant ces mots, il mit la pomme au giron de
Chloé, et elle, comme il s'approcha, le baisa si
soevement, qu'il n'eut point de regret d'être monté
si haut, pour un baiser qui valoit mieux à son gré
que les pommes d'or.

LIVRE QUATRIÈME.

EPENDANT un des gens du maître de Lamon, envoyé de la ville, lui apporta nouvelles que leur commun seigneur viendroit un peu devant les vendanges, voir si la guerre auroit point fait de dommage en ses terres; à l'occasion de quoi Lamon, étant la saison avancée et passé le temps des chaleurs, accoutra diligemment logis et jardins, pour que le maître n'y vît rien qui ne fût plaisant à voir. Il cura les fontaines, afin que l'eau en fût plus nette et plus claire; il ôta le fumier de la cour, crainte que la mauvaise odeur ne lui en fâchât; il mit en ordre le verger, afin qu'il le trouvât plus beau.

Vrai est que le verger de soi étoit une bien belle et plaisante chose, et qui tenoit fort de la magni-

ficence des rois. Il s'étendoit environ demi-quart
de lieue en longueur, et étoit en beau site élevé,
ayant de largeur cinq cents pas, si qu'il paroissoit
à l'œil comme un carré allongé. Toutes sortes
d'arbres s'y trouvoient, pommiers, myrtes, mûriers,
poiriers ; comme aussi des grenadiers, des figuiers,
des oliviers, en plus d'un lieu de la vigne haute
sur les pommiers et les poiriers, où raisins et
fruits mûrissant ensemble, l'arbre et la vigne entre
eux sembloient disputer de fécondité. C'étoient là
les plants cultivés ; mais il y avoit aussi des arbres
non portant fruit et croissant d'eux-mêmes, tels
que platanes, lauriers, cyprès, pins ; et sur ceux-
là, au lieu de vigne, s'étendoient des lierres, dont
les grappes grosses et jà noircissantes contre-
faisoient le raisin. Les arbres fruitiers étoient au
dedans vers le centre du jardin, comme pour être
mieux gardés, les stériles aux orées tout alentour
comme un rempart; et tout cela clos et environné
d'un petit mur sans ciment. Au demeurant tout
y étoit bien ordonné et distribué, les arbres par
le pied distants les uns des autres; mais leurs
branches par en haut tellement entrelacées, que
ce qui étoit de nature sembloit exprès artifice.
Puis y avoit des carreaux de fleurs, desquelles
nature en avoit produit aucunes et l'art de l'homme
les autres; les roses, les œillets, les lis y étoient
venus moyennant l'œuvre de l'homme; les violettes, le narcisse, les marguerites, de la seule
nature. Bref, il y avoit de l'ombre en été, des
fleurs au printemps, des fruits en automne, et en
tout temps toutes délices.

On découvroit de là grande étendue de plaine,
et pouvoit-on voir les bergers gardant leurs troupeaux et les bêtes emmi les champs; de là se
voyoit en plein la mer et les barques allant et
venant au long de la côte, plaisir continuel joint
aux autres agréments de ce séjour. Et droit au
milieu du verger, à la croisée de deux allées qui
le coupoient en long et en large, y avoit un temple
dédié à Bacchus avec un autel, l'autel tout revêtu
de lierre et le temple couvert de vigne. Au dedans
étoient peintes les histoires de Bacchus; Sémèle
qui accouchoit, Ariane qui dormoit, Lycurgue lié,
Penthée déchiré, les Indiens vaincus, les Tyrrhé-
niens changés en dauphins, partout des Satyres
gaîment occupés aux pressoirs et à la vendange,
partout des Bacchantes menant des danses. Pan
n'y étoit point oublié, ains étoit assis sur une
roche, jouant de sa flûte, en manière qu'il sembloit qu'il jouât une note commune, et aux
Bacchantes qui dansoient, et aux Satyres qui fouloient la vendange.

Le verger étant tel d'assiette et de nature,
Lamon encore l'approprioit de plus en plus, ébran-
chant ce qui étoit sec et mort aux arbres, et rele-
vant les vignes qui tomboient. Tous les jours il
mettoit sur la tête de Bacchus un chapeau de
fleurs nouvelles; il conduisoit l'eau de la fontaine
dedans les carreaux où étoient les fleurs; car il y
avoit dans ce verger une source vive que Daphnis
avoit trouvée, et pour ce l'appeloit-on la fontaine
de Daphnis, de laquelle on arrosoit les fleurs. Et
à lui, Lamon lui recommandoit qu'il engraissât

bien ses chèvres le plus qu'il pourroit, parce que
le maître ne faudroit à les vouloir voir comme le
reste, n'ayant de long-temps visité ses terres et
son bétail.

Mais Daphnis n'avoit pas peur qu'il ne fût loué
de quiconque verroit son troupeau, car il l'avoit
accru du double, et montroit deux fois autant de
chèvres comme on lui en avoit baillé, n'en ayant
le loup ravi pas une ; et si étoient en meilleur point
et plus grasses que les ouailles. Afin néanmoins
que son maître en eût de tant plus affection de le
marier où il vouloit, il employoit toute la peine,
soin et diligence qu'il pouvoit à les rendre belles,
les menant aux champs dès le plus matin et ne les
ramenant qu'il ne fût bien tard. Deux fois le
jour il les faisoit boire, et leur cherchoit tous les
endroits où il y avoit meilleure pâture : il se
souvint aussi d'avoir des battes neuves, force
seilles à traire et des éclisses plus grandes ; enfin,
tant il y mettoit d'amour et de souci ! il leur
oignoit les cornes, il leur peignoit le poil ; à les
voir on eût dit proprement que c'étoit le troupeau
sacré du Dieu Pan. Chloé en avoit la moitié de la
peine, et oubliant ses brebis, étoit la plupart du
temps embesognée après les chèvres ; et Daphnis
croyoit qu'elles sembloient belles à cause que Chloé
y mettoit la main.

Eux étant ainsi occupés, vint un second messager dire qu'on vendangeât au plus tôt, et qu'il
avoit charge de demeurer là jusqu'à ce que le vin
fût fait, pour puis après s'en retourner en la ville
quérir leur maître, qui ne viendroit sinon au

temps de cueillir les derniers fruits, sur la fin de
l'automne. Ce messager s'appeloit Eudrome, qui
vaut autant dire comme coureur, et étoit son métier de courir par-tout où on l'envoyoit. Chacun
s'efforça de lui faire la meilleure chère qu'on pouvoit. Et cependant ils se mirent tous à vendanger,
si qu'en peu de jours on eut dépouillé la vigne,
pressé le raisin, mis le vin dans les jarres, laissant
une quantité des plus belles grappes aux branches
pour ceux qui viendroient de la ville, afin qu'ils
eussent une image du plaisir de la vendange, et
pensassent y avoir été.

Quand Eudrome fut près de s'en aller, Daphnis
lui fit don de plusieurs choses, mêmement de ce
que peut donner un chevrier, comme de beaux
fromages, d'un petit chevreau, d'une peau de
chèvre blanche ayant le poil fort long ; pour se
couvrir l'hyver quand il alloit en course, dont il
fut aise, baisa Daphnis en lui promettant de dire
de lui tous les biens du monde à leur maître.
Ainsi s'en retourna le coureur à la ville bien
affectionné en leur endroit, et Daphnis demeura
aux champs en grand souci avec Chloé. Elle avoit
bien autant de peur pour lui que lui-même, songeant que c'étoit un jeune garçon qui n'avoit
jamais rien vu, sinon ses chèvres, la montagne,
les paysans et Chloé, et bientôt alloit voir son
maître, dont à peine il avoit ouï le nom avant
cette heure-là. Elle s'inquiétoit aussi comment il
parleroit à ce maître, et étoit en grand émoi touchant leur mariage, ayant peur qu'il ne s'en allât
comme un songe en fumée ; tellement que pour

ces pensers, leurs ordinaires baisers étoient mêlés
de crainte et leurs embrassements soucieux, où ils
demeuroient long-temps serrés dans les bras l'un
de l'autre; et sembloit que déjà ce maître fût venu
et que de quelque part il les eût pu voir. Comme
ils étoient en cette peine, encore leur survint-il un
trouble nouveau.

Il y avoit là auprès un bouvier nommé Lampis,
de naturel malin et hardi, qui pourchassoit aussi
avoir Chloé en mariage, et à Lamon avoit fait
pour cela plusieurs présents, lequel ayant senti le
vent que Daphnis la devoit épouser, pourvu que
le maître en fût content, chercha les moyens de
faire que ce maître fût courroucé à eux, et sachant
qu'il prenoit sur-tout grand plaisir à son jardin,
délibéra de le gâter et diffamer tant qu'il pourroit.
Or s'il se fût mis à couper les arbres, on l'eût
pu entendre et surprendre; il pensa donc de plutôt
faire le gât dans les fleurs. Si attendit la nuit, et
passant par dessus la petite muraille, s'en va les
arracher, rompre, froisser, fouler toutes comme
un sanglier, puis sans bruit se retire; âme ne
l'aperçut.

Lamon, le jour venu, entrant au jardin, comme
de coutume, pour donner aux fleurs l'eau de la
fontaine, quand il vit toute la place si outrageuse-
ment vilénée qu'un ennemi, en guerre ouverte,
venu pour tout saccager, n'y eût sçu pis faire,
lors il déchira sa jaquette, s'écriant : « ô dieux ! »
si fort que Myrtale laissant ce qu'elle avoit en
main, s'en courut vers lui, et Daphnis qui déjà
chassoit ses bêtes aux champs, s'en recourut aussi

au logis, et voyant ce grand désarroi, se prirent tous à crier, et en criant à larmoyer; mais vaines étoient toutes leurs plaintes.

Si n'étoit pas merveille que eux qui redoutoient l'ire de leur seigneur en pleurassent, car un étranger même à qui le fait n'eût point touché en eût bien pleuré de voir un si beau lieu ainsi dévasté, la terre toute en désordre jonchée du débris des fleurs, dont à peine quelqu'une, échappée à la malice de l'envieux, gardoit ses vives couleurs, et ainsi gisante étoit encore belle. Les abeilles voloient alentour en murmurant continuellement, comme si elles eussent lamenté ce dégât, et Lamon tout éploré disoit telles paroles : « Ah! mes beaux « rosiers, comme ils sont rompus! Ah! mes vio- « liers, comme ils sont foulés! Mes hyacinthes et « mes narcisses sont arrachés! Ç'a bien été quelque « méchant et mauvais homme qui me les a ainsi « perdus. Le printemps reviendra, et ceci ne fleu- « rira point; l'été retournera, et ce lieu demeurera « sans parure; l'automne, il n'y aura point ici de « quoi faire un bouquet seulement. Et toi, sire « Bacchus, n'as-tu point eu de pitié de ces pauvres « fleurs, que l'on a ainsi, toi présent et devant « tes yeux, diffamées, desquelles je t'ai fait tant de « couronnes! Comment maintenant montrerai-je « à mon maître son jardin? que me dira-t-il quand « il le verra si piteusement accoutré? ne fera-t-il « pas pendre ce malheureux vieillard, comme Mar- « syas, à l'un de ces pins? Si fera, et à l'aventure « Daphnis aussi quant et quant, pensant que ç'aura « été sa faute pour avoir mal gardé ses chèvres. »

Ces regrets et pleurs de Lamon leur redoublèrent
le deuil à tous, pource qu'ils déploroient non plus
le gât des fleurs, mais le danger de leurs personnes. Chloé lamentoit son pauvre Daphnis, s'il
falloit qu'il fût pendu, et prioit aux Dieux que ce
maître tant attendu ne vînt plus; et lui étoient
les jours bien longs et pénibles à passer, pensant
voir déjà comme l'on fouettoit le pauvre Daphnis.

Sur le soir Eudrome leur vint annoncer que
dans trois jours seulement arriveroit leur vieux
maître, mais que le jeune, qui étoit son fils, viendroit dès le lendemain. Si se mirent à consulter
entre eux ce qu'ils avoient à faire touchant cet
inconvénient, et appelèrent à ce conseil Eudrome,
qui voulant du bien à Daphnis, fut d'avis qu'ils
déclarassent la chose à leur jeune maître comme
elle étoit avenue; et si leur promit qu'il les aideroit,
ce qu'il pouvoit très bien faire, étant en la grâce
de son maître à cause qu'il étoit son frère de lait;
et le lendemain firent ce qu'il leur avoit dit. Car
Astyle vint le lendemain, à cheval, et quant et lui
un sien plaisant qu'il menoit pour passer le temps,
à cheval aussi, lui jeune homme à qui la barbe
commençoit à poindre, l'autre rasé jà de long-
temps. Arrivé ce jeune maître, Lamon se jeta
devant ses pieds, avec Myrtale et Daphnis, le
suppliant avoir pitié d'un pauvre vieillard et le
sauver du courroux de son père, attendu qu'il ne
pouvoit mais de l'inconvénient, et lui conte ce que
c'étoit. Astyle en eut pitié, entra dans le jardin, et
ayant vu le gât, leur promit de les excuser, et en
prendre sur lui la faute, disant que ç'auroient été ses

29

chevaux qui s'étant détachés, auroient ainsi rompu,
foulé, froissé, arraché tout ce qui étoit de plus beau.

Pour cette bénigne réponse Lamon et Myrtale
firent prières aux Dieux de lui accorder l'accom-
plissement de ses désirs. Mais Daphnis lui apporta
davantage de beaux présents, comme des chevreaux, des fromages, des oiseaux avec leurs
petits, des grappes tenant au sarment et des
pommes encore aux branches; et aussi lui donna
Daphnis de ce fameux vin odorant que produit
Lesbos, vin le meilleur de tous à boire. Astyle
loua ses présents et lui en sut fort bon gré, et en
attendant son père, se divertissoit à chasser au
lièvre, comme un jeune homme de bonne maison,
qui ne cherchoit que nouveaux passetemps et étoit
là venu pour prendre l'air des champs.

Mais Gnathon étoit un gourmand, qui ne savoit
autre chose faire que manger et boire jusqu'à
s'enivrer, et après boire assouvir ses déshonnêtes
envies, en un mot, tout gueule et tout ventre, et
tout... ce qui est au-dessous du ventre; lequel
ayant vu Daphnis quand il apporta ses présents,
ne faillit à le remarquer; car outre ce qu'il aimoit
naturellement les garçons, il rencontroit en celui-
ci une beauté telle que la ville n'en eût su montrer
de pareille. Si se proposa de l'accointer, pensant
aisément venir à bout d'un jeune berger comme
lui. Ayant tel dessein dans l'esprit, il ne voulut
point aller à la chasse avec Astyle, ains descendit
vers la marine, là où Daphnis gardoit ses bêtes,
feignant que ce fût pour voir les chèvres, mais
au vrai c'étoit pour voir le chevrier. Et afin

de le gagner d'abord, il se mit à louer ses chèvres,
le pria de lui jouer sur sa flûte quelque chanson
de chevrier, et lui promit qu'avant peu il le feroit
affranchir, ayant, disoit-il, tout pouvoir et crédit sur l'esprit de son maître.

Et comme il crut s'être rendu ce jeune garçon
obéissant, il épia le soir sur la nuit qu'il ramenoit son troupeau au tect, et accourant à lui, le
baisa premièrement, puis lui dit qu'il se prêtât à
lui en même façon que les chèvres aux boucs.
Daphnis fut long-temps qu'il n'entendoit point ce
qu'il vouloit dire, et à la fin lui répondit : que
c'étoit bien chose naturelle que le bouc montât sur
la chèvre, mais qu'il n'avoit oncques vu qu'un
bouc saillît un autre bouc, ni que les béliers mon-
tassent l'un sur l'autre, ni les coqs aussi, au lieu
de couvrir les brebis et les poules.

Non pour cela Gnathon lui met la main au
corps comme le voulant forcer. Mais Daphnis le
repoussa rudement, avec ce qu'il étoit si ivre qu'à
peine se tenoit-il en pieds, le jeta à la renverse, et
partant comme un jeune levron, le laisse étendu
ayant affaire de quelqu'un pour le relever. Daphnis
de là en avant ne s'approcha plus de lui, mais menoit ses chèvres paître tantôt en un lieu, tantôt en
un autre, le fuyant autant qu'il cherchoit Chloé.
Gnathon même ne le poursuivoit plus depuis qu'il
l'eût reconnu non seulement beau, mais fort et
roide jeune garçon ; si cherchoit occasion propre
pour en parler à Astyle, et se promettoit que le
jeune homme lui en feroit don, ayant accoutumé
de ne lui refuser rien. Toutefois pour l'heure il

ne put, car Dionysophane et sa femme Cléariste
arrivèrent, et y avoit dans la maison grand tumulte
de chevaux, de valets, d'hommes et de femmes ;
mais en attendant qu'il le trouvât seul, il lui préparoit une belle harangue de son amour.

Or avoit Dionysophane les cheveux déjà demi-
blancs, grand et bel homme d'ailleurs, et qui de
la disposition de sa personne eût encore tenu bon
aux jeunes gens ; riche autant que qui que ce fût
des citoyens de sa ville et de meilleur cœur que
pas un. Il sacrifia le premier jour de son arrivée
aux divinités champêtres, à Cérès, à Bacchus, à
Pan, aux Nymphes, et fit un festin à toute sa
famille. Les jours suivants il visita les champs
que tenoit Lamon ; et voyant par-tout terres bien
labourées, vignes bien façonnées, le verger beau
au demeurant, car Astyle avoit pris sur lui le gât
des fleurs et du jardin, il fut fort joyeux de trouver
tout en si bon ordre, et louant Lamon de sa diligence, il lui promit la liberté.

Cela vu, il alla voir aussi les chèvres et le chevrier qui les gardoit. Chloé ayant peur et honte
tout ensemble de si grande compagnie, s'enfuit
cacher dedans le bois. Daphnis demeura, et se présenta les épaules couvertes d'une peau de chèvre
à long poil ; une panetière toute neuve en écharpe
à son côté, tenant en l'une de ses mains de beaux
fromages tout frais faits, et en l'autre deux chevreaux de lait. Si jamais, comme l'on dit, Apollon
garda les bœufs de Laomédon, il étoit tel que
parut alors Daphnis, lequel quant à lui ne dit
mot, mais le visage plein de rougeur et les yeux

baissés, s'inclinant devant le maître, lui offrit ses
dons, et adonc Lamon prenant la parole, dit :
« C'est celui, mon maître, qui garde tes chèvres.
« Tu m'en baillas cinquante avec deux boucs, et
« il t'en a fait cent, et dix boucs. Vois-tu comme
« elles sont grasses et bien vêtues, et qu'elles ont
« les cornes entières et belles ! Il les a instruites,
« et sont toutes apprises à entendre la musique,
« et font tout ce qu'on veut en oyant seulement le
« son de la flûte. »

Cléariste, qui étoit là présente, eut envie d'en
voir l'expérience. Si commanda à Daphnis qu'il
jouât de la flûte ainsi qu'il avoit accoutumé quand
il vouloit faire faire quelque chose à ses chèvres,
et lui promit, s'il flûtoit bien, de lui donner un
sayon neuf, une chemisette et des souliers. Adonc
Daphnis debout sous le chêne, toute la compagnie
en rond autour de lui, tira sa flûte de sa panetière, et premièrement souffla un bien peu dedans ;
soudain ses chèvres s'arrêtant, levèrent toutes la
tête : puis sonna pour les faire paître ; et toutes
aussitôt, mettant le nez en terre, se prennent à
brouter : puis il leur sonna un chant mol et doux,
et incontinent se couchèrent à terre ; un autre clair
et agu, et elles s'enfuirent dans le bois comme à
l'approche du loup ; tôt après un son de rappel,
et adonc sortant toutes du bois, se viennent rendre
à ses pieds. Varlets ne sçauroient être plus obéis-
sants au commandement de leur maître, qu'elles
étoient au son de sa flûte ; de quoi tous les assistants demeurèrent émerveillés, spécialement Cléariste, laquelle jura qu'elle donneroit ce qu'elle

avoit promis au gentil chevrier, qui étoit si beau
et sçavoit si bien jouer de la flûte. Après cela ils
s'en allèrent, et rentrés au logis, soupèrent, et
envoyèrent à Daphnis de ce qui leur fut servi, qu'il
mangea avec Chloé, joyeux de goûter des mets
apprêtés à la façon de la ville, au reste ayant bonne
espérance de parvenir du gré de ses maîtres au
mariage de son amie.

Mais Gnathon, que la beauté de Daphnis, tel
qu'il l'avoit vu avec son troupeau, enflammoit de plus
en plus, croyant ne pouvoir sans lui avoir aise ni
repos, profita d'un moment qu'Astyle se promenoit
seul au jardin, le mena dans le temple de Bacchus,
et là se mit à lui baiser les mains et les pieds; et
Astyle lui demandant pourquoi il faisoit tout cela,
et que c'étoit qu'il vouloit dire : « C'en est fait,
« mon maître, dit-il, du pauvre Gnathon. Lui qui
« n'a été jusqu'ici amoureux que de bonne chère,
« qui ne voyoit rien si aimable qu'une pleine
« jarre de vin vieux, à qui sembloient tes cuisi-
« niers la fleur des beautés de Mitylène, il ne
« trouve plus rien de beau ni d'aimable que
« Daphnis seul au monde. Oui, je voudrois être
« une de ses chèvres, et laisserois là tout ce qu'on
« sert de meilleur à ta table, viande, poisson, fruits,
« confitures, pour paître l'herbe au son de sa flûte
« et sous sa houlette brouter la feuillée. Mais toi,
« mon maître, tu le peux, sauve la vie à ton
« Gnathon, et te souvenant qu'Amour n'a point de
« loi, prends pitié de son amour : autrement, je te
« jure mes grands Dieux qu'après m'être bien
« empli le ventre, je prends mon couteau, je m'en

« vas devant la porte de Daphnis, et là je me
« tuerai tout de bon, et tu n'auras plus à qui tu
« puisses dire, mon petit Gnathon, Gnathon mon
« ami. »

Le jeune homme de bonne nature ne put souffrir
de voir ainsi Gnathon pleurer et derechef lui baiser les mains et les pieds, mêmement qu'il avoit
éprouvé que c'est de la détresse d'amour. Si lui
promit qu'il demanderoit Daphnis à son père,
et l'emmèneroit comme pour être son serviteur
à la ville, où lui Gnathon en pourroit faire tout
ce qu'il voudroit ; puis, pour un peu le con-
forter, lui demanda en riant s'il n'auroit point de
honte de baiser un petit pâtre tel que ce fils de
Lamon, et le grand plaisir que ce lui seroit d'avoir
à ses côtés couché un gardeur de chèvres ; et en
disant cela il faisoit un fi, comme s'il eût senti la
mauvaise odeur du bouc. Mais Gnathon, qui avoit
appris aux tables des voluptueux tant qu'il se peut
dire et conter de propos d'amour, pensant avoir
bien de quoi justifier sa passion, lui répondit d'assez
bon sens : « Celui qui aime, ô mon cher maître,
« ne se soucie point de tout cela ; ains n'y a chose
« au monde, pourvu que beauté s'y trouve, dont
« on ne puisse être épris. Tel a aimé une plante,
« tel un fleuve, tel autre jusqu'à une bête féroce,
« et si pourtant, quelle plus triste condition
« d'amour que d'avoir peur de ce qu'on aime ?
« Quant à moi, ce que j'aime est serf par le sort,
« mais noble par la beauté. Vois-tu comment sa
« chevelure semble la fleur d'hyacinthe, comment
« au-dessous des sourcils ses yeux étincellent ne

« plus ne moins qu'une pierre brillante mise en
« œuvre, comment ses joues sont colorées d'un
« vif incarnat ! et cette bouche vermeille ornée de
« dents blanches comme ivoire, quel est celui si
« insensible et si ennemi d'Amour qui n'en dési-
« rât un baiser ? J'ai mis mon amour en un pâtre ;
« mais en cela j'imite les Dieux. Anchise gardoit
« les bœufs, Vénus le vint trouver aux champs ;
« Branchus paissoit les chèvres, et Apollon l'aima ;
« Ganimède étoit berger, et Jupiter le ravit pour
« en avoir son plaisir. Ne méprisons point un
« enfant auquel nous voyons les bêtes mêmes si
« obéissantes ; mais bien plutôt remercions les
« aigles de Jupiter qui souffrent telle beauté demeu-
« rer encore sur la terre. »

Astyle à ces mots se prit à rire, disant qu'Amour,
à ce qu'il voyoit, faisoit de grands orateurs, et
depuis cherchoit occasion d'en pouvoir parler à
son père. Mais Eudrome avoit écouté en cachette
tout leur devis, et étant marri qu'une telle beauté
fût abandonnée à cet ivrogne, outre ce que d'incli-
nation il vouloit grand bien à Daphnis, alla aussitôt tout conter et à lui-même et à Lamon. Daphnis
en fut tout éperdu de prime-abord, délibérant
s'enfuir plutôt avec Chloé, ou bien ensemble mourir. Mais Lamon appelant Myrtale hors de la cour :
« Nous sommes perdus, ma femme, lui dit-il ;
« voici tantôt découvert ce que nous tenions
« caché. Deviennent ce qu'elles pourront et les
« chèvres et le reste ; mais, par les Nymphes et
« Pan, dussé-je, comme on dit, rester bœuf à l'étable
« et ne faire plus rien, je ne me tairai point de la

« fortune de Daphnis, ains déclarerai comment je
« l'ai trouvé abandonné, dirai comment je l'ai vu
« nourri, et montrerai ce que j'ai trouvé quant
« et lui, afin que ce coquin voye où s'adresse son
« amour. Prépare-moi seulement les enseignes
« de reconnoissance. » Cela dit, ils rentrèrent tous
deux.

Cependant Astyle trouvant son père à propos,
lui demanda permission d'emmener Daphnis à
Mitylène, disant que c'étoit un trop gentil garçon
pour le laisser aux champs, et que Gnathon l'auroit bientôt instruit au service de la ville. Le père y
consentit volontiers, et faisant appeler Lamon et
Myrtale, leur dit pour bonne nouvelle que Daphnis, au lieu de garder les bêtes, serviroit de là en
avant son fils Astyle en la ville, et promit qu'il leur
donneroit deux autres bergers au lieu de lui. Adonc
étant jà les autres esclaves accourus bien joyeux
d'avoir un tel compagnon, Lamon demanda congé
de parler ; ce qui lui étant accordé, il parla en
cette sorte : « Je te prie, mon maître, écoute un
« propos véritable de ce pauvre vieillard ; je jure
« les Nymphes et le dieu Pan que je ne te mentirai
« d'un mot. Je ne suis pas le père de Daphnis,
« ni n'a été ma femme Myrtale si heureuse que de
« porter un tel enfant. Il fut exposé tout petit par
« des parents qui en avoient possible assez d'autres
« plus grands. Je le trouvai abandonné de père et
« de mère, allaité par une de mes chèvres, laquelle
« j'ai enterrée dans le jardin, après qu'elle fut
« morte de sa mort naturelle, l'ayant aimée pource
« qu'elle avoit fait œuvre de mère envers cet

30

« enfant. Je trouvai quant et quant des joyaux
« qu'on avoit laissés avec lui, pour une fois le
« reconnoître. Je le confesse et les garde ; car ce
« sont marques auxquelles on peut voir qu'il est
« issu de bien plus haut état que le nôtre. Or ne
« suis-je point marri qu'il serve ton fils Astyle, et
« soit à beau et bon maître un beau et bon servi-
« teur : mais je ne puis du tout souffrir qu'on le
« livre à Gnathon, pour en faire comme d'une
« femme. »

Lamon ayant dit ces paroles, se tut et répandit
force larmes. Gnathon fit du courroucé en le menaçant de le battre ; mais Dionysophane, frappé de
ce qu'avoit dit Lamon, regarda Gnathon de travers et lui commanda qu'il se tût, puis interrogea
de rechef le vieillard, lui enjoignant de dire vérité,
sans controuver des menteries pour cuider retenir
son fils. Lamon persistant dans son dire, attesta
les Dieux, et s'offrit à tout souffrir s'il mentoit.
Dionysophane adonc examinant ses paroles avec
Cléariste assise auprès de lui : « A quelle fin au-
« roit Lamon controuvé ce récit, vu que pour
« un chevrier on lui en veut donner deux ? Com-
« ment seroit-ce qu'un rude paysan eût inventé
« tout cela ? Puis, n'étoit-il pas visible qu'un si bel
« enfant n'avoit pu naître de telles gens ? » Si
pensèrent d'un commun accord que sans y songer
davantage, ni tant deviner, il falloit voir les
enseignes de reconnoissance, pour s'assurer si elles
appartenoient, ainsi qu'il disoit, à plus haut état
que le sien. Myrtale les alla incontinent querir
dedans un vieux sac où ils les gardoient. Le pre-

mier qui les vit fut Dionysophane; et dès qu'il
aperçut le petit mantelet d'écarlate avec une boucle
d'or et le couteau à manche d'ivoire, il s'écria à
haute voix, ô Jupiter! et appela sa femme pour
les voir aussi; laquelle, sitôt qu'elle les vit, s'écria
semblablement : « O fatales Déesses, ne sont-ce
« point là les joyaux que nous mîmes avec notre
« enfant, quand nous l'envoyâmes exposer par
« notre servante Sophroné?- Il n'y a point de
« doute, ce sont ceux-là mêmes. Mon mari, l'en-
« fant est nôtre. Daphnis est ton fils et garde les
« chèvres de son propre père. »

Comme elle parloit encore, et que Dionysophane, jetant abondance de larmes, de grande
joie qu'il avoit, baisoit ces enseignes de reconnoissance, Astyle ayant entendu que Daphnis étoit
son frère, posa vitement sa robe et s'en courut
par le jardin, pour être le premier à le baiser.
Daphnis le voyant accourir vers lui avec tant de
gens, et qu'il crioit, Daphnis, Daphnis, pensant
que ce fut pour le prendre, jette sa flûte et sa
panetière, et se met à fuir vers la mer pour se
précipiter du haut du rocher; et possible Daphnis,
par étrange accident, alloit être aussitôt perdu que
retrouvé, si Astyle, se doutant pourquoi il fuyoit,
ne lui eût crié de tout loin : « Arrête, Daphnis;
« n'aie point de peur; je suis ton frère; tes maîtres
« sont tes parents; Lamon nous a tout conté,
« nous a tout montré, regarde seulement, vois
« comme nous rions. Mais baise-moi le premier.
« Par les Nymphes, je ne te mens point. »

. A peine s'arrêta Daphnis quand il eut ouï ce

serment, et attendit Astyle, qui les bras ouverts
accouroit, et l'ayant joint l'embrassa. Puis toute
la maison, serviteurs, servantes, père, mère, venus
à leur tour l'embrassoient, le baisoient. Lui de sa
part leur faisoit fête, mais sur tous autres à
son père et à sa mère, et sembloit qu'il les connût
jà long-temps auparavant, tant les serroit contre
son sein, et à peine se pouvoit arracher de leurs
bras. Nature se reconnoit d'abord. Il en oublia
un moment Chloé. Si le conduisirent au logis, et
lui donnèrent une belle et riche robe neuve ; puis
étant vêtu, fut assis auprès de son père, qui leur
commença tel propos :

« Mes enfants, je fus marié bien jeune, et après
« quelque temps devins père bien heureux, comme
« il me sembloit pour lors ; car le premier enfant
« que ma femme fit fut un fils, le second une
« fille, et le troisième fut Astyle. Je pensai que
« trois me seroient suffisante lignée, et venant celui-
« ci après tous, le fis exposer au maillot, avec ces
« bagues et bijoux, que je croyois pour lui orne-
« ments funéraires, plutôt que marques destinées
« à le faire connoître un jour. Mais fortune en
« avoit autrement disposé. Car mon fils aîné et
« ma fille moururent de même mal en même jour ;
« et toi, Daphnis, par la providence des Dieux,
« tu nous as été conservé, afin que nous ayons
« plus de support en notre vieillesse. Pourtant ne
« me hais point, mon fils, de t'avoir fait exposer ;
« ainsi le vouloient les Dieux. Et toi, qu'il ne te
« fâche, Astyle, de partager ton héritage ; car il
« n'est richesse qui vaille un bon frère. Aimez-

« vous, mes enfants, l'un l'autre, et quant aux
« biens, vous en aurez de quoi n'envier rien aux
« rois. Je vous laisserai grandes terres, nombre
« de gens habiles à tout, or, argent, et de toutes
« choses qu'ont les hommes riches et heureux.
« Mais je veux que mon fils Daphnis en son par-
« tage ait ce lieu-ci, et lui donne Lamon et Myr-
« tale, et les chèvres qu'il a gardées. »

Il parloit encore, et Daphnis sautant en pieds
soudainement : « Tu m'en fais souvenir, mon
« père : je m'en vais mener boire mes chèvres,
« dit-il. Elles ont soif à cette heure, et attendent
« pour aller boire le son de ma flûte, et je suis
« assis à ne rien faire. » Chacun se prit à rire de
voir Daphnis, qui devenu maître, vouloit être encore chevrier. On envoya quelque autre avoir soin
de ses chèvres, et puis ils sacrifièrent à Jupiter
Sauveur et firent un grand festin. Gnathon seul
n'osa s'y trouver, mais demeuroit jour et nuit
dans le temple de Bacchus, comme un suppliant,
pour la peur qu'il avoit de Daphnis.

Le bruit incontinent s'étant épandu partout que
Dionysophane avoit retrouvé un sien fils, et que
Daphnis qui menoit les chèvres aux champs, étoit
devenu le maître et des chèvres et des champs, les
voisins paysans accoururent de toutes parts pour
se conjouir avec lui et faire des présents à son
père, et Dryas tout des premiers, le nourricier de
Chloé. Dionysophane les retint tous pour la fête,
ayant fait d'avance préparer force pain, force vin,
du gibier de toute sorte, des gâteaux au miel à
foison, veaux et petits cochons de lait, et vic-

times à immoler aux Dieux protecteurs du pays.

Et lors Daphnis amassa tous ses meubles de
chevrier dont il fit présent aux Dieux, consacrant
sa panetière et sa peau de chèvre à Bacchus, à
Pan sa flûte, sa houlette aux Nymphes avec ses
sebiles à traire qu'il avoit lui-même faites. Mais,
tant est plus douce que richesse une première
accoutumance! il ne pouvoit sans pleurer laisser
aucune de ces choses. Il ne suspendit ses sebiles
qu'après y avoir trait ses chèvres, ni ne donna sa
flûte à Pan, qu'il n'en eût joué encore une fois, ni
sa peau de chèvre à Bacchus, qu'après se l'être
vêtue, et chaque chose qu'il donnoit, il la baisoit
premièrement. Il dit adieu à ses chèvres; il appela
ses bouquins l'un après l'autre par leur nom; et
but aussi à la fontaine où tant de fois il avoit bu
avec sa Chloé; mais il n'osoit encore parler de
leurs amours.

Or cependant qu'il entendoit aux offrandes et
sacrifices, voici qu'il avint de Chloé. Seulette aux
champs, elle étoit assise à garder ses moutons,
disant comme pauvre délaissée : « Daphnis m'ou-
« blie; maintenant il songe à quelque riche mariage.
« Pourquoi lui ai-je fait jurer, au lieu des Nym-
« phes, ses chèvres? Il les a oubliées aussi, et
« même en sacrifiant aux Nymphes et à Pan, n'a
« point desiré voir Chloé. Il aura trouvé chez sa
« mère les servantes même plus belles. Adieu donc,
« Daphnis. Sois heureux; mais moi, je ne sçaurois
« plus vivre. »

Elle étant en cette rêverie, le bouvier Lampis,
aidé de quelques autres paysans, la vint enlever,

croyant que Daphnis ne devoit plus l'épouser, et
que Dryas, quand une fois elle seroit entre ses
mains, consentiroit qu'elle lui demeurât. La pauvrette, comme on l'emportoit, crioit tant qu'elle
pouvoit, et quelqu'un qui vit cette violence, s'en
courut avertir Napé, et elle Dryas, et Dryas
Daphnis, lequel à peine qu'il ne sortit du sens,
n'osant recourir à son père, et ne pouvant néanmoins laisser Chloé sans secours. Si s'en alla dans
le jardin, et là faisoit ses plaintes tout seul : « O
« malheureux que je suis d'avoir retrouvé mes
« parents ! Combien m'eût été meilleur de garder
« toujours les bêtes aux champs ! Combien plus
« étois-je content quand j'étois serf avec Chloé !
« Alors je la voyois ; alors je la baisois : et main-
« tenant Lampis l'a ravie et s'en va avec ; et quand
« la nuit sera venue, il couchera avec elle, pen-
« dant que je suis ici à boire et faire bonne chère.
« J'ai donc en vain juré mes chèvres, le Dieu Pan
« et les Nymphes. »

Or Gnathon, qui étoit caché dedans la chapelle
du verger, entendit clairement ces complaintes de
Daphnis, et, pensant que c'étoit une bonne occasion pour faire sa paix avec lui, prit quelques
jeunes valets d'Astyle, et s'en alla après Dryas,
lui disant qu'il les conduisît en la maison de
Lampis, ce qu'il fit ; et diligentèrent si bien, qu'ils
surprirent Lampis ainsi comme il ne faisoit que
d'entrer en son logis avec Chloé, laquelle il lui
ôta d'entre les mains à force, et dola très-bien les
épaules de tous les rustauts qui lui avoient aidé à
faire ce rapt, à grands coups de bâton ; puis voulut

prendre et lier Lampis pour l'amener prisonnier ;
mais il se sauva de vitesse.

Gnathon, ayant fait un tel exploit, s'en retourna
qu'il était jà nuit toute noire, et trouva Dionysophane jà couché en son lit dormant. Mais le
pauvre Daphnis veilloit, et étoit encore dedans le
verger, où il se déconfortoit et pleuroit : si lui
amena Chloé, et, la lui livrant entre ses mains,
lui conta comme il avoit fait, le priant de ne se
vouloir souvenir en rien du passé, mais l'avoir
pour sien serviteur, ni le débouter de sa table, sans
laquelle il lui seroit force de mourir de male faim.
Daphnis voyant Chloé, la tenant de Gnathon, fut
facile à faire appointement avec lui, et envers
elle s'excusa de ce qu'il pouvoit sembler l'avoir
oubliée : et, de commun consentement, furent
d'avis de ne pas déclarer leur mariage, que
Daphnis continueroit de voir Chloé en secret, et
ne découvriroit son amour qu'à sa mère. Mais
Dryas ne le permit point, ains le voulut dire lui-
même au père de Daphnis, se faisant fort de lui
faire bien accorder. Si prit le lendemain, aussitôt
qu'il fut jour, les enseignes de reconnoissance
qu'il avoit trouvées avec Chloé, et s'en alla devers
Dionysophane, qu'il trouva dans le verger, assis
avec Cléariste et leurs deux enfants Astyle et
Daphnis : si leur commença à dire : « Même néces-
« sité me contraint de vous déclarer un secret tout
« pareil à celui de Lamon, c'est que je n'ai jamais
« engendré ni nourri le premier cette jeune fille
« Chloé : autre que moi l'a engendrée; une brebis
« l'a allaitée dedans la caverne des Nymphes.

« Je la vis; ébahi, je la pris, l'emportai, et
« depuis l'ai nourrie et élevée. Sa beauté même le
« témoigne, car elle ne tient en rien de nous;
« aussi font les marques et enseignes que je trou-
« vai avec elle, plus riches que ne porte l'état
« d'un pauvre pâtre. Voyez-les, et puis cherchez ses
« vrais parents, si à l'aventure elle seroit point
« sortable pour femme à Daphnis. »

Dryas ne jeta point sans dessein cette parole, ni
Dionysophane ne la reçut en vain; mais, prenant
garde au visage de Daphnis, et le voyant changer
de couleur et se détourner pour pleurer, connut
bien incontinent qu'il y avoit des amourettes
entre eux deux; et, étant soigneux de son fils plus
que de la fille d'autrui, examina le plus diligemment qu'il put la parole de Dryas : et, quand
encore il eut vu les marques de reconnoissance
qui avoient été exposées avec elle, c'est à sçavoir
des patins dorés, des chausses brodées, et une
coiffe d'or, adonc appela-t-il Chloé, et lui dit qu'elle
fît bonne chère, pour ce que jà elle avoit trouvé
un mari, et bientôt après trouveroit son père et
sa mère.

Cléariste dès-lors la prit avec elle, la vêtit et
accoutra comme femme de son fils. Mais Dionysophane appela Daphnis à part, et lui demanda si
elle étoit encore pucelle. Daphnis lui jura qu'elle ne
lui avoit rien été de plus près que du baiser,
et du serment par lequel ils avoient promis
mariage l'un à l'autre. Dionysophane se prit à
rire de ce serment, et les fit tous deux dîner avec
lui.

Là eût-on pu voir ce que c'est qu'ornement à naturelle beauté; car Chloé vêtue et coiffée, bien que de sa simple chevelure, et ayant lavé son visage, sembla à chacun si belle par-dessus le passé, que Daphnis même à peine la reconnoissoit; et quiconque l'eût vue en tel état, n'eût point fait doute d'affirmer par serment qu'elle n'étoit point fille de Dryas, lequel toutefois étoit à table comme les autres avec sa femme Napé, et Lamon et Myrtale aussi, tous quatre sur un même lit.

Quelques jours après on fit derechef des sacrifices aux dieux pour l'amour de Chloé, comme l'on avoit fait pour Daphnis, et fit-on semblablement le festin de sa reconnoissance; et elle de son côté distribua ses meubles de bergerie aux dieux, sa panetière, sa flûte, et les tirouers où elle tiroit les brebis, et épandit dedans la fontaine qui étoit en la caverne des Nymphes, du vin, à cause qu'elle avoit été trouvée et nourrie auprès d'icelle fontaine ; et sema de chapelets et bouquets de fleurs la sépulture de la brebis que Dryas lui enseigna, et joua encore de sa flûte pour réjouir ses brebis, faisant prière aux Nymphes que ceux qui seroient trouvés ses naturels parents fussent dignes d'être alliés de Daphnis.

Après qu'ils eurent fait assez de fêtes et de bonne chère aux champs, ils délibérèrent de s'en retourner à la ville, afin de chercher les parents de Chloé, pour ne différer plus les noces : par quoi, dès le matin, firent trousser tout leur bagage, et donnèrent à Dryas encore autres trois cents écus,

et à Lamon la moitié des fruits de toutes les terres
et vignes qu'il tenoit, les chèvres avec leurs chevriers, quatre paires de bœufs, des robes fourrées
pour l'hiver, et par-dessus tout cela la liberté à
lui et sa femme Myrtale, puis cheminèrent vers
Mitylène, avec grand train de chevaux et de cha-
riots.

Or, ce jour-là, pource qu'ils arrivèrent le soir
bien tard, les autres citoyens de la ville n'en sçu-
rent rien : mais, le lendemain au plus matin, le
bruit en étant couru partout, il s'assembla au logis
de Dionysophane grande multitude d'hommes et
de femmes ; les hommes pour s'éjouir avec le père
de ce qu'il avoit retrouvé son fils, mêmement après
qu'ils eurent vu comme il étoit beau et gentil ; et
les femmes pour s'éjouir aussi avec Cléariste de
ce que non seulement elle avoit recouvré son fils,
mais aussi trouvé une fille digne d'être sa femme ;
car Chloé les étonna toutes, quand elles virent en
elle une si parfaite beauté, qu'il n'étoit possible
d'en voir une plus belle. Brief, toute la ville ne
parloit d'autre chose que de ce jeune fils et de
cette jeune fille, et disoit chacun que l'on n'eût sçu
choisir une plus belle couple : si prioient tous aux
dieux que la parenté de la fille fût trouvée corres-
pondante à sa beauté. Il y eut plusieurs femmes
de riches maisons qui souhaitèrent en elles-mêmes,
et dirent : Plût aux dieux que l'on pensât assurément qu'elle fût ma fille !

Mais Dionysophane, après avoir quelque temps
pensé à cette affaire, s'endormit sur le matin pro-
fondément ; et en dormant lui vint un songe : il

lui fut avis que les Nymphes prioient Amour de
parfaire et accomplir à la fin le mariage qu'il leur
avoit promis ; et qu'Amour, détendant son petit arc,
et le jetant en arrière auprès de son carquois, commanda à Dionysophane qu'il envoyât le lendemain
semondre tous les premiers personnages de la
ville pour venir souper en son logis ; et qu'au
dernier cratère, il fît apporter sur table les enseignes de reconnoissance qui avoient été trouvées
avec Chloé, et qu'il les montrât à tous les conviés :
puis, cela fait, qu'ils chantassent la chanson nuptiale d'hyménée.

Dionysophane, ayant eu cette vision en dormant, se leva de bon matin, et commanda à ses
gens que l'on préparât un beau festin, où il y eût
de toutes les plus délicates viandes que l'on trouve,
tant en terre qu'en mer, ès lacs et ès rivières,
envoya quant et quant prier de souper chez lui
tous les plus apparents de la ville.

Quand la nuit fut venue, et le cratère empli pour
les libations à Mercure, lors un serviteur de la
maison apporta dedans un bassin d'argent ces
enseignes, et les montra de rang à chacun des
conviés. Il n'y eut personne des autres qui les
reconnût, fors un nommé Mégaclès, qui, pour sa
vieillesse, étoit au bout de la table, lequel sitôt
qu'il les aperçut, les reconnut incontinent, et
s'écria tout haut : « O Dieux ! que vois-je là ! Ma
« pauvre fille, qu'es-tu devenue ? es-tu en vie ? ou
« si quelque pasteur a enlevé ces enseignes qu'il
« aura par fortune trouvées en son chemin ? Je
« te prie, Dionysophane, de me dire dont tu les as

« recouvrées : n'aye point d'envie que je recouvre
« ma fille comme tu as recouvré Daphnis. »

Dionysophane voulut premièrement qu'il contât
devant la compagnie comment il avoit fait exposer
son enfant. Adonc Mégaclès d'une voix encore
toute émue : « Je me trouvai, dit-il, long-temps
« y a, quasi sans bien, pource que j'avois dé-
« pendu tout le mien à faire jouer des jeux publics,
« et à faire équiper des navires de guerre ; et,
« lorsque cette perte m'advint, il me naquit une
« fille, laquelle je ne voulus point nourrir en la
« pauvreté où j'étois, et pourtant la fis exposer
« avec ces marques de reconnoissance, sçachant
« qu'il y a plusieurs gens qui, ne pouvant avoir
« des enfants naturels, désirent être pères en cette
« sorte, à tout le moins d'enfants trouvés. L'en-
« fant fut portée en la caverne des Nymphes, et
« laissée en la protection et sauve-garde d'icelles.
« Depuis, les biens me sont venus par chacun
« jour en grande affluence, et si n'avois nul héri-
« tier à qui je les pusse laisser ; car depuis je n'ai
« pas eu l'heur de pouvoir avoir une fille seule-
« ment : mais les dieux, comme s'ils se vouloient
« mocquer de moi, m'envoyent souvent des songes,
« lesquels me promettent qu'une brebis me fera
« père. »

Dionysophane, à ce mot, s'écria encore plus
fort que n'avoit fait Mégaclès, et, se levant de la
table, alla querir Chloé, qu'il amena vêtue et
accoutrée fort honnêtement; et la mettant entre
les mains de Mégaclès, lui dit : « Voici l'enfant
« que tu as fait exposer, Mégaclès; une brebis,

« par la providence des dieux, te l'a nourrie,
« comme une chèvre m'a nourri Daphnis. Prends-
« la avec ces enseignes, et, la prenant, rebaille-la
« en mariage à Daphnis. Nous les avons tous
« deux exposés, et tous deux les avons retrouvés :
« ils ont été tous deux nourris ensemble, et tout
« de même ont été préservés par les Nymphes,
« par le dieu Pan, et par amour. »

Mégaclès s'y accorda incontinent, et envoya
querir sa femme, qui avoit nom Rhodé, tenant
cependant toujours sa fille Chloé entre ses bras;
et demeurèrent tous deux chez Dionysophane au
coucher, pource que Daphnis avoit juré qu'il ne
souffriroit emmener Chloé à personne, non pas à
son propre père. Et le lendemain au matin ils
prièrent tous les deux leurs pères et mères qu'ils
leur permissent de s'en retourner aux champs,
parce qu'ils ne se pouvoient accoutumer aux façons
de faire de la ville, et aussi qu'ils vouloient faire
des noces pastorales; ce qui leur fut permis. Si
s'en retournèrent au logis de Lamon, et présen-
tèrent au bon homme Mégaclès le nourricier de
Chloé, Dryas, et sa femme Napé à la mère
Rhodé.

Le festin nuptial fut somptueusement préparé,
et Mégaclès derechef dévoua sa fille Chloé aux
Nymphes; et, outre plusieurs autres offrandes,
leur donna les enseignes auxquelles elle avoit été
reconnue, et donna encore bonne somme d'argent
à Dryas.

Dionysophane, pour ce que le jour étoit beau et
serein, fit dresser dedans l'antre même des Nymphes

des tables avec des lits de verde ramée, où prirent
place tous les paysans de là alentour. Lamon et
Myrtale y étoient. Dryas et Napé, les parents de
Dorcon, les enfants de Philétas, Chromis et Lycenion. Lampis même y vint, après qu'on lui eut
pardonné : et là, comme entre villageois, tout s'y
disoit et faisoit à la villageoise ; l'un chantoit
les chansons que chantent les moissonneurs au
temps des moissons, l'autre disoit des brocards
qu'on a accoutumé de dire en foulant la vendange.
Philétas joua de sa flûte, Lampis du flageolet, et
cependant Daphnis et Chloé se baisoient l'un
l'autre.

Les chèvres mêmes paissoient là auprès comme
si elles eussent été participantes de la bonne chère
des noces, ce qui ne plaisoit·pas à ceux venus de
la ville ; et Daphnis, en appelant aucunes par
leurs propres noms, leur donnoit de la feuillée
verde à brouter, et, les prenant par les cornes,
les baisoit. Et non pas lors seulement, mais en
tout le reste de leur vie, passèrent le plus du
temps et la meilleure partie de leurs jours en état
de pasteurs ; car ils acquirent force troupeaux de
chèvres et de brebis, eurent toujours en singulière
révérence les Nymphes et le Dieu Pan, et ne trouvèrent point à leur goût de meilleure viande, ni
plus savoureuse nourriture que du fruit et du lait ;
et qui plus est, firent téter à leur premier enfant,
qui fut un fils, une chèvre ; et au second, qui fut
une fille, firent prendre le pis d'une brebis, et le
nommèrent Philopœmen, et la fille Agélée ; et ainsi
vécurent aux champs longues années en grand

soulas. Ils eurent soin aussi de faire honorablement accoutrer la caverne des Nymphes, y dédièrent de belles images, et y édifièrent un autel d'amour pastoral; et à Pan, au lieu qu'il étoit à découvert sous le pin, firent faire un temple qu'ils appelèrent le temple de Pan le Guerroyeur.

Tout cela fut long-temps après; mais pour lors, quand la nuit fut venue, tout le monde les convoya jusqu'en leur chambre nuptiale, les uns jouant de la flûte, les autres du flageolet, et aucuns portant des fallots et flambeaux allumés devant eux; puis, quand ils furent à l'huis de la chambre, commencèrent à chanter Hyménée d'une voix rude et âpre, comme si avec une marre ou un pic ils eussent voulu fendre la terre.

Cependant Daphnis et Chloé se couchèrent nuds dans le lit, là où ils s'entre-baisèrent et s'entre-embrassèrent sans clore l'œil de toute la nuit, non plus que chats-huants; et fit alors Daphnis ce que Lycenion lui avoit appris : à quoi Chloé connut bien que ce qu'ils faisoient paravant dedans les bois et emmi les champs n'étoient que jeux de petits enfants.

FIN DU LIVRE IV ET DERNIER.

PIÈCES RELATIVES

AU

FRAGMENT DE LONGUS

Retrouvé par M. Courier.

AVERTISSEMENT

DU TRADUCTEUR

SUR LA LETTRE A M. RENOUARD.

Pour l'intelligence de ce qui suit, il faut premièrement savoir que Paul-Louis, auteur de cette
lettre, ayant découvert à Florence, chez les moines
du mont Cassin, un manuscrit complet des Pastorales de Longus, jusque-là mutilées dans tous les
imprimés, se préparait à publier le texte grec et
une traduction de ce joli ouvrage, quand il reçut
la permission de dédier le tout à la Princesse : ainsi
appelait-on en Toscane la sœur de Bonaparte,
Élisa. Cette permission, annoncée par le préfet
même de Florence, et devant beaucoup de gens, à
Paul-Louis, le surprit. Il ne s'attendait à rien

moïns, et refusa d'en profiter, disant pour raison
que le public se moquoit toujours de ces dédicaces ;
mais l'excuse parut frivole : le public, en ce
temps-là, n'était rien, et Paul-Louis passa pour
un homme peu dévoué à la dynastie qui devait
remplir tous les trônes. Le voilà noté philosophe,
indépendant, ou pis encore, et mis hors de la protection du gouvernement. Aussitôt on l'attaque ;
les gazettes le dénoncent comme philosophe d'abord,
puis comme voleur de grec. Un *signor Puccini*,
chambellan italien de l'auguste Élisa, *quelque peu
clerc*, écrit en France, en Allemagne ; cette vertueuse
princesse elle-même mande à Paris qu'un homme
ayant trouvé par hasard, déterré un morceau de
grec précieux, s'en était emparé pour le vendre
aux Anglais. Cela voulait dire qu'il fallait fusiller
l'homme et confisquer son grec, s'il y eût eu
moyen ; car déjà les savants étaient en possession
du morceau déterré qui complétait Longus, de ce
nouveau fragment en effet très-précieux, imprimé,
distribué gratis avec la version de Paul-Louis.

Un autre Florentin, un professeur de grec appelé
Furia, fort ignorant en grec et en toute langue,
fâché de l'espèce de bruit que faisait cette découverte parmi les lettrés d'Italie, met la main à la
plume, comme feu Janotus, et compose une brochure. Les brochures étaient rares sous le grand
Napoléon : celle-ci fut lue delà les monts, et même
parvint à Paris. M. Renouard, libraire, accusé
dans ce pamphlet de s'entendre avec Paul-Louis,
pour dérober du grec aux moines, répondit seul ;
Paul-Louis pensait à autre chose.

Il parut aussi des estampes, dont une le repré-
sentait dans une bibliothèque, versant toute l'encre
de son cornet sur un livre ouvert, et ce livre
c'était le manuscrit de Longus. Car il y avait fait,
en le copiant, comme il est expliqué dans l'écrit
qu'on va lire, une tache, unique prétexte de la
persécution et de tant de clameurs élevées contre
lui. On criait qu'il avait voulu détruire le texte
original, afin de posséder seul Longus. Une Excellence à porte-feuille trouve ce raisonnement admirable, et sans en demander davantage, ordonne de
saisir le grec et le français publiés par Paul-
Louis à Rome et à Florence ; et ce fut une chose
plaisante ; car de peur qu'il n'eût seul ce qu'il
donnait à tout le monde, le vizir de la librairie,
ne sachant ce que c'était que grec ni manuscrits,
connaissant aussi peu Longus que son traducteur,
d'abord avait écrit de suspendre la vente de
l'œuvre, quelle qu'elle fût ; puis apprenant qu'on ne
vendait pas, mais qu'on donnait ce grec et ce français au petit nombre d'érudits amateurs de ces anti-
quités, il fit séquestrer tout, pour empêcher Paul-
Louis de se l'approprier. Celui-ci ne s'en émut
guère, et laissait sa Chloé dans les mains de la
police, fort résolu à ne jamais faire nulle démarche
pour l'en tirer ; mais à la fin, il eut avis qu'on allait le
saisir lui-même et l'arrêter. Cela le rendit attentif,
et il commençait à rêver aux moyens de sortir
d'affaire, quand il fut mandé chez le préfet de
Rome, où il était alors, pour donner des éclaircis-
sements sur sa conduite, ses liaisons, son état, son
bien, sa naissance et son pâté d'encre, le tout par

ordre supérieur. Il écrivit à ce préfet, non sans humeur ; voici sa lettre :

« Monsieur, j'ai négligé de répondre aux calom-
« nies dirigées contre moi depuis environ un an,
« croyant que ces sottises feraient peu d'impression
« sur les esprits sensés ; mais puisque le ministre
« y met de l'importance, et qu'enfin il faut m'expli-
« quer sur ce pitoyable sujet, je vais donner au
« public, devant lequel on m'accuse, ma justifica-
« tion aussi claire et précise qu'il me sera possible.
« Vous recevrez, monsieur, le premier exemplaire
« de ce mémoire très-succinct, où Son Excellence
« trouvera les renseignements qu'elle désire. »

Le préfet répondit : « Monsieur, gardez-vous bien
« de rien publier sur l'affaire dont il est question ;
« vous vous exposeriez beaucoup, et l'imprimeur
« qui vous prêterait son ministère ne serait pas
« moins compromis. »

Il s'agissait d'un pâté d'encre, et remarquez, car il y a en toute histoire moralité, tout est matière d'instruction à qui veut réfléchir : admirez en ceci la doctrine du pouvoir ; les calomnies s'impriment, mais la réponse, non. Chacun peut bien dire au public dans les pamphlets, dans les journaux, Paul-Louis est un voleur ; mais il ne faut pas que celui-ci puisse parler au même public et montrer qu'il est honnête homme. Le ministre évoque l'affaire à son cabinet, où lui seul en déci-dera, et fera Paul-Louis honnête homme ou fripon, selon qu'il croira convenir au service de sa majesté, selon le bon plaisir de son altesse impériale madame Bacciocchi.

Paul-Louis, bien empêché, récrivit au préfet :
« Monsieur, j'ignorais qu'il fallût votre permission
« pour imprimer mon petit mémoire justificatif ;
« mais puisqu'elle m'est nécessaire, je vous supplie
« de me l'envoyer. » Il n'eut point de réponse et
l'avait bien prévu. Heureusement il se souvint
d'un pauvre diable d'imprimeur nommé Lino
Contadini, qui demeurait près de la Sapience,
n'imprimait que des almanachs, et devait être peu
en règle avec la nouvelle censure. Il va le trouver,
et lui dit : *Or sù, presto, sbrighiamola e si
stampi questa cosa per l'eccellentissimo signor
prefetto di puliȝia ;* c'est-à-dire : « Vite, qu'on
imprime ceci pour monseigneur l'excellentissime
préfet de police» (ou de propreté, car c'est le même
mot en italien). A quoi le bonhomme répondit :
*Padron mio riverito, come farò? Non capisco
parola di francese ; che vuol ella ch'io possa
raccapeȝȝar mai in questo benedetto straccio pieno
di cassature?* « Mon cher monsieur, comment
ferai-je? n'entendant pas un mot de français, que
puis-je comprendre à ce chiffon tout plein de
ratures? Eh bien ! repartit Paul-Louis, nous y
travaillerons ensemble ; mais dépêchons, le préfet
attend.» Les voilà donc à la besogne, et Paul-Louis,
compositeur, correcteur, imprimeur et le reste. Ce
fut un merveilleux ouvrage que cette impression ;
il y avait dix fautes par ligne, mais à toute force
on pouvait lire. La chose achevée, vient un scru-
pule à ce bonhomme d'imprimeur. « Ne nous fau-
drait-il pas, dit-il, pour faire ce que nous faisons,
une permission, *un permesso?* Non, dit Paul-

Louis. Si fait, dit l'autre. Eh quoi, pour le préfet? Attendez, dit Lino ; je reviens tout-à-l'heure. »
Il s'en va chez le préfet, et cependant Paul-Louis fait un paquet d'une centaine d'exemplaires, qu'il emporte. Un quart d'heure après l'imprimerie était pleine de sbires. Ce sont les gendarmes du pays.

Ayant ce qu'il voulait à-peu-près, Paul-Louis écrivit encore au préfet une dernière lettre :

« Monsieur, j'ai trompé l'imprimeur Lino. Je
« lui ai fait accroire qu'il travaillait pour vous : je
« lui ai parlé en votre nom et comme chargé de
« vos ordres. Je l'ai hâté en l'assurant que vous
« attendiez impatiemment le résultat de son tra-
« vail ; enfin, tous les moyens que j'ai pu ima-
« giner, je les ai mis en œuvre pour abuser cet
« homme qui, pensant vous servir, ignorait ce
« qu'il faisait. Après une telle déclaration, je vous
« crois, monsieur, trop raisonnable pour vous en
« prendre à lui, et non pas à moi seul, de la
« publication de mon factum littéraire. Je ne vous
« prie plus que de vouloir bien l'adresser avec
« cette lettre au ministre, curieux de savoir à quoi
« je m'occupe et qui je suis. »

Le pauvre Lino fut arrêté, interrogé, réprimandé et renvoyé. Le préfet n'adressa au ministre ni lettre ni brochure ; mais bientôt après il reçut une verte semonce de ses maîtres. Laisser imprimer, publier la plainte d'un homme maltraité, quelle bévue pour un préfet! L'espèce de supercherie dont il avait été la dupe ne l'excusait pas aux yeux d'un gouvernement fort. Il était respon-

sable, la plainte avait paru ; c'était sa faute à lui,
gagé précisément pour empêcher cela. Il en faillit
perdre sa place, et c'eût été dommage vraiment ;
il ne serait pas ce qu'il est (conseiller d'état)
aujourd'hui, s'il eût cessé alors de servir les
dynasties.

Paul-Louis, depuis ce temps, vécut à Rome
tranquille, n'entendant plus parler de préfet ni de
ministre. Sa lettre fit du bruit, en Italie surtout.
Les Lombards se réjouirent de voir Florence
moquée, et traitée d'ignorante. Quelques écrits
parurent en faveur de Paul-Louis ; on voulut y
répondre, mais le gouvernement l'empêcha et
imposa silence à tous. On redoutait alors la
moindre discussion dont le public eût été juge.
Celle-ci, d'abord sotte et ridicule seulement, eut
des suites sérieuses, fâcheuses, même tragiques.
Furia en fut malade, Puccini en mourut ; car
étant à dîner un jour chez la comtesse d'Albani,
veuve du prétendant d'Angleterre, il se prit de
querelle avec un des convives qui défendait Paul-
Louis, et s'emporta au point que de retour chez
lui le soir, il écrivit une lettre d'excuses à madame
d'Albani, se mit au lit, et mourut, regretté
d'un chacun, car il était bon homme, à la colère
près. Paul-Louis n'en fut pas cause, comme on le
lui a reproché ; mais s'il eût pu prévoir cette
catastrophe, la crainte de tuer un chambellan
ne l'eût pas empêché apparemment d'écrire,
quand il crut le devoir faire, pour sa propre
défense.

Ce qui, dans cette brochure, déplut, ce fut un

ton libre, un air de mécontentement fort extraordinaire alors, la façon peu respectueuse dont on
parlait des employés du gouvernement ; mais plus
que tout, ce fut qu'on y faisait connaître la haine
de l'Italie pour ce gouvernement et pour le nom
français. Bonaparte croyait être adoré partout,
sa police le lui assurait chaque matin : une voix
qui disait le contraire embarrassait fort la police,
et pouvait attirer l'attention de Bonaparte, comme
il arriva ; car un jour il en parla, voulut savoir
ce que c'était qu'un officier retiré à Rome, qui faisait imprimer du grec. Sur ce qu'on lui en dit, il
le laissa en repos.

LETTRE A M. RENOUARD,
libraire,

SUR UNE TACHE FAITE A UN MANUSCRIT
DE FLORENCE

J'ai vu, Monsieur, votre notice d'un fragment
de Longus nouvellement découvert, c'est-à-dire,
votre apologie au sujet de cette découverte, dans
laquelle on vous accusait d'avoir trempé pour
quelque chose. Il me semble que vous voilà plei-
nement justifié, et je m'en réjouirais avec vous,
si je pouvais me réjouir ; mais cette affaire, dont
vous sortez si heureusement, prend pour moi une
autre tournure, et tandis que vous échappez à nos
communs ennemis, je ne sais en vérité ce que je
vais devenir.

On me mande de Florence que cette pauvre traduction, dont vous avez appris l'existence au
public, vient d'être saisie chez le libraire ; qu'on
cherche le traducteur, et qu'en attendant qu'il se
trouve, on lui fait toujours son procès. On parle
de poursuites, d'information, de témoins, *et l'on se
tait du reste* [1].

Voyez, Monsieur, la belle affaire où vous
m'avez engagé ; car ce fut vous, s'il vous en souvient, qui eûtes la première pensée de donner au
public ce malheureux fragment : moi, qui le connaissais depuis deux ans, quand je vous en parlai
à Bologne, je n'avais pas songé seulement à le lire.

> Sans ce fragment fatal au repos de ma vie,
> Mes jours dans le loisir couleraient sans envie ;

je n'aurais eu rien à démêler avec les savants Florentins ; jamais on ne se serait douté qu'ils sussent
si peu leur métier, et l'ignorance de ces messieurs
ne paraissant que dans leurs ouvrages, n'eût été
connue de personne.

Car vous savez bien que c'est là tout le mal,
et que cette tache dont on fait tant de bruit, personne ne s'en soucie : vous n'avez pas voulu le
dire, parce que vous êtes sage. Vous vous renfer-
mez dans les bornes strictes de votre justification,
et, par une modération dont il y a peu d'exemples,
en répondant aux mensonges qu'on a publiés
contre vous, vous taisez les vérités qui auraient pu
faire quelque peine à vos calomniateurs. A quoi
vous servait, en effet, assuré de vous disculper,
d'irriter des gens qui, tout méprisables qu'ils sont,

33

ont une patente, des gages, une livrée ; qui, sans
être grand'chose, tiennent à quelque chose, et
dont la haine peut nuire ? Et puis, ce que vous
taisiez, vous saviez bien que je serais obligé de
le dire, que vous seriez ainsi vengé sans coup
férir, et que le diable, comme on dit, n'y perdrait
rien.

Pour moi, tant que tout s'est borné à quelques
articles insérés dans les journaux italiens, à quelques libelles obscurs signés par des pédans, j'en ai
ri avec mes amis, sachant que, comme vous le
dites très-bien, peu de gens s'intéressent à ces
choses, et que ceux-là ne se méprendraient pas
aux motifs de tant de rage et de si grossières
calomnies. Depuis huit mois que ces messieurs
nous honorent de leurs injures, vous savez en quels
termes je vous en ai écrit : *c'était*, vous disais-je,
une canaille ² *qu'il fallait laisser aboyer.* J'avais
raison de les mépriser ; mais j'avais tort de ne
pas les craindre, et à présent que je voudrais me
mettre en garde contre eux, il n'est peut-être plus
temps.

Je fais cependant quelquefois une réflexion qui
me rassure un peu : Colomb découvrit l'Améri-
que, et on ne le mit qu'au cachot ; Galilée trouva
le vrai système du monde ; il en fut quitte pour la
prison. Moi j'ai trouvé cinq ou six pages dans
lesquelles il s'agit de savoir qui baisera Chloé ;
me fera-t-on pis qu'à eux ? Je devrais être tout au
plus *blâmé par la Cour* : mais la peine n'est pas
toujours proportionnée au délit, et c'est là ce qui
m'inquiète

Vous dites que les faits sont notoires; votre récit et celui de M. Furia s'accordent peu néanmoins. Il y a dans le sien beaucoup de faussetés; beaucoup d'omissions dans le vôtre. Vous ne dites pas tout ce que vous savez, et peut-être aussi ne savez-vous pas tout : moi, qui suis moins circonspect, mieux instruit et d'aussi bonne foi, je vais suppléer à votre silence.

Passant à Florence, il y a environ trois ans, j'allai avec un de mes amis, M. Akerblad, membre de l'institut, voir la bibliothèque de l'abbaye de cette ville. Là, entre autres manuscrits d'une haute antiquité, on nous en montra un de Longus. Je le feuilletai quelque temps, et le premier livre, que tout le monde sait être mutilé dans les éditions, me parut entier dans ce manuscrit : je le rendis et n'y pensai plus. J'étais alors occupé d'objets fort différens de ceux-là. Depuis, ayant parcouru la France, l'Allemagne et la Suisse, je revins en Italie, et avec vous à Florence, où me trouvant de loisir, je copiai de ce manuscrit ce qui manquait dans les imprimés. Je me fis aider dans ce travail par MM. Furia et Bencini, employés tous les deux à la bibliothèque de Saint-Laurent, où le manuscrit se trouvait alors. En travaillant avec eux, j'y fis, par étourderie, une tache d'encre qui couvrait une vingtaine de mots dans l'endroit inédit déjà transcrit par moi. Pour réparer ce petit malheur, j'offris, sans qu'on me la demandât, ma copie, c'est-à-dire celle que nous avions faite ensemble moi, M. Furia et son aide, laquelle étant de trois mains, faite sur l'original même, et revue par trois

personnes avant l'accident, avait une exactitude
et une authenticité qui eût manqué à toute autre.
On la dédaigna d'abord, comme ne pouvant tenir
lieu de l'original, et ensuite on l'exigea ; mais
alors j'avais des raisons pour la refuser. Je payai
ces Messieurs et m'en vins de Florence à Rome,
où ayant trouvé, comme je l'espérais, d'autres
manuscrits de Longus, je fis imprimer à mes frais
le texte de cet auteur, avec les variantes de Rome
et de Florence. Cette édition ne se vend point, je
la donne à qui bon me semble ; mais le fragment
de Florence, imprimé séparément, se donne gratis
à qui veut l'avoir.

Dans tout ceci, Monsieur, je n'invoquerai point
votre témoignage, dont heureusement je puis me
passer. Je vois votre prudence ; j'entre dans tous
vos ménagemens, et ne veux point vous commettre
avec les puissances, en vous contraignant à vous
expliquer sur d'aussi grands intérêts. Si on vous
en parle, haussez les épaules, levez les yeux
au ciel, faites un soupir, ou un sourire, et dites
que le temps est au beau.

Mais avant d'aller plus loin, souffrez, Monsieur,
que je me plaigne de la manière dont vous me
faites connaître au public. Vous m'annoncez comme
auteur d'une traduction de Longus parfaitement
inconnue, brochure anonyme dont il n'y a que
très-peu d'exemplaires dans les mains de quelques
amis ; et comme on ne me connaît pas plus que
ma traduction, vous apprenez à vos lecteurs que
je suis un *helléniste* fort habile, dites-vous. On ne
pouvait plus mal rencontrer : si je suis habile, ce

n'est pas dans cette occasion que j'en ai fait preuve. Ayant découvert cette bagatelle, qui complète un joli ouvrage mutilé depuis tant de siècles, vous voyez le parti que j'en ai su tirer. J'en fais cadeau au public, et je passe pour l'avoir non-seulement volée, mais anéantie ; vous-même, Monsieur, vous en déplorez la perte. Les journaux italiens me dénoncent comme destructeur d'un des plus beaux monumens de l'antiquité; M. Furia en prend le deuil, sa cabale crie vengeance, et tandis que ce supplément est, par mes soins et à mes frais, dans les mains de ceux qui peuvent le lire, on répand partout contre moi un libelle avec ce titre : *Histoire de la découverte et de la perte subite d'un fragment de Longus.* Voilà mon habileté. Où tout autre aurait trouvé du moins quelque honneur, j'en suis pour mon argent et ma réputation, et je me tiendrai heureux s'il ne m'arrive pas pis. Croyez-moi, Monsieur, les habiles en littérature sont ceux qui, comme les jésuites de Pascal, *ne lisent point, écrivent peu, et intriguent beaucoup.*

Je ne suis pas non plus *helléniste,* ou je ne me connais guère. Si j'entends bien ce mot, qui, je vous l'avoue, m'est nouveau, vous dites un *helléniste* comme on dit un *dentiste,* un *droguiste,* un *ébéniste ;* et suivant cette analogie, un *helléniste* serait un homme qui étale du grec, qui en vit, qui en vend au public, aux libraires, au gouvernement. Il y a loin de là à ce que je fais. Vous n'ignorez pas, Monsieur, que je m'occupe de ces études uniquement par goût, ou, pour mieux dire,

par boutades et quand je n'ai point d'autre fan-
taisie ; que je n'y attache nulle importance et
n'en tire nul profit ; que jamais on n'a vu mon
nom en tête d'aucun livre ; que je ne veux aucune
des places où l'on parvient par ce moyen, et que,
sans les hasards qui m'ont engagé à donner au
public un texte de quelques pages, jamais on n'aurait eu cette preuve de mon habileté ; qu'enfin,
même après cela, si vous ne m'eussiez démasqué,
contre toute bienséance et sans nulle nécessité,
cette habileté, qu'il vous plaît de me supposer, ou
ne m'eût point été attribuée, ou serait encore un
secret entre quelques personnes capables d'en
juger.

Qu'est-ce, s'il vous plaît, Monsieur, qu'une
notice d'un livre qui ne se vend point, qu'on
donne à peu de personnes, et que même on ne
peut plus donner ? et qu'importe à qui vous lit
que ce livre soit bon ou mauvais, si on ne saurait
l'avoir ? Que vous vous défendiez du mal qu'on
vous impute en nommant celui l'a fait, cela est
tout simple ; mais personne ne vous accusait
d'avoir fait cette traduction. Je ne veux point
trop vous pousser là-dessus, ni paraître plus
fâché que je ne le suis en effet. Vous avez cru
la chose de peu de conséquence, et pensé fort
sagement qu'un tel ouvrage ne me pouvait faire
ni grand honneur ni grand tort ; mais enfin vous
eussiez pu vous dispenser de me nommer, du
moins comme traducteur, et en y pensant mieux,
vous n'eussiez pas dit que j'étais ni habile, ni
helléniste.

Vous n'êtes pas plus exact en parlant de M. Furia. Sans autre explication, vous le désignez seulement comme bibliothécaire, gardien d'un dépôt littéraire célèbre dans toute l'Europe. Y pensez-vous, Monsieur? Vous écrivez à Paris, vous parlez à des Français qui, voyant dans ces emplois des gens d'un mérite reconnu, dont quelques-uns même sont Italiens[3], ne manqueront pas de croire que le seigneur Furia est un homme considérable par son savoir et par sa place. Je comprends que cette erreur peut vous être indifférente, et qu'ayant apparemment plus de raison de le ménager que de vous plaindre de lui, vous lui laissez volontiers la considération attachée à son titre dans le pays où vous êtes; mais moi qu'il attaque soutenu d'une cabale de pédans, il m'importe qu'on l'apprécie à sa juste valeur, et je ne puis souffrir non plus qu'on le confonde avec des gens dont l'érudition et le goût font honneur à l'Italie.

Si vous eussiez voulu, Monsieur, donner une juste idée des personnages peu connus dont vous aviez à parler, après avoir dit que j'étais *ancien militaire, helléniste*, puisque vous le voulez, *fort habile*, il fallait ajouter : *Monsieur Furia est un cuistre, ancien cordonnier comme son père, garde d'une bibliothèque qu'il devrait encore balayer, qui fait aujourd'hui de mauvais livres n'ayant pu faire de bons souliers, helléniste fort peu habile, à huit cents francs d'appointemens, copiant du grec pour ceux qui le payent, élève et successeur du seigneur Bandini, dont l'ignorance est célèbre.* Et il ne fallait pas dire seule-

ment, comme vous faites, que cet homme *cherche
des torts dans les accidens les plus simples,* mais
qu'il est intéressé à en trouver, parce qu'il est
cuistre en colère, dont la rage et la vanité cruelle-
ment blessée servent d'instrument à des haines [4]
qui n'osent éclater d'une autre manière. Ce sont là
de ces choses sur lesquelles vous gardez un silence
prudent. *Fontenelle,* dit quelque part Voltaire,
*était tout plein de ces ménagemens. Il n'eût
voulu, pour rien au monde, dire seulement à
l'oreille que F... est un polisson.* Voltaire cachait
moins sa pensée; mais il est plus sûr d'imiter
Fontenelle. Malheureusement le choix n'est pas en
mon pouvoir, et je suis obligé de tout dire.

Pour commencer par les raisons que peut avoir
le seigneur Furia de n'être pas aussi désintéressé
qu'on le croirait dans cette affaire, il faut savoir
que la découverte du précieux fragment de Longus
s'est faite dans un manuscrit sur lequel lui Furia
a travaillé longues années, et qu'il regardait en
quelque sorte comme sa propriété; qu'on y a fait
cette trouvaille au moment précisément où le seigneur Furia venait de donner au public une notice
très-ample et *très-exacte,* selon lui, de ce même
manuscrit, dans laquelle est indiqué page par
page, et fort au long, tout ce que le sieur Furia y
a pu remarquer; que son travail sur ce petit volume, annoncé longtemps d'avance, a duré six ans,
pendant lesquels il n'a cessé de le feuilleter et de
le décrire avec une patience peu commune; qu'il
en a même, à ce qu'il dit, extrait beaucoup de
variantes des prétendues fables d'Ésope par lui

réimprimées à la fin de sa notice; car ces sottises
de quelque moine, par où l'on commence au col-
lége l'étude de la langue grecque, se trouvent dans
ce manuscrit à la suite du roman de Longus, et
le sieur Furia n'a pas manqué d'en faire son profit;
qu'enfin, à peine achevé, son ouvrage, qu'il vendait lui-même, et où il pensait avoir épuisé tout
ce qu'on pouvait dire du divin manuscrit, arrive
par hasard quelqu'un qui, tout au premier coup
d'œil, voit et désigne au public la seule chose qui
fût vraiment intéressante dans ce manuscrit, et
la seule aussi que le sieur Furia n'y eût pas aperçue.

On écrit aujourd'hui assez ordinairement sur les
choses qu'on entend le moins. Il n'y a si petit
écolier qui ne s'érige en docteur. A voir ce qui
s'imprime tous les jours, on dirait que chacun se
croit obligé de faire preuve d'ignorance. Mais des
preuves de cette force ne sont pas communes, et
le seigneur Bandini lui-même, maître et prédéces-
seur du seigneur Furia, fameux par des bévues
de ce genre, n'a rien fait qui approche de cela.

Nous avons des relations de voyages dont les
auteurs sont soupçonnés de n'être jamais sortis de
leur cabinet; et, dans un autre genre,

> Combien de gens ont fait des récits de batailles
> Dont ils s'étaient tenus loin!

mais une notice d'un livre par quelqu'un qui ne
l'a point lu est une bouffonnerie toute neuve et
dont le public doit savoir gré au seigneur Furia.

Je ne prétends pas dire par là qu'il ne l'ait

34

examiné avec beaucoup d'attention. J'admire au contraire qu'il ait pu entrer dans tous ces détails et en faire deux volumes. Son ouvrage, que je n'ai point lu (car j'en parle à-peu-près comme lui du manuscrit), sera quelque jour utile au relieur pour éviter toute erreur dans la position des feuillets. En un mot, dans le compte qu'il rend de ce livre, selon lui, si intéressant, qui l'a occupé six années, il a pensé à tout, excepté à le lire.

Il est fâcheux pour vous, Monsieur, de n'avoir pas été témoin de l'effet que produisit sur lui la première vue de cette lacune dans le livre imprimé, et du morceau inédit qui la remplissait dans le manuscrit. Sa surprise fut extrême, et quand il eut reconnu que ce morceau n'était pas seulement de quelques lignes, mais de plusieurs pages, il me fit pitié, je vous assure. D'abord *il demeura stupide :* vous en auriez peut-être ri ; mais bientôt vous auriez eu peur, car en un instant il devint furieux. Je n'avais jamais vu un pédant enragé ; vous ne sauriez croire ce que c'est.

Le quadrupède écume et son œil étincelle.

Si des regards il eût pu mordre, j'aurais mal passé mon temps.

Dès lors le seigneur Furia se crut un homme déshonoré. Vous savez que Vatel se tua parce que le rôt manquait au souper de son maître. Il avait, comme dit le Roi quand on lui apprit cette mort, de l'honneur à sa manière. M. Furia ne se tua point, parce que bientôt après il conçut l'es-

pérance de rétablir un peu sa réputation aux dé-
pens de la mienne ; car ce fut, je crois, le surlen-
demain que je fis au manuscrit cette tache, dont il
me sait, dans son âme, si bon gré, quoiqu'il s'en
plaigne si haut. Après avoir copié tout le morceau
inédit, j'achevais la collation du reste avec ces
messieurs. Pour marquer dans le volume l'endroit
du supplément, j'y mis une feuille de papier, sans
m'apercevoir qu'elle était barbouillée d'encre en
dessous. Ce papier s'étant collé au feuillet, y fit
une tache qui couvrait quelques mots de quelques
lignes. M. Furia a écrit en prose poétique l'histoire de cet événement. C'est, à ce qu'on dit, son
meilleur ouvrage ; c'est du moins le seul qu'on ait
lu. Il y a mis beaucoup du sien, tant dans les
choses que dans le style ; mais le fond en est pris
de la Pharsale et des tragédies de Sénèque.

J'avoue que ce malheur me parut fort petit. Je
ne savais pas que ce livre fût le Palladium de
Florence, que le destin de cette ville fût attaché
aux mots que je venais d'effacer : j'aurais dû cependant me douter que ces objets étaient sacrés
pour les Florentins, car ils n'y touchent jamais.
Mais enfin, je ne sentis point mon sang se glacer
ni mes cheveux se hérisser sur mon front ; je ne
demeurai pas un instant sans voix, sans pouls et
sans haleine. M. Furia prétend que tout cela lui
arriva ; mais moi, je le regardais bien, et je ne vis
en lui, je vous jure, aucun de ces signes alarmans
d'une défaillance prochaine, si ce n'est quand je
lui mis, comme on dit, le nez sur ce morceau de
grec qu'il n'avait pu voir sans moi.

Les expressions de M. Furia pour peindre son
saisissement à la vue de cette tache, qui couvrait,
comme je vous ai dit, une vingtaine de mots, sont
du plus haut style et d'un pathétique rare, même
en Italie. Vous en avez été frappé, Monsieur, et
vous les avez citées, mais sans oser les traduire.
Peut-être avez-vous pensé que la faiblesse de notre
langue ne pourrait atteindre à cette hauteur : je
suis plus hardi, et je crois, quoi qu'en dise
Horace, qu'on peut essayer de traduire Pindare et
M. Furia ; c'est tout un. Voici ma version littérale :

A un si horrible spectacle (il parle de ce pâté
que je fis sur son bouquin), *mon sang se gela
dans mes veines, et durant plusieurs instans,
voulant crier, voulant parler, ma voix s'arrêta
dans mon gosier : un frisson glacé s'empara de
tous mes membres stupides...* Voyez-vous, Monsieur ? ce pâté, c'est pour lui la tête de Méduse.
Le voilà stupide ; il l'assure, et c'est la seule
assertion qui soit prouvée par son livre. Mais il
y a dans cet aveu autant de malice que d'ingé-
nuité ; car il veut faire croire que c'est moi qui
l'ai rendu tel, au grand détriment de la littérature. Moi je soutiens que longtemps avant d'avoir
vu cette affreuse tache, *dont le seul souvenir le
remplit d'horreur et d'indignation,* il était déjà
stupide, ou certes, bien peu s'en fallait, puisqu'il
a tenu, feuilleté, examiné, décrit et noté par le
menu chaque page de ce petit volume, sans se
douter seulement de ce qu'il contenait.

Lorsque son directeur, ou son conservateur,
comme il l'appelle quelquefois, le seigneur Tho-

mas Puzzini [5], *apprit cet étrange accident par
la trompette sonore de la renommée, qui, toujours infatigable... fit retentir à son oreille...*
bref, quand on lui conta l'aventure du pâté, *il fut
saisi d'horreur ; il frémit au récit d'une action
si atroce.* En effet, il y a de plus grands crimes,
mais il n'y en a point de plus noir. Ailleurs,
M. Furia représente *Florence désolée, toute une
ville en pleurs, les citoyens consternés :* pour lui,
dans ce deuil public, quand tout le monde pleu-
rait, vous imaginez bien qu'il ne s'épargnait pas.
Depuis que sa voix s'était *arrêtée dans son gosier,*
il ne disait mot, et sans doute il n'en pensait pas
davantage, car il était *devenu stupide.* Mais *la
nuit, dans ses songes, cette image cruelle,* (il
n'a osé dire sanglante) *s'offrait à ses yeux.* Et il
déclare dans son début, que l'obligation où il est
de raconter cé fait *lui pèse, est pour lui un fardeau excessivement à charge, parce qu'elle lui
rappelle* (cette obligation) *la mémoire plus vive
de l'acerbité d'un événement qui, bien qu'aucun
temps ne puisse pour lui le couvrir d'oubli, ce
nonobstant, il ne peut y repenser sans se sentir
compris tout entier d'horreur.* Je traduis toujours
mot à mot. Ici c'est Virgile amplifié à proportion
du sujet ; car ce que le poëte avait dit du massacre
de tout un peuple, a paru trop faible à M. Furia
pour un pâté d'encre.

N'admirez-vous point, Monsieur, qu'un homme
écrivant de ce style, attache tant d'importance au
texte de Longus, qui est la simplicité même ? C'est
le zèle des bouquins qui enflamme M. Furia et le

fait parler comme un prophète. Au reste, l’hyperbole lui est familière, et c’est où il réussit le mieux. En voulez-vous un bel exemple? Quelqu’un de ses protecteurs (car il en a beaucoup, tous brûlant du même zèle et acharnés contre moi), se charge, au refus des libraires, de l’impression d’un de ses livres : aussitôt M. Furia le proclame dans sa dédicace le premier homme du siècle, et l’assure *qu’aucun âge à venir ne se taira sur ses louanges.* Cicéron en disait autant jadis aux conquérants du monde ⁶. Or, si un homme qui dépense cinquante écus pour imprimer les sottises du Seigneur Furia mérite des autels, il est clair que celui qui fait, quoique involontairement, voir et palper à un chacun l’ignorance dudit seigneur, est digne de tous les supplices : c’est la substance du libelle qu’il a publié contre moi.

Nous sommes d’accord sur les faits et les circonstances qu’il raconte ; la plupart, de son invention, sont différentes au fond. Qu’importe, en effet, qu’il se soit le premier aperçu de cette tache, ainsi qu’il le dit, ou que je la lui aie montrée dès que je la vis moi-même, comme c’est la vérité? que ce soit lui qui m’ait indiqué ce manuscrit de Longus, ou que je le connusse longtemps auparavant, comme vous, Monsieur, le savez, et tant d’autres personnes à qui j’en avais écrit ou parlé! que j’aie copié, selon ce qu’il dit, tout le supplément sous sa dictée, ou que je lui aie déchiffré et expliqué les endroits qu’il n’avait pu lire, faute d’entendre le sens, comme le prouve cette copie même, tout cela ne fait rien à l’affaire.

J'ai fait la tache, *l'horrible tache*, et j'en ai donné à M. Furia ma déclaration, sans qu'il songeât, quoi qu'il en dise, à me la demander. Après lui avoir offert ma copie, qu'il me demandait tout aussi peu, je la lui ai depuis refusée. Je suis loin de m'en repentir, et vous allez voir pourquoi.

J'offris d'abord, comme je l'ai dit, de mon propre mouvement, cette copie à M. Furia, et il accepta mon offre sans paraître en faire beaucoup de cas, observant très-judicieusement qu'aucune copie ne pouvait réparer le mal fait au manuscrit. Je continuai mon travail; vous arrivâtes deux jours après, et vous vîtes *le désastre*, comme l'appelle M. Furia. Ce jour-là, autant qu'il m'en souvient, il pensait encore fort peu à la copie promise; cependant je vois, par votre notice, qu'il en fut question, et sans doute je la promis encore. Ce ne fut que le lendemain, quand vous n'étiez plus à Florence, que M. Furia me demanda cette copie avec beaucoup de vivacité. Je lui dis que le temps me manquait pour en faire un double, qui me devait rester, mais qu'aussitôt achevée la collation du manuscrit, je songerais à le satisfaire. Ce même jour, en regardant la tache dans le manuscrit, elle me parut augmentée, et je conçus des soupçons. Le soir, au sortir de la bibliothèque, M. Furia me pressa fort de passer avec lui chez moi, pour lui donner la copie. Il la voulait sur-le-champ, parce que, disait-il, chez moi elle se pouvait perdre. Son empressement ajoutant aux défiances que j'avais déjà, je lui répondis que, toutes réflexions faites, je serais

bien aise de garder par devers moi cette copie,
qui, étant écrite de trois mains, était la seule
authentique et l'unique preuve que je pusse
donner du texte que je publierais, quant aux
endroits effacés. Par cette raison même, me dit-il,
c'était la seule qui convînt à la bibliothèque, où
d'ailleurs, demeurant dans ses mains, elle ne cou-
rait aucun risque. Je ne lui dis pas ce que j'en
pensais, mais je le refusai nettement. Il se fâcha,
je m'emportai, et l'envoyai promener en termes
qui ne se peuvent écrire.

Ne vous prévins-je pas, Monsieur, quand vous
voulûtes enlever ce papier collé au manuscrit? Ne
vous criai-je pas : *Prenez garde, ne touchez à
rien ; vous ne savez pas à quelles gens vous avez
affaire.* J'employai peut-être d'autres mots que
l'occasion et le mépris que j'avais pour eux me
dictaient ; mais, en gros c'était là le sens, et vous
vous en souvenez. Ne craignez rien, Monsieur ;
ceci ne peut vous compromettre. Vous ne m'écou-
tâtes point; vous portâtes la main sur la fatale
tache : mal vous en a pris ; mais enfin votre conduite prouva que vous pensez toujours bien des
gens en place, quelle que soit leur place. Vous
pouvez donc convenir, sans vous brouiller avec
personne, que je vous avertis de ce qui vous arri-
verait, et vous en conviendrez, car on aime la
vérité quand elle ne peut nous nuire.

Vous voyez, Monsieur, que dès-lors, j'avais
deviné leur malin vouloir : j'ignorais encore ce
qu'ils méditaient ; mais je le savais quand je refusai ma copie à M. Furia.

Pour comprendre l'importance que nous y attachions l'un et l'autre, il faut savoir comment cette copie fut faite. Le caractère du manuscrit m'était tout nouveau : MM. Furia et Bencini l'ayant tenu assez longtemps pour en avoir quelque habitude, me dictaient d'abord, et j'écrivais, et en écrivant, je laissais aux endroits qu'ils n'avaient pu lire dans l'original, parce que les traits en étaient ou effacés ou confus, des espaces en blanc. Quand j'eus ainsi achevé d'écrire tout ce qui manquait dans l'imprimé, je pris à mon tour le manuscrit, et guidé par le sens, que j'entendais mieux qu'eux, je lus ou devinai partout les mots que ces messieurs n'avaient pu déchiffrer, et eux qui tenaient alors la plume, écrivant ce que je leur dictais, remplissaient dans ma copie les blancs que j'avais laissés. De plus, dans ce que j'avais écrit sous leur dictée, il se trouvait des fautes que je leur fis corriger d'après le manuscrit ; ce qui produisit beaucoup de ratures. Ainsi dans chaque page, et presque à chaque ligne, parmi les mots écrits de ma main, se trouvent des mots écrits par l'un d'eux, et c'est là ce qui constate l'authenticité du tout : aussi voyez-vous que M. Furia, dans sa diatribe contre moi, atteste l'exactitude de cette copie, qu'il ne pourrait nier sans se faire tort à lui-même.

Plusieurs personnes à Florence, me parlant alors de la tâche faite au manuscrit, me parurent persuadées que c'était de ma part une invention pour pouvoir altérer le texte dans quelque passage obscur et en éluder ainsi les difficultés. Ces bruits,

étaient semés par M. Furia, qui, à toute force,
voulait discréditer l'édition que vous aviez annoncée, et sur laquelle il pensait que nous fondions,
vous et moi, une spéculation des plus lucratives;
car il ne pouvait ni croire ni comprendre que je
fisse tout cela gratuitement, et forcé de le croire à
présent, il ne le comprend pas davantage.

En ce temps-là même, vous avez pu lire dans la
Gazette de Milan un article fait par quelqu'un de
la cabale de M. Furia, où l'on avertissait le public
de n'ajouter aucune foi à un supplément de Lon-
gus qui allait paraître à Paris, attendu la des-
truction du manuscrit original, etc. Vous concevez, Monsieur, que, dans cet état de choses,
M. Furia était le dernier à qui j'eusse confié le
dépôt qu'il exigeait. Comment pouvais-je réparer
le mal fait au manuscrit, si ce n'est en donnant au
public le texte imprimé d'après une copie authentique? et cette preuve unique du texte que j'allais
publier, pouvais-je la remettre à l'homme qui m'accusait de vouloir falsifier ce texte?

Notez que cette pièce, à moi si nécessaire, est,
pour la bibliothèque, parfaitement inutile; elle ne
peut avoir, aux yeux des savans, l'autorité du
manuscrit, ni par conséquent en tenir lieu. S'il y
a quelque erreur dans mon édition, c'est que j'ai
mal lu l'original, et ma copie ne saurait servir à
la corriger. Elle est inutile à ceux qui pourraient
douter de la fidélité du texte imprimé, dont elle
n'est pas la source; mais elle m'est utile à moi
contre l'infidélité et la mauvaise foi du seigneur
Furia, qui, s'il l'avait dans les mains, en altérant

un seul mot, rendrait tout le reste suspect, au
lieu que sa propre écriture le contraint maintenant
d'avouer l'authenticité de ce texte, qu'il nierait
assurément s'il y avait moyen.

Si M. Furia eût eu cette copie en son pouvoir,
il aurait d'abord publié de longues dissertations
sur les ratures dont elle est pleine. Sa conclusion
se devine assez, et la sottise de ses raisonnemens
n'eût été connue que des habiles, qui sont toujours
en petit nombre et ne décident de rien ; aussi,
loin de la lui confier, j'ai refusé même de la lui
montrer ; car, s'il eût pu seulement savoir quels
étaient les mots écrits de sa main, cela lui aurait
suffi pour remplir les gazettes de nouvelles imper-
tinences. En un mot, toute demande de sa part
devait être suspecte, et son empressement fut le
premier motif de mon refus.

Certes, la rage de ces messieurs se manifestait
trop publiquement pour que je pusse me méprendre
sur leurs intentions. Peu de jours après votre
départ, les directeurs, inspecteurs, conservateurs
du sieur Furia s'assemblèrent avec lui chez le sieur
Puzzini, chambellan, garde du Musée : on y trans-
porta en cérémonie le saint manuscrit, *suivi des
quatre facultés*. Là, les chimistes, convoqués
pour opiner sur le pâté, déclarèrent tout d'une
voix qu'ils n'y connaissaient rien ; que cette tache
d'une encre tout extraordinaire, dont la composition, imaginée par moi exprès pour ce grand
dessein, passait leur capacité, résistait à toute
analyse, et ne se pouvait détruire par aucun des
moyens connus. Procès-verbal fut fait du tout, et

publié dans les journaux. M. Furia a écrit au long
tout ce qui se passa dans cette mémorable séance :
c'est le plus bel épisode de sa grande histoire du
pâté d'encre, et une pièce achevée dans le genre
de *Diafoirus* ou de *Chiampot la perruque*. Pour
moi, je ne puis m'empêcher de le dire, dussé-je
m'attirer de nouveaux ennemis ; cela prouve seulement que les professeurs de Florence ne sont pas
plus habiles en chimie qu'en littérature, car le
premier relieur de Paris leur eût montré que c'était
de l'encre *de la petite vertu*, et l'eût enlevée à
leurs yeux par les procédés qu'on emploie, comme
vous le savez, tous les jours.

Mais que vous semble, Monsieur, de cette dévotion aux bouquins ? A voir l'importance que ces
messieurs attachent à leurs manuscrits, ne dirait-on
pas qu'ils les lisent ? Vous penserez qu'étant payés
pour diriger, inspecter, conserver à Florence les
lettres et les arts, ils soignent, sans trop savoir ce
que c'est, le dépôt qui leur est confié, et se font de
leur soin un mérite, le seul qu'ils puissent avoir.
Mais ce zèle de la maison du Seigneur est, je vous
assure, bien nouveau chez eux ; il n'a jamais pu
s'émouvoir dans une occasion toute récente, et bien
plus importante, comme vous allez voir.

L'abbaye de Florence, d'où vient dans l'origine
ce texte de Longus, était connue dans toute l'Europe comme contenant les manuscrits les plus précieux qui existassent. Peu de gens les avaient vus ;
car, pendant plusieurs siècles, cette bibliothèque
resta inaccessible : il n'y pouvait entrer que des
moines, c'est-à-dire qu'il n'y entrait personne.

La collection qu'elle renfermait, d'autant plus intéressante qu'on la connaissait moins, était une mine
toute neuve à exploiter pour les savans; c'était là
qu'on eût pu trouver, non pas seulement un Longus, mais un Plutarque, un Diodore, un Polybe
plus complets que nous ne les avons. J'y péné-
trai enfin, comme je vous l'ai dit, avec M. Akerblad, quand le gouvernement français prit possession de la Toscane, et en une heure nous y vîmes de
quoi ravir en extase tous les *hellénistes* du monde,
pour me servir de vos termes, quatre-vingts
manuscrits des neuvième et dixième siècles. Nous
y remarquâmes surtout ce Plutarque dont je vous
ai si souvent parlé. Ce que nous en pûmes lire
parut appartenir à la vie d'Épaminondas, qui manque dans les imprimés. Quelques mois après ce
livre disparut, et avec lui tout ce qu'il y avait de
meilleur et de plus beau dans la bibliothèque,
excepté le Longus, trop connu par la notice récente
de M. Furia, pour qu'on eût osé le vendre. Sur
les plaintes que nous fîmes, M. Akerblad et moi,
la Junte donna des ordres pour recouvrer ces
manuscrits. On savait où ils étaient, qui les avait
vendus, qui les avait achetés; rien n'était plus
facile que de les retrouver; c'était matière à exer-
cer le zèle des conservateurs, et nous pressâmes
fort ces messieurs d'agir pour cela; mais *ils ne
voulaient*, nous dirent-ils, *faire de la peine à personne*. La chose en demeura là. J'ai gardé la minute
d'une lettre que j'écrivis à ce sujet à M. Chaban,
membre de la Junte.

- « Livourne, le 30 septembre 1807.

« MONSIEUR,

« Les ordres que j'ai reçus m'ont obligé de partir
si précipitamment que j'eus à peine le temps de
porter chez vous ma carte à une heure où je pouvais espérer de vous parler ; manière de prendre
congé de vous bien contraire à mes projets ; car
après les marques de bonté que vous m'avez
données, Monsieur, j'avais dessein de vous faire
ma cour, et de profiter des dispositions favorables où je vous voyais pour rassembler et sauver
ce qui se peut encore trouver de précieux dans
vos bibliothèques de moines. Mais puisque mon
service m'empêche de partager cette bonne œuvre,
je veux au moins y contribuer par mes prières.
Je vous conjure donc de vouloir bien ordonner
que tous les manuscrits de l'abbaye soient trans-
portés à la bibliothèque de Saint-Laurent et qu'on
cherche ceux qui manquent d'après le catalogue
existant. J'ai reconnu dernièrement que déjà quelques-uns des plus importans ont disparu ; mais il
sera facile d'en trouver des traces, et d'empêcher
que ces monumens ne passent à l'étranger, qui en
est avide, ou même ne périssent dans les mains
de ceux qui les recèlent, comme il est arrivé
souvent. Songez qu'avec deux lignes vous allez
conserver les titres de noblesse des Grecs et des
Romains et vous attirer les bénédictions de tout

ce qu'il y aura jamais d'antiquaires et d'érudits dans tous les siècles des siècles. »

On donna de nouveaux ordres pour la recherche des manuscrits. Je fus même nommé par la Junte, avec M. Akerblad, commissaire à cet effet ; honneur que nous refusâmes, lui comme étranger, moi comme occupé ailleurs. Ce soin demeura donc confié à MM. Puzzini et Furia, que rien ne put engager à y penser le moins du monde; *ils ne voulaient alors faire de la peine à personne.* Ceux qui avaient les manuscrits les gardèrent, et les ont encore.

Or ces gens si indifférens à la perte d'une collection de tous les auteurs classiques, croirait-on que ce sont eux qui aujourd'hui, pour quatre mots d'une page d'un roman, quatre mots que, sans moi, ils n'eussent jamais connus, quatre mots qui sont imprimés, et qu'ils liraient s'ils savaient lire, travaillent avec tant d'ardeur à soulever contre moi le public et le gouvernement, remplissent les gazettes d'injures et de calomnies ridicules, et par des circulaires promettent à la canaille littéraire d'Italie le plaisir de me voir bientôt traité en criminel d'État. M. Puzzini en répond ; il sait sans doute ce qu'il dit, *et, ma foi, je commence à le croire un petit,* comme dit Sosie.

Ce qui vous surprendra, Monsieur, c'est qu'aucun d'eux ne me connaît. Jamais aucun d'eux, excepté le seigneur Furia, n'a eu avec moi ni raison ni querelle, ni rapport d'aucune espèce. J'ai parlé un quart d'heure à M. Pulcini[1], et ne me rappelle pas même sa figure ; ainsi leur haine contre moi ne peut être personnelle. Pour me faire une guerre si cruelle, et sur si peu de chose, eux qui *naturellement ne veulent faire de mal à personne,* leur motif est tout autre qu'une animosité, si cela se peut dire, individuelle. L'offense que j'ai faite très-involontairement au seigneur Furia lui est particulière ; la rage de toute sa clique a une cause plus générale.

Vous vous rappelez le mot des Espagnols : *Non comme Français, mais comme hérétiques* [8]. Ces messieurs disent bien ici quelque chose d'approchant, mais je vous assure qu'ils déguisent fort peu les vrais motifs de leur haine ; tout le monde en est instruit. Mon premier crime a été de découvrir leur ignorance, mais cela seul n'eût été rien ; car s'ils persécutaient tous ceux qui en savent plus qu'eux, *à qui pourraient-ils pardonner?* Le second, qui me rend indigne de toute grâce, c'est que je ne prononce pas comme eux le mot *ciceri* [9]. C'est là une sorte de péché originel que rien ne peut effacer.

Si j'avais le moindre crédit, le moindre petit emploi, quelque gain à leur promettre, quelques bribes à leur jeter, ils seraient tous à mes pieds et imagineraient autant de bassesses pour me faire la cour, qu'ils inventent aujourd'hui de calomnies pour me nuire. Soyez assuré, Monsieur, qu'avant de se décider à *m'entreprendre,* comme on dit, ils se sont bien informés si je n'avais point quelque appui, et comme ils ont appris que je ne tenais à rien, que je vivais seul avec quelques amis aussi obscurs que moi, que je me tenais loin des grands, et qu'aucun homme en place ne s'intéressait à moi, ils m'ont déclaré la guerre. Avouez que ce sont d'habiles gens, car que ces bons Espagnols fissent un *Auto-da-fé* des Français dans la Floride, c'était quelque chose assurément, il y avait là de quoi louer Dieu ; mais si on pouvait faire brûler un Français par les Français mêmes, quel triomphe, quelle allégresse ! Je vois ici des gens qui lisent cette triste rapsodie de Furia contre moi : *Son style est mauvais,* disent-ils, *mais son intention est bonne.*

La découverte que j'ai faite dans le manuscrit n'est rien, au dire de ces Messieurs, c'est la plus petite chose qu'on pût jamais trouver ; mais le mal que j'ai fait est *immense.* Entendez bien ceci, Monsieur : le fragment tout entier n'est rien ; mais quelques mots de ce fragment, effacés par malheur, font une perte immense, même alors que tout est imprimé. M. Furia a étendu cette perte le plus qu'il a pu, puisque la tache est aujourd'hui double au moins de celle que j'ai faite, si le dessin qu'en a publié M. Furia est exact. Il l'a augmentée à ce point, afin de pouvoir dire qu'elle était immense ; car il accommode non l'épithète à la chose, mais la chose à l'épithète qu'il veut employer. Avec tout cela, il s'en faut que le dommage soit immense ; et quand j'aurais noyé dans l'encre tous ses vieux bouquins et lui, le mal serait encore petit.

Cependant cette découverte, toute méprisable qu'elle est, M. Furia entend qu'elle nous soit commune, ou, pour mieux dire, il y consent ; car on voit bien d'ailleurs qu'elle lui appartient toute,

36

puisque c'est lui, dit-il, qui m'a fait connaître, montré, déchiffré ce manuscrit, que sans lui apparemment je n'aurais pu ni trouver ni lire. C'est là, au vrai, le but principal de son libelle, et à quoi tendent tous les détails par lui inventés, dont son récit est rempli. Sans y mettre beaucoup d'art, il a trouvé ses lecteurs disposés à le croire et à lui adjuger la moitié de cet honneur, car tout pour un seul ce serait trop.

Que de haines accompagnent la renommée ! qu'il est difficile d'échapper à l'oubli et à l'envie ! De tous les chemins qui mènent au temple de Mémoire, j'ai suivi le plus obscur : huit pages de grec font toute ma gloire, et voilà qu'on me les dispute ! M. Furia en veut sa part ; il crie dans les gazettes, il arrange, il imprime un tissu de mensonges pour arriver à ce mot : *Notre commune découverte.* Vous, Monsieur, vous voyez la fourbe, et bien loin de la découvrir, vous tâchez d'en profiter pour vous glisser entre nous deux. Vous semblez dire à chacun de nous : *Souffre qu'au moins je sois ton ombre.* Furia y consentirait ; mais moi, je suis intraitable : je veux aller tout seul à la postérité.

La gloire aujourd'hui est très-rare : on ne le croirait jamais ; dans ce siècle de lumières et de triomphes, il n'y a pas deux hommes assurés de laisser un nom. Quant à moi, si j'ai complété le texte de Longus, tant qu'on lira du grec, il y aura toujours quatre ou cinq *hellénistes* qui sauront que j'ai existé. Dans mille ans d'ici, quelque savant prouvera, par une dissertation, que je m'appelais Paul-Louis, né en tel lieu, telle année, mort tel jour de l'an de grâce... sans qu'on en ait jamais rien su, et pour cette belle découverte, il sera de l'académie. Tâchons donc de montrer que je suis le vrai, le seul restaurateur du livre mutilé de Longus : la chose en vaut la peine ; il n'y va de rien moins que de l'immortalité.

Vous savez, Monsieur, ce qui en est, quoique vous n'en disiez rien, et M. Clavier le sait aussi, à qui j'écrivis de Milan ces propres paroles :

« Milan, 13 octobre 1809.

« Envoyez-moi vite, Monsieur, vos commissions « grecques ; je serai à Florence un mois, à Rome « tout l'hiver, et je vous rendrai bon compte des « manuscrits de Pausanias. Il n'y a bouquin en « Italie où je ne veuille perdre la vue pour l'amour « de vous et du grec. Je fouillerai aussi pour mon « compte dans les manuscrits de l'abbaye de Flo- « rence. Il y avait là du bon pour vous et pour « moi, dans une centaine de volumes du neuvième « et du dixième siècle ; il en reste ce qui n'a pas « été vendu par les moines : peut-être y trouverai- « je votre affaire. Avec le Chariton de Dorville est « un' Longus que je crois entier ; du moins n'y « ai-je point vu de lacune quand je l'examinai ; « mais, en vérité, il faut être sorcier pour le lire. « J'espère pourtant en venir à bout *à grand ren-* « *fort de besicles,* comme dit maître François. « C'est vraiment dommage que ce petit roman

« d'une jolie invention, qui, traduit dans toutes les
« langues, plaît à toutes les nations, soit dans
« l'état où nous le voyons. Si je pouvais vous
« l'offrir complet, je croirais mes courses bien
« employées, et mon nom assez recommandé aux
« Grecs présens et futurs. Il me faut peu de gloire ;
« c'est assez pour moi qu'on sache quelque jour
« que j'ai partagé vos études et votre amitié... »

M. Lamberti lut cette lettre, où il était question
de lui, et me promit dès-lors de traduire le supplément, comme il le pouvait faire mieux que personne. Il se rappelle très-bien toutes ces circonstances, et voici ce qu'il m'en écrit :

*Della speranza che avevate di scoprire nel co-
dice Fiorentino il frammento di Longo Sofista,
voi mi parlaste sino dai primi momenti del vostro
arrivo in Milano. Questa cosa fu da me in quel
tempo ancor detta ad alcuni amici, che non pos-
sono averne perduto la rimembranza. Si parlò
ancora della traduzione italiana che sarebbe stato
bene di farne, quando non fossero riuscite vane
le speranze della scoperta ; ed io, per l'infinita
amicizia che vi professo, mi vi obligai con
solenne promessa per un tale lavoro. A gran
ragione adunque mi dovettero sorprendere le
ciancie del signor Furia, che nel suo scritto si
voleva far credere come cooperatore e partecipe
di quello scoprimento* [10]...

Enfin, voici une lettre de M. Akerblad, qui
montre assez en quel temps je vis ce manuscrit
pour la première fois :

« ..... Je me rappelle effectivement qu'il y a

« trois ans nous allâmes ensemble voir la biblio-
« thèque de l'abbaye de Florence, où, entre autres
« manuscrits, on nous montra celui qui contient
« le roman de Longus, avec plusieurs autres éro-
« tiques grecs. Je me souviens très-bien aussi que
« pendant que j'étais occupé à parcourir le cata-
« logue de ces manuscrits, dont les plus beaux ont
« disparu depuis, vous vous arrêtâtes assez long-
« temps à feuilleter celui de Longus, le même qui
« vous a fourni l'intéressant fragment que vous
« venez de publier. »

Ainsi, bien avant que ce manuscrit passât dans
la bibliothèque de Saint-Laurent de Florence, je
l'avais vu à l'abbaye ; je savais qu'il était complet, je l'avais dit ou écrit à tous ceux que cela
pouvait intéresser. Depuis, dans la bibliothèque,
M. Furia me *montra* ce livre que je lui demandais,
et que je connaissais mieux que lui, sans l'avoir
tenu si long-temps ; et moi je lui *montrai* dans ce
livre ce qu'il n'avait pas vu en six ans qu'il a
passés à le décrire et à en extraire des sottises. On
voit par là clairement que tout le récit de M. Furia,
et les petites circonstances dont il l'a chargé pour
montrer que le hasard nous fit faire à tous deux
ensemble cette découverte, qu'il appelle *commune,*
sont autant de faussetés. Or, si, dans un fait si
notoire, M. Furia en impose avec cette effronterie,
qu'on juge de sa bonne foi dans les choses qu'il
affirme comme unique témoin ; car, à ce mensonge,
assez indifférent en lui-même, il joint d'autres im-
postures, dont assurément la plus innocente méri-
terait cent coups de bâton C'était bien sur quoi

il comptait pour être *un peu à son aise*, comme l'huissier des Plaideurs. J'aurais pu donner dans ce piége il y a vingt ans ; mais aujourd'hui je connais ces ruses, et je lui conseille de s'adresser ailleurs. J'ai très-bien pu, par distraction, faire choir sur le bouquin la bouteille à l'encre ; mais frappant sur le pédant, je n'aurais pas la même excuse, et je sais ce qu'il m'en coûterait.

Depuis l'article inséré dans la gazette de Florence, par lequel vous annonciez une édition du supplément et de l'ouvrage entier, j'étais en pleine possession de ma découverte, et plus intéressé que personne à sa conservation. Tout le monde savait que j'avais trouvé ce fragment de Longus, que j'allais le traduire et l'imprimer ; ainsi mon privilége, mon droit de découverte étaient assurés : on ne saurait imaginer que j'aie fait exprès la tache au manuscrit, pour m'approprier ce morceau inédit, qui était à moi. C'est néanmoins ce que prétend M. Furia : cette tache fut faite, dit-il, pour le priver de sa part à la petite trouvaille (vous voyez, par ce qui précède, à quoi cette part se réduit), et afin de l'empêcher, lui ou quelqu'autre aussi capable, d'en donner une édition. Cela est prouvé, selon lui, par le refus de la copie.

Ce discours ne peut trouver de créance qu'auprès de ceux qui n'ont nulle idée d'un pareil travail ; car qui eût pu l'entreprendre à Florence, quand même votre annonce n'eût pas appris au public, et la découverte et à qui elle appartenait ? Ne m'en croyez pas, Monsieur ; consultez les savans de votre connaissance, et tous vous diront

qu'il n'y avait personne à Florence en état de
donner une édition supportable de ce texte d'après
un seul manuscrit. Il faut pour cela une connaissance de la langue grecque, non pas fort extraordinaire, mais fort supérieure à ce qu'en savent les
professeurs Florentins.

En effet, concevez, Monsieur, huit pages sans
points ni virgules, partout des mots estropiés,
transposés, omis, ajoutés, les gloses confondues
avec le texte, des phrases entières altérées par
l'ignorance, et plus souvent par les impertinentes
corrections du copiste. Pour débrouiller ce chaos,
Schrevelius donne peu de lumières à qui ne connaît que les *Fables d'Ésope*. Je ne puis me flatter
d'y avoir complétement réussi, manquant de tous
les secours nécessaires ; mais hors un ou deux
endroits, que ceux qui ont des livres corrigeront
aisément, j'ai mis le tout au point que M. Furia,
lui-même, avec ma traduction et son *Schrevelius*,
suivrait maintenant sans peine le sens de l'auteur
d'un bout à l'autre. Tout cela se pouvait faire par
d'autres que moi, et mieux, à Venise ou à Milan,
mais non à Florence.

Les Florentins ont de l'esprit ; mais ils savent
peu de grec, et je crois qu'ils ne s'en soucient
guère : il y a parmi eux beaucoup de gens de mérite, fort instruits et fort aimables ; ils parlent
admirablement la plus belle des langues vivantes :
avec cela on se passe aisément de grec.

Quelle préface aurait pu, je vous prie, mettre à
ce fragment M. Furia, s'il en eût été l'éditeur ? Il
aurait fallu qu'il dît : Dans le long travail que j'ai

fait sur ce manuscrit, dont j'ai extrait des choses
si peu intéressantes, j'ai oublié de dire que l'ouvrage de Longus s'y trouvait complet ; on vient
de m'en faire apercevoir. Et là-dessus, il aurait
cité votre article de la gazette. Vous voyez, Monsieur, par combien de raisons j'avais peu à craindre
que ni lui ni personne songeât à me troubler
dans la possession du bienheureux fragment. J'en
ai refusé à M. Furia, non une copie quelconque,
qui lui était inutile comme bibliothécaire, mais une
certaine copie dont il voulait abuser comme mon
ennemi déclaré ; et l'abus qu'il en voulait faire
n'était pas de la publier, car il ne le pouvait en
aucune façon, mais de l'altérer, pour jeter du
doute sur ce que j'allais publier. Tout cela est, je
pense, assez clair.

Mais si l'on veut absolument que, contre mon
intérêt visible, j'aie mutilé ce morceau, que je venais
de déterrer et dont j'étais maître, pour consoler
apparemment M. Furia du petit chagrin que lui
causait cette découverte, encore faudra-t-il avouer
que les adorateurs de Longus me doivent bien
moins de reproches que de remercîmens. Si ce texte
est si sacré, pour l'avoir complété je mérite des
statues. La tache qui en détruit quelques mots
dans le manuscrit ne saurait être un crime d'état,
que la restauration du tout dans les imprimés ne
soit un bienfait public : mais si tout l'ouvrage,
comme le pensent des gens bien sensés, n'est en
soi qu'une fadaise, qu'est-ce donc que ce pâté, dont
on fait tant de bruit ? En bonne foi, le procès de
Figaro, qui roulait aussi sur un pâté d'encre, et

la cause de l'Intimé, sont, au prix de ceci, des affaires graves.

> Et quand il serait vrai que, par pure folie,
> J'aurais exprès gâté le tout ou bien partie
> Dudit fragment, qu'on mette en compensation
> Ce que nous avons fait depuis cette action,

et l'édition du supplément qui se distribue gratis, et celle du livre entier *donnée* aux savans, et enfin cette traduction dont vous rendez compte, qui certes éclaircit plus le texte que la tache ne l'obscurcit. On ne vous soupçonnera pas, Monsieur, de partialité pour moi. Vous trouvez que j'ai complété la version d'Amyot *si habilement*, dites-vous, *qu'on n'aperçoit point trop de disparate* entre ce qui est de lui et ce que j'y ai ajouté, et vous avouez que *cette tâche était difficile*. Je ne suis pas ici en termes de pouvoir faire le modeste : un accusé sur la sellette, qui voit que son affaire va mal, se recommande par où il peut, et tire parti de tout. Cette traduction d'Amyot est généralement admirée, et passe pour un des plus beaux ouvrages qu'il y ait en notre langue. On ferait un volume des louanges qui lui ont été données seulement depuis trois ou quatre ans, tant dans les journaux que dans différens livres. L'un la regarde comme *le chef-d'œuvre du genre naïf*; l'autre appelle Amyot *le créateur d'un style qui n'a pu être imité*; un troisième déclare aussi cette traduction *inimitable*, et va jusqu'à lui attribuer la grande réputation du roman de Longus. Or, ce

37

chef-d'œuvre inimitable, ce modèle que personne
n'a pu suivre dans le plus difficile de tous les
genres, je l'ai non-seulement imité, selon vous,
assez *habilement*, mais je l'ai corrigé partout, et
vous n'osez dire, Monsieur, qu'il y ait rien perdu.
L'entreprise était telle qu'avant l'exécution, tout le
monde s'en serait moqué, parce qu'en effet il y
avait très-peu de personnes capables de l'exécuter.
Les gens qui savent le grec sont cinq ou six en
Europe ; ceux qui savent le français sont en bien
plus petit nombre. Mais ce n'est pas seulement le
grec et le français qui m'ont servi à terminer cette
belle copie, après avoir si heureusement rétabli
l'original ; ce sont encore plus les bons auteurs
italiens, d'où j'ai tiré plus que des nôtres, et qui
sont la vraie source des beautés d'Amyot ; car il
fallait, pour retoucher et finir le travail d'Amyot,
la réunion assez rare des trois langues qu'il possé-
dait et qui ont formé son style. Ainsi cette bagatelle, toute bagatelle qu'elle est, et des plus petites
assurément, peu de gens la pouvaient faire.

Je comprends, Monsieur, que votre jugement
n'est pas celui de tout le monde, et que ce qui vous
a plu semblera ridicule à d'autres ; mais l'ouvrage
n'étant connu que par votre rapport, la prévention
du public doit, pour le moment, m'être favorable,
et si cette prévention en faveur de ma traduction
peut me faire absoudre du crime de lèse-manuscrit,
je me moque fort qu'après cela on la trouve bonne
ou mauvaise.

Qu'on examine donc si le mérite d'avoir complété,
corrigé, perfectionné cette version que tout le

monde lit avec délices, et donné aux savants un
texte qui sera bientôt traduit dans toutes les langues, peut compenser le crime d'avoir effacé involontairement quelques mots dans un bouquin que
personne avant moi n'a lu, et que jamais personne
ne lira. Si j'avais l'éloquence de M. Furia, j'évo-
querais ici l'ombre de Longus, et lui contant l'aventure, je gage qu'il en rirait, et qu'il m'embrasserait
pour avoir enfin *remis en lumière son œuvre
amoureuse.* Vous pouvez penser la mine qu'il ferait
à M. Furia, qui le laissait manger aux vers dans
le vénérable bouquin.

J'ai l'honneur d'être, Monsieur, etc.

Tivoli, le 20 septembre 1810.

P. S. Est-ce la peine de vous dire, Monsieur,
pourquoi je ne vous envoyai ni le texte, ni la traduction que je vous avais promise? Accusé de spé-
culer avec vous sur ce fragment, dont je vous fai-
sais présent, comme vous en convenez, le seul parti
que j'eusse à prendre, n'était-ce pas de le *donner*
moi-même au public? Je vous avoue aussi que votre
ambition m'alarmait. Si, pour m'avoir accompagné
dans une bibliothèque, vous disiez et vous impri-
miez à Milan : *Nous avons trouvé, nous allons
donner un Longus complet,* n'était-il pas clair
qu'une fois maître et éditeur de ce texte, vous auriez
dit, comme Archimède : *Je l'ai trouvé?* Vous et
M. Furia vous alliez vous parer de mes plus belles
plumes, et je restais avec ma tache d'encre, que
personne ne me contestait. J'avais pensé faire deux

parts : le profit pour vous, l'honneur pour moi :
vous vouliez avoir l'un et l'autre, et ne me laisser
que le pâté. Une pareille prétention rompait tous
nos arrangemens.

NOTES.

1. Hémistiche de Corneille, allusion hardie à l'intervention de l'auguste princesse, au refus de la dédicace, et autres faits connus alors de tout le monde à Florence, et peut-être même dans les faubourgs.

2. Canaille des chambellans! Ceci parut un peu fort, et quelques personnes voulaient que l'auteur le supprimât.

3. Visconti, Marini et d'autres.

4. Les Français alors de-là les monts étaient détestés comme le sont maintenant les Allemands. Le gouvernement n'en savait rien et ne voulait en rien savoir. Ce passage, et d'autres pareils ci-dessous, firent en Italie une très-vive sensation, et déplurent à *l'autorité*, qui surtout redoute qu'on imprime ce que chacun pense.

5. Son vrai nom était *Puccini*. L'auteur, se voulant divertir, en a fait *Puzzini*, sobriquet italien qui signifie *putois, puant, puantini*, et s'appliquait au personnage; car, comme dit Regnier, *il sentait bien plus fort, mais non pas mieux que roses.* Le nom lui demeura. Il n'y a si mauvaise plaisanterie qui ne réussisse contre la cour, les chambellans, la garde-robe.

6. *Nulla ætas de tuis laudibus conticescet.* (Cicéron.)

7. C'est son nom encore estropié, mais d'une autre façon. *Pulcini* veut dire poussin, petit poulet, en italien : on a fait *pulcinella*, polichinelle chez nous. Ces *lazzi*, qui ne demandaient pas assurément beaucoup d'esprit, chagrinèrent plus que tout le reste le pauvre chambellan.

8. Les Espagnols dans la Floride firent pendre et brûler les Français protestants, avec cet écriteau : *Non comme Français, mais comme hérétiques;* à quoi les flibustiers, depuis, répondirent en massacrant les Espagnols : *Non comme Espagnols, mais comme assassins.*

9. Cela fait allusion aux Vêpres siciliennes, où, pour connaître les Français, on les obligeait de dire ce mot. Ceux qui ne prononçaient pas bien étaient massacrés.

10. C'est-à-dire en français : « L'espoir que vous aviez de trouver dans les manuscrits de Florence un texte complet de Longus, me fut annoncé par vous dès les premiers momens de votre arrivée ici, et j'en parlai à quelques amis qui n'en peuvent avoir perdu le souvenir. Nous parlâmes aussi de traduire le supplément en italien; à quoi je m'obligeai envers vous par une solennelle promesse fondée sur l'amitié qui nous unit tous deux. Ainsi, ce ne fut pas sans beaucoup d'étonnement que je vis depuis l'étrange folie et le bavardage de M. Furia, qui, dans sa brochure, prétendait avoir part à cette découverte. »

(Ces notes sont de Paul-Louis Courier.)

TABLE

—

FIN DE LA TABLE.